芭蕉俳諧の季節観

兪　玉姫 著

信 山 社

はしがき

いつよりも俳句的な〝生活の余白〟が懐かしくなるこの頃である。〝大学の危機〟が叫ばれるなかで、次々と新たに模索されたシステムに合わせ〝期日〟や〝締め切り〟というものに追われつつ暮らしているからだと思う。それでも、季節によってキャンパスに広がるケヤキの瑞々しい緑に、または、裏山に咲いている可憐な野の花に暫時疲れた目を休ませることができるのは、せめての楽しみである。また、夜遅く研究室を出るとき、丘の上のチャペルの明かりと対照的な暗闇で、さまざまな音色で鳴く虫の音にも心が静められる。

ある秋の午後、キャンパスの裏山を散歩していたとき、〝女郎花〟が風に靡いているのが目に入った。箱根での文学散歩で女郎花を見たときには日本特産の花だとばかり思っていたが、韓国の野山にもこんなにたくさん咲いているとは……！　俳諧を学ぶ前は、〝雑草〟として見逃していたものが意味を持って自分に近づいてきたのである。「よく見れば薺花咲く垣ねかな」「草いろいろおのおの花の手柄かな」と芭蕉が詠んだような〝造化〟の理への驚きのようなもの、自然と私との〝対話〟の瞬間だったとも言えようか。「私が彼の名前を呼んだとき、彼は私に来て花になった」という韓国の詩人金春洙の「花」の一聯も思い出される。このとき、女郎花は私にとってはじめて一つの〝意味〟になったのである。

私は二〇代後半から三〇代前半にかけて、いわば悩み多き青春期を日本で暮らした。日本での日常生活の経験と、大学での学び、旅行などを通して、自分のなかに形成された日本の人々と日本の四季に対する思いが博士論文のテーマに必然的に繋がっていったのだと思われる。いま、一〇余年来本棚に立てておいたままの博士論文に修正を加え、一冊の本にするに当たり、自分の留学時代の心の軌跡を振り返ってみようと思う。

日本での暮らしで私の心を打ったのは、移り変わる季節に溶け込んで生を営む人々の姿であった。花を惜しみ、旬のものを求め、鳥の声や虫の音を聞き、祭りや忌日を守ること……などは、刹那的な喜びと、すべてが刹那的に過ぎてしまうことに意味を与える行為だと思われる。俳句にあれほど初桜、初鰹、初茄子、初時雨、初雪……など〝初物〟季語が多いのも、あれほど残花、残虫、残紅葉、残雪、など〝残物〟の季語が多いのもそのことを証明する。仏教式に言えば「眼 耳 鼻 舌 身」という人間の器官が「色 声 香 味 触」という五感で細やかに季節を感じ取り、過ぎ去るのを惜しみつつ心を静めるのである。

東京で、借りていたアパートの二階に管理人のお婆さんが住んでいた。最初は何かと小言（と思われた）が多く、なるべく顔を合わせないようにと努めていた。彼女は毎日一階に降りてきては、私の部屋のベランダに面した細い路地を通り、奥の片隅の小さな花畑に通っていた。片隅なのでどの部屋からも眺められるものではないが、ただ、土を弄り、季節の花が咲くのが見たくて作った花畑だと言う。孫たちが来るとその片隅の花畑は一気に賑わう。だんだんと、私もその楽しみに加わるようになり、季節ごとの小さな花をともに眺めたとき、お互いの心が通じたのを感じた。ほかにも〝日本の季節〟と言えば、思い浮かぶショットがたくさんある。正月、七草粥用に束で売っていた〝春の七草〟、群衆のざわめきと酒の匂いのなかで眺めた上野の桜、五月雨どきの明月院のアジサイ、夏祭りのときの締め上げた褌のスーパーのおじさん、金魚すくいをしていた米屋さん、文化センターで飼っていた鈴虫の音、文学散歩のときの箱根の秋の七草、コタツに蹲まって飲んだお茶の味などなど……は小市民的な日常のなかでの季節の折り目を大事にし、時間の流れの一断面に意味を刻みつつ生きていく楽しみを教えてくれた。来る日も来る日も同じで、無味乾燥な生活を営んでいた私は、〝日本人の季節観〟を吟味しつつ、過ぎていく時間の意味を掴んでみようと思ったわけである。

日常的な体験のなかで私の関心の向いた日本の季節の素材は、秋の七草、虫の音、鹿の声、時雨などなど、日本的ペーソス（pathos）の滲み出るものが中心であった。これらの素材は、存在そのものだけでも、〝もののあはれ〟、〝幽玄〟、〝さび〟の美につながる結晶体のような気がしたからである。「蚊帳の別れ」、「北窓塞ぐ」……などの季語には言葉自体に既にペーソスが滲み出る。「はかない」「さだめない」と言わなくても既にそのような情緒を含んでいる季語に、私は限りない魅力を感じる。この本のなかでいちばん大きな部分を占めている〝時雨〟もそのような季語の一つである。降る模様においても、音においても、季節的にも日本的ペーソスが籠っており、それに託された日本人の思いを知りたかったのである。

俳句作品においてはペーソスとユーモアが交錯している〝庶民的〟句がたまらなく好きである。学生たちに俳句を教えるときに必ず引用する句に「行水の捨て処なき虫の声　鬼貫」、「行水も日まぜになりぬ虫の声　来山」、「いきながら一つに氷る海鼠かな　芭蕉」などがある。自然と人間が語り合うなかで、互いに哀れみ合っているような気がするからである。「初時雨猿も小蓑をほしげなり」の句も寂しいが無言のままの哀れみ合う人間と動物がいる。この句をきっかけに出会った『猿蓑』という作品集は、発句部、連句部ともに自然と庶民との飾りのない語らいと微笑みが聞こえる対話集だと思われた。

以上のように、①〝日本人の季節観〟、②日本的ペーソスの結晶〝時雨〟、③庶民の芸術の結晶『猿蓑』という三つの要素が立体的に調和し、ようやくこの論文に辿りついたわけである。これらの素材を使って一つの論を紡ぎだすことができたのは、過去と現在と未来を結び、今を体験的に語った芭蕉との出会いからであった。

韓国に帰国して俳句の翻訳と研究書を出版し、芭蕉俳句を紹介したことがある。意外と反響を得ることができたのは、読者もスピード感に駆り立てられている日常から逃れ、俳句に精神の安らぎを求めていたからではなかろうか。「秋深き隣は何をする人ぞ」からは孤独と憐憫の情からふと吐き出した〝芭蕉の吐息〟が聞こえるが、非常に暖かくもある。韓国の儒教式でいえば、〝惻隠之心〟、日本語で言えば〝あはれ〟は文学の出発点のように思われる。いま、研究室のそとから聞こえる雨音も自分には〝時雨〟の音のように聞こえ、寂しいが、安らぎを覚える。

お茶の水女子大学での指導教官でいらっしゃった堤精二先生は、博論作成中意欲が先立ち方向を失っていた私に学問に対する姿勢を教えてくださった。〝学問というのは限りなく自分自身のアイデンティティを探っていく過程〟だ、と。このお言葉に頭を強く打たれたような思いをしたのをいまもまざまざと覚えている。それ以来、自分のなかの何が芭蕉を呼び求めたかを考え、聞こえてくる芭蕉の言葉に耳を傾けた瞬間、少しは道が見えてきたのである。いまでも失敗の連続であるが、そのたびに堤先生のお言葉を思い出し、気持ちを新たにしている。

また、早稲田大学の雲英末雄先生の大学院の授業に出て、貴重な古典資料を紹介していただき、その資料に直接手で触れて、日本文学ではいかに〝古典〟つまり〝時間〟の蓄積というのが大事なのかを教わった。日本の美意識の真髄である〝もののあはれ〟も、〝幽玄〟も〝さび〟も時間の蓄積による〝深さ〟の上に成り立っている美学だと実感させられた。今もたまに東京に訪れ、先生の研究室にお伺いすると、古い短冊や俳書を見ながらいわば〝時間旅行〟をすることができる。

本書のもとになった博士論文を完成するにあたって、留学当時、研究の方法論を教えていただいた三木紀人先生、綿密に論文の審査をして下さった森川昭先生、大口勇次郎先生、原ひろ子先生、さらには私たち留学生の心の支えでいらした犬養廉先生、平野由紀子先生に感謝申し上げる。

私にとってもっとも大事な友人であり、外国文学としての俳諧研究の限界をもっとも近距離で埋めてくれる学問の伴侶、東聖子さんと金田房子さんを忘れることはできない。ときには図書館で、ときには、チーズケーキとコーヒー一杯を前にしてあれほど楽しくおしゃべりと学問の話ができる友はまたとないだろう。特に、金田さんには今回の作業において海を越えてこまごまとした助言とチェックをしていただき、大きな力となった。

至らないまま、一つのけじめのために本書の出版を決心したが、考証が足りない部分も多く、身が縮む思いがする。しかし、これからのより実証的な研究を約束しつつ、世に送ることにする。

最後に、出版の作業において多大なご迷惑をおかけした信山社の渡辺左近社長に感謝申し上げる。

二〇〇五年一月

兪　玉姫

目次

凡　例

一、本書における和歌の用例は主に『新編国歌大観』の歌の番号に依拠し、同書に掲載されていない歌はそれぞれ出典を示しておいた。但し、『万葉集』の場合は『日本古典文学大系』（岩波書店）の方が意味伝達においてより適切であると考えられたため、それを利用した。

二、連歌は主に、貴重古典籍叢刊（角川書店）の『菟玖波集』、『新撰菟玖波集』（実隆本）、『心敬作品集』、『宗祇句集』などの番号により、これらに掲載されていない連歌は出典を示しておいた。

三、芭蕉及び蕉門の俳諧の本文は『校本芭蕉全集』（角川書店）に示されているものを中心とした。但し、『猿蓑』は『校本芭蕉全集』には全体の本文がまとまった形としては所収されていないため、中村俊定校注『芭蕉七部集』（岩波文庫）所収の本文によった。

四、蕉門以外の俳書は主に『古典俳文学大系』、『日本俳書大系』、『俳諧文庫』、『俳諧叢書』などを利用した。それら以外のもので、特に貞門・談林俳書は以下のものによった。

①翻刻：『夜の錦』（寛文六年）　近世文芸　創刊号～三号
　『桜川』（延宝二年成）　大東急記念文庫
　『詞林金玉集』（延宝七年序）　図書寮叢刊

②影印：主に『近世文学資料類従』所収のもの。
　『捨子集』（萬治二年）、『雀子集』（寛文二年）、『小町踊』（寛文五年）など。

③マイクロフィルム：東京大学所蔵の竹冷・洒竹文庫の俳書
　『そらつぶて』（慶安二年）、『口真似草』（明暦二年）、『砂金袋』（同）『絵そらごと』（萬治二年）、『俳集良材』（寛文二年）、『埋草』（同）
　『遠近集』（寛文六年）、『大和順礼』（寛文八年）、『後撰犬筑波集』（延宝二年）、『誹諧四季題林』（天和三年）など。

五、注は各章の末尾に掲記した。

序 「季節」の意味

（一）移り変りつつ巡る「季節」は、逆らえない自然の摂理として我々の生を規定する。「季節」は、地球が二十三・四度傾いた形で太陽を公転するため、経度三十〜四十度の地域で日照の変化が起って気温が変る現象だという。この宇宙の秩序によってもたらされる変化に、ただ順応して生きざるをえなかった人間は、最初は生命を維持するため「食」を得る行為、つまり、種を播き（春）、生長し（夏）、収穫し（秋）、貯蔵する（冬）というプロセスで、「四季」に分けて認識してきた。

が、人間の感性が発達するにつれ、食べていく行為だけでなく、花を愛で（視覚）、虫の音を聞き（聴覚）、香を嗅ぎ（嗅覚）、旬のものを食べ（味覚）、肌寒い（触覚）……というふうに「五感」で変化を楽しんだり、嘆いたりしつつ、喜怒哀楽という情緒として季節現象を受け止めるようになる。

日本の俳諧ないし俳句はそのような季節認識を基盤にしたものであるが、それを芸術的次元にまで深め、俳句芸術のあり方を示した人物に松尾芭蕉がいる。彼は直接花を尋ね、風雨に打たれ、鳥の声を聞き、枯野を歩き、雪に降られつつ季節の意味を問うた人である。芭蕉にとって季節は何だったのだろうか。

蕉門の俳論書『三冊子』（服部土芳）の「赤冊子」に、次のような芭蕉の語録が見られる。

　師のいはく「乾坤の変ハ風雅のたね也」といへり。しづか成る物ハ不変のすがた也。動る物ハ変なり。時として留ざれバ、とどまらず。止るといふハ、見とめ聞とむる也。飛花落葉の散りみだるるも、その中にして見とめ聞とめざれば、おさまるとその活たる物消て跡なし。[1]（以下、傍線筆者）

これは従来、芭蕉の自然観を示すものとして注目されてきた。この文章の中心となる言葉は「乾坤の変ハ風雅のたね也」ということであろう。「乾坤の変」は天気自然四季折々の変化そのものを指す。「風雅」というのは、蕉門の場合、「我が風雅」（『贈許子問難弁』[2]）という言葉のように、俳諧そのものを指す場合もあり、「詩歌・連・俳はともに風雅也」（『三冊子』[3]）の場合のように詩歌全体の本質を指すこともある。引用文では、句作の際の心構えを説いているから、前者の場合と取っていいのであろう。そこで、「乾坤の変ハ風雅のたね」というのは四季折々の変化はことごとく俳諧の素材となることを指している。

「時として留ざれバ、とどまらず。止るといふハ、見とめ聞きとむる也。」は、万物の変化の相を時々心に留めてよく見聞きしなければ、その変化の相から受ける印象は消えてしまうということである。万物の変転の姿、即ち、移り変りにおいて四時を把握する芭蕉の〈季節観〉を代表するものであろう。

芭蕉の自然認識の神髄を示す「造化」の理も四時の変転の自覚と密接な関わりを持つ。『笈の小文』の冒頭の、

　風雅におけるもの造化にしたがひて、四時を友とす。[4]

という言葉はそれをよく示している。「四時」は大きく言えば自然そのものでもありながら、その自然を四つの時分として区切り、その移り変りを問題とする季節の変化なのである。「造化」は、万物が生滅変転しながら無窮に存在することであり、それが「季節」という在り方によって表現されるのである。この場合、「造化」というのはそのまま四時で代表される流動変化の美とも言えよう。

〈季節観〉は自然観でもありながら、常に流動しながら循環する自然を対象とする点においてやや異なる。自然には変化する自然（右の芭蕉の言葉で言えば「動る物」）もあれば、石や竹、松などのように人間の認知の範疇内で不変の自然（右の芭蕉の言葉で言えば「しづか成る物」）もある。〈季節観〉は自然観のなかでも変化する自然に対することなのである。石や松が「季語」にならないのもそのためである。飯野哲次氏は『芭蕉辞典』で「造化」を、「天地万物を創造化育することで、造化とは大自然の生命または天地創造の精神の意と解してよかろう。これを単に『自然』とのみ解しては平面的な観方である。[5]」としているように、「造化」は流動する自然に潜む精神であり、〈季節観〉の基盤になるのである。

　季節の変化を人間が認知できるメカニズムは、自然が直線的な変化を示さず、循環しながら変化することにある。つまり、巡り変わる自然のサイクルの一断面を切り取って感じるのが〈季節観〉の基本である。循環する自然としての季節は古来人間にとって己れの有限性を自覚させるものとして存在した。白楽天の「……古墳何代人。不知姓與名　化作路傍土　年年春草生　感彼忽自悟　今我何営営」（『白氏文集』続古詩（二）巻二）は、草は春になれば毎年生ずるが、墓の中の人の再生しないことに対する感慨であり、まさに回帰する自然に対して人の有限性が対比される。これに次いで、劉廷芝（劉庭芝、唐　六五一～六七九？）は「年年歳歳花相似　歳歳年年人不同　寄言全盛紅顔子　応憐半死白頭翁」（『代悲白頭翁詩』）と詠み、毎年花は同じ色に咲くが、人は年とともに老衰していくとし、人間の有限と自然の悠久さを対比している。これらは季節の循環と、一回性の人間の有限性との対照からきた〈季節観〉なのである。

　このように、「変化」と「循環」の相において〈季節観〉を把握することができよう。これに関連して、白石悌三氏が「芭蕉試論——四季の構図」において次のように述べているのは示唆に富む。氏は『甲子吟行』（貞享三年成？）を「旅の四季発句集」と命名し、そこには「〈旅〉という流れる時空間の表現」が示されており、猶、『おくのほそ道』に関しては「四季が春夏秋冬のスタティック（静的）な取合せではなく、永遠にめぐる時の流れの指標であるという認識」「時々刻々の変転こそ永劫不変の姿であるという悟り」[6]が表現されていると指摘し、まさに、これまで述べたような変化と循環の相における〈季節観〉に通じるものと言えよう。

因みに、談林俳論書『談林功用群鑑』（田代松意　延宝七年頃刊）には循環する四季を念頭において発句を詠むべきだとし、上のような図を提示して、次のように説明している。

発句趣向の図

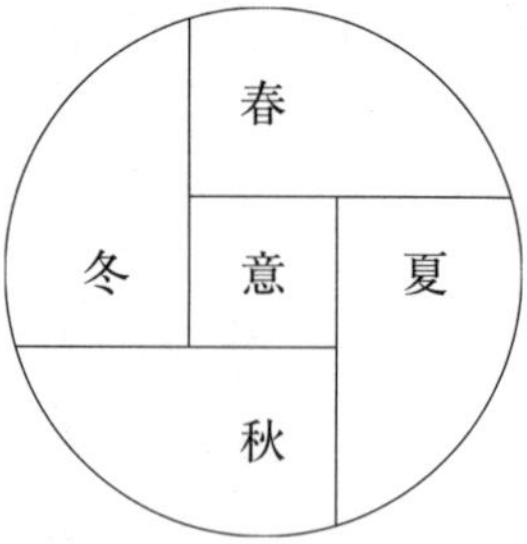

一、図のごとく、一年は円形なり。其理究は、元日より日々に立行て、大晦日に満て又元日に帰る。如此くる〳〵と過ゆくを以てなり。又数にて見れば、一よりだん〳〵にかぞへのぼりて、又一に至るごとし。扨、丸き内を四つにわりて、四季をあらはす。其中に意（こころ）を置。此義は、何ぞ発句をせんとおもふ時に、四季の内へ意をよせて、先何にても其当季を求、それを題と定ておもひ付べし。[7]

当季（句を詠むその季節）を詠むべきとされる（連句の）発句において、円転する「四季の内へ意を寄せて」句作するべきだと説いており、四季の変化と循環の構図において成り立っている俳諧の在り方をよく示すものとして注目に値しよう。

*　　*　　*

〈季節観〉或いは現在我々が日常的に使う〈季節感〉という言葉には具体的にどういう意味が込められているのだろうか。

〈季節感〉という言葉を我々が使う時、季節の変化そのものを感覚的に認知することを指すのは疑いない事実である。『暦と祭事』のなかで宮田登氏が次のように述べている〈季節感〉はまさにそれに当るものといえよう。

日本人はその季節感によって四時の運行の鮮明なことを知っていた。花咲いて春を知り、葉落ちて秋を覚ること、草木の生長、魚鳥の捕獲を体験しながら、折り目を判断するテクニックにきわめてたけていたのである。山口県大島でオセチという語がありこれは盆正月に神仏に捧げる供物をさすが、セチガワリというと、気候が次に移り変わる時間帯をいった。「セツガハリには病気が多い」という口碑もそれをよく示している。[8]

日本人の季節感覚の鋭敏さを指摘しながら、時節の折り目、引用文で言えば「セチガワリ」を判断する感覚を〈季節感〉としている。

人間は生来の智恵から天候の推移による時節の折り目を体得していた。本居宣長は『真暦考』において暦法の使用以前の自然暦について次のように述べている。

その春のはじめは、すなはち年の始なれば、上にいへるごとくにて、夏秋冬のはじめなかばすゑも、又そのをりをりの物のうへを見聞て知れりしこと、春のはじめと同じくて、天のけしき日の出入かた、月の光の清さにぶさなどに考へ、あるは木草の上を見て、此木の花さくは、その季《トキ》のそのころ、その木の実なるは、そのときそのほど、この草の生出るは、いつのいつごろ、その草の枯るるは、いつのいつほどとしり、あるは田なつ物畠つものにつきても、稲のかりどきになるはそのほど、麦の穂のあからむはそのころ、といふごとくこころえ、あるは鳥のとこよにゆきかへるを見、虫の穴にかくれ出るをうかがひなど、すべて天地のうらに、をりをりにしたがひて、うつりかわる物によりてなむ、其季のいつほど

とはさだめたりける。(9)

このように「天のけしき日の出入かた」「月の光」「木の花さく」「木の実なる」「鳥のとこよにかえる」「虫の穴にかくれ出る」……などの、「うつりかわる物」によって人間は感覚的に季節の折り目を認知するのである。ここでは主に視覚的なものばかりが挙げられているが、人間の感覚はもっと細やかで、風の音、虫の音などの聴覚、花の匂いなどの嗅覚、気温などの触覚、さらには初鰹の味などの味覚という五感によって季節認識は働いている。

そして、人間が季節を覚えるのは、同じ自然現象が循環的に繰り返されることによって、一種の自然認識の営みとして成立してきたものである。季節に関して岡崎義恵氏と寺田寅彦氏はそれぞれ次のように述べている。

季節とは単なる自然の推移ではない。一年を幾つかの時期に分けてそれに一定の序列のある事を認識する人間の自然観に外ならない。かような季節の思想は、文化の発展が相当の段階に達し、自然といふものを、人間との交渉において観察し整序せんとする要求の起つた時に初めて生ずる筈のものである。(岡崎『美の伝統』(10))

季節は時間そのものや風景などと同様に客観的な存在としては太古から世にあったものであるが、それが今日我々が理解しているような姿で我々の前に現われたのは人間がその長い認識の営みを通しての結果にほかならない(寺田『風土と文学』(11))

両氏が言うように、自然と人間との交渉において季節という一つの自然認識・時間認識のパターンができてくるのである。このような自然認識を、日本や中国などのモンスーン地帯は四つの時分で把握するが、インドなどにおいては「雨季」と「乾季」の二つで把握するのである。

では、人間が季節の折り目の基準とするのは何であろうか。俳諧における付合語を細かく列挙した『類船集』（高瀬梅盛　延宝四年刊）には「四季」の付合語として「星のめぐり」「農人」「草木」……などが挙げられている。(12) 季節変化の最も客観的で正確な基準となるのはやはり天体の運行、即ち「星のめぐり」なのであろう。実際、星を観察しつつ方角を決めて移動する遊牧民族においては、季節の推移の基準はその「星のめぐり」であった。ところが、農耕民族においては星は生活感覚においてはあまり季節変化の基準としては登場しない。特に日本の場合は、『類船集』に付合はあるものの、占星術や陰陽師などと関連して星はしばしば危惧の念を感じさせるものとして現われ、季節を素材とした文学にはあまり登場しない。日本の唯一の星の文学といえる「天の河」も季節的情趣を具象化するよりは、専ら「七夕」、「星合」などという恋心のメタファーとして捉えるのが一般的であった。

農耕民族において季節認知の最も原初的な基準は『類船集』に「農人」とあるように、生産の営み、即ち「農事」においてである。有名な『史記』の次の文句はそれをよく示している。

夫春生夏長、秋収冬蔵、此天道之大経也、
弗順則無以天下綱紀、故曰四時之大順、
不可失也。（『史記』「太史公自序」七十）(13)

つまり、春は万物が生じ、夏はそれが成長し、秋は実ったものを収め、冬はそれを貯蔵するのは天の道として、その順に従わねば天下の法則はなくなるため、その四季の大順を守るべきだとしている。中国伝来の二十四節気も「雨水」「清明」「穀雨」「芒種」…など、その殆どが農事の営みを示したものなのである。

以上、人間が季節の折り目を認知することを中心に述べてきた。しかし、文芸的に論じられる季節に関する論は、このように季節の折り目を認知することとしての〈季節感〉だけを問題とするのではない。勿論、基本はこのような変化を感知することであろうが、変化に触発される情感及び情調的なものを問題とし、それが人間の内面精神との関連において論じられる。例えば、木の葉が散るのを見て「秋」を感じるだけに止まらず、「淋しさ」などの情感に繋がるといった領域のものなのである。その点において唯一、横沢三郎氏が「連歌俳諧における季節感」において次のように触れているのは非常に示唆的である。

「季節感」の意義は季節そのものの遷り変り、或は季節に伴ふあらゆる自然現象、及び歳時から受ける情調と解する。そしてそれが、文芸的要素となつてゐる限り、当然美的情調を意味するものである。[14]

ここにおいては、季節の循環性に関することはまだ説明が足りない面があるが、美的情調を問題とする〈季節感〉の特徴を的確に指摘していると言えよう。このような美的情調としての要素を強調し、池田亀鑑氏や唐木順三氏らは、〈季節感〉という言葉を使わず、〈季節美感〉という用語を使っている。[15] 文芸的に美的情調化している〈季節感〉の対象は、農事よりは鑑賞の対象としての花鳥風月が最も頻出する。日本の季節を詠んだものに最も頻出するのは花、時鳥、月、紅葉、雪になっていることからもよく分かるのである。

こうして我々は〈季節感〉の定義を「変化しながら循環する季節に対する美的情調」と解していいのであろう。ところで、季節現象全般に関する捉え方を問題とする時には〈季節観〉なる言葉も必要となってくるのであろう。季節の捉え方は、「無常観」に繋がる場合もあり、或いは生存の喜びに繋がる場合もあろう。季節の捉え方としての〈季節観〉を芭蕉流に定義づければ「『動る物』のなかでその『造化』の美を認知し、永遠にめぐる時の流れを見とめ聞きとめること」となるのであろう。本稿では、季節の捉え方そのものの意として使う時には〈　〉付で〈季節観〉という言葉で表すことにする。

（二）　季節に対する美的情調、即ち季節感が日本文学の底流をなしていることは否めない事実である。特に季節の言葉「季語」を一つの形式として持っている連俳文学（連歌・俳諧・俳句を総括して言う）が存在するということはそれを端的に示してくれよう。そのように季節情調が日本文学の大きな部分を占めているのは他ならぬ日本の季節風土、日本人のものの捉え方によるということを考えなければならない。

日本の季節の特色はどのようなものであろうか。和達清夫氏は『日本の気候』の中で日本の気候の特徴を、「①著しい地域的差異、②東岸気候、③季節風気候、④雨が多く湿度が高い、⑤複雑な季節変化と天気変化、⑥頻発する気象災害」[17]の六つに分けて説いている。このうち、日本人をして季節変化に敏感にならしめたのは③、④、⑤なのであろう。それらが原因となって微妙な季節変化が展開され、季節ごとによく降る雨は草木を豊富に育てる反面、内向的な〈季節観〉を育てる役割も果してきた。

中世の『徒然草』には微妙な季節の推移を次のように描写している

春暮れてのち夏になり、夏はてて秋の来るにはあらず。春はやがて夏の気をもよほし、夏よりすでに秋は通ひ、秋は則ち寒くなり、十月は小春の天気、草も青くなり梅もつぼみぬ。[18]

「春はやがて夏の気をもよほし」、即ち、春が始まったことは既に夏の気運を兆していることで、一つの季節は前の季節の名残と次の季節の兆しを同時に持って変化する。冬は春の気運を孕みつつ変化し、春は猶、寒もどり、花冷え、余寒等の冬の名残が尾をひき、そのような現象がなくなったと思うと既に季節は夏になっている、といった微妙な移り方をする。

歳時記の「季」の区分の基準になっている「暦」は、日本と、季節の移り方において似ている黄河の河北流域（正確には陝西城西安　昔の長安）の気候変化を基準にしてできたものであるという。日本の実際の気象的な季節区分と中国伝来の暦とは一か月ぐらいの差がある。例えば、春や秋の季語の基準となる立春や立秋は実際の気象的な春や秋の区分より一か月ほど早い。ところが、それは「あききぬとめにはさやかに見えねども風のおとにぞおどろかれぬる」(『古今集』 一六九)の「立秋」の歌などに示されるように、しのびよる次の季節の気配を早く感じ取ろうとした詩人的な感受性を育む役割もした。季節が線を引いたように正確に変化するのではなく、微妙に移りゆくことは日本人をして季節の変化により敏感にならしめた要素があると言える。

次に、日本の気候の特徴は雨の多さである。文明国のなかで日本ほど雨の多い国はないという気象学者達もいる。文明国という言葉の定義にはやや問題があるが、確かに『日本の気候』において示されている世界のいくつかの大都市の雨量を調べると東京は「雨の都」だと言えるほど数値が高い。[19] 和辻哲郎氏は『風土』で、風土を三つに分類したなかで、日本を「湿潤」に入れているのもそれに起因する。[20] 春の「春雨」、夏の「梅雨」、秋の「秋雨」、冬の「時雨」など、四季を通して雨の言葉が日本のように馴染まれている国は少ない。俳諧では「霞」とか「霧」「霜」などはそれぞれ季語として使われるが、「雨」だけでは季語にならない。それは各季節ごとにそれ相応の趣を示す季節の雨があるためである。特に「梅雨」や「秋霖」は春夏秋冬の四季の変化の常識的なリズムを崩しながら、特殊な時節として存在する。このような雨は日本人の季節の捉え方を内省的にせしめた要素も少なくない。和歌以来、雨は心象風景を描写する適切な素材として詠み継がれたことは論を待たないことである。

＊　＊　＊

では、このような季節風土における日本人の季節の捉え方はどういうものであったのだろうか。日本には古くから四季の区別の認識があったことは、固有語の「はる」「なつ」「あき」「ふゆ」という言葉が古代より存在していたことからもよく分かる。それは、本居宣長が『真暦考』において「此春夏秋冬てふ名ども、いといと古く聞こえて、古事記書紀の歌どもにも、をり〳〵見えたり……此ほか歌ならぬは猶古きもあり」[21] と言っているように、文献においては記紀時代にまで遡る。

日本の四季を鎌倉時代の道元（一二〇〇〜一二五三）は、『傘松道詠』において次のように詠んでいる。

本来面目

はるは花なつほととぎす秋はつき冬ゆきさえて冷しかりけり（『傘松道詠』[22]）

この歌を受けて江戸時代の良寛（一七五八〜一八三一）も次のような歌を詠んでいる。

弟子へのかたみの歌

かたみとて何か残さん春は花山ほととぎす秋はもみぢば（『良寛歌集』[23]）

これらの歌は後世の川端康成がノーベル賞受賞の際に行なった演説文「美しい日本の私」[24]でも引用しているが、このように四季を愛でることが〈季節観〉の基盤をなしている。明治末期の芳賀矢一が『国民性十論』において日本人の習性を十項目挙げた中で「草木を愛し、自然を喜ぶ」[25]というのがあるが、折節に移り変る自然を愛でる心というのが詩心の原動力になることは事実である。潁原退蔵氏が「俳諧の季についての史的考察」において、「折節にあった風流――それこそは実に我が中古の人々の最も理想とした詩境であった。」[26]と述べているように「折節にあった風流」というのが自然の捉え方の根本になっていたのである。

その折節の風流は多く心情表出の媒体としての意味を持つ。季節の言葉を網羅している『大歳時記』の「刊行のことば」においても、白楽天の「雪月花の時最も君を憶ふ」（『寄殷協律詩』）を引用し、「もとより、風物に触発されて心情を吐露することは、古今東西を問わず、人間のおのずからなる性である」[27]としているように、風物は心情表出の媒体としての存在価値を付与される場合が多い。

特に、日本人は古来、自然の移り変りに自らのアイデンティティを発見することにたけていた。それは主に季節の移り変りを人間の生滅の理のメタファーと見ることである。例えば、「秋」――初秋か晩秋かを限定せず――という季節を描く時、万物の実りの季節と詠むか万物の凋落の季節と詠むかは捉え方によるが、日本の詩歌の歴史においては多く、人間の生滅の理に合わせて後者の方を選んできたのである。そのような傾向が「無常」という観念と結ばれていく。日本を思想的に支配してきた仏教的な世界観において「生」それ自体を滅びていくものと見做すなかでは、移り変わっていく季節の推移は生滅する人間の在り方そのものだったのである。

磯部忠正氏は『無常の構造』の「あはれと無常」の項において、日本人を「果て知らぬ無常の大洋に、『もののあはれ』という小舟で漂流している(28)」存在だと規定している。「無常」という仏教的世界観に基づく観念と、情感を支配する「もののあはれ」というのが、物に対する考え方を規定する。本居宣長の説く「もののあはれ」も根本的に季節の移り変りに対する人間の生の自覚というものが働いていることは否めない事実である。宣長は「歌は物のあはれをしるよりいでくる事はうけ給はりぬ」(『石上私淑言(29)』)と述べている。この「もののあはれ」は万事にわたって有するもので物の心を知ることを指すが、基本的に世に生きる人間が自分の生を有限だと自覚するところからくる要素が大きいと言えよう。人間の有限の在り方を自然の営みにおいて発見する時、季節の移り変りというのは最適のアイデンティファイ（identify）の表象になりうるのである。宣長は万人に共感を与える最も効果的な情調は「悲哀」の感情であるとし、「あはれ」の問題について『石上私淑言』において次のように述べている。

総じていへば、おかしきもあはれの中にこもれること右にいへるが如し。別していへば人の情のさまざまに感く中に、おかしき事、うれしき事などには感く事浅し、かなしき事、こひしきことなどには感くこと深し。故に深く感ずるかたを、とりわきてあはれといふ事ある也。俗に悲哀をのみあはれといふもこの心ばへ也(30)

日本の長い詩歌の伝統はこのような「悲哀」つまり哀感を美しいとする日本人独特の生活情調に彩られてきた。それは「をかしき事、うれしき事などには感く事淺し、かなしき事、こひしきことなどには感くこと深し」「俗に悲哀をのみあはれといふもこの心ばえなり」としているように、「悲哀」の感情において最も深く感じるという人間の属性によるものでもある。『徒然草』における「をりふしの移りかはるこそ、ものごとにあはれなれ」（十九段[31]）というのもそれをよく示す言葉なのであろう。

日本人の自然観を説く時に必ずといっていいほど登場する「飛花落葉」という用語がある。それは『古今集』の仮名序の「春のあしたに、花のちるをみ、秋の夕ぐれにこの葉のおつるをきき……」以来、自然を象徴するものとして登場する。この「飛花落葉」に対する捉え方を述べる次の三者を比較してみよう（宗祇は「紅栄黄落」という言葉を使っているが、「飛花落葉」という言葉と同義にとっていいのであろう）。

①常に飛花落葉を見ても草木の露をながめても此世の夢まぼろしの心を思ひやり、ふるまひをやさしく幽玄に心をとめよ（心敬『心敬僧都庭訓[32]』）

②なほなほ歌の道は只慈悲を心にかけて、紅栄黄落を見ても生死の理を観ずれば、心中の鬼神もやはらぎて、本覚真如の道理に可帰候。（宗祇『吾妻問答[33]』）

③蕉門正風の俳道に志あらん人は、……天地を右にし、万物山川の草木人倫の本情を忘れず、飛花落葉に遊ぶべし。（芭蕉『山中問答[34]』）

心敬においては「飛花落葉」を見て「此世の夢まぼろしの心を思ひやり」とし、宗祇の場合も「紅栄黄落」を見て「生死の理を観ずれば」として、いずれも人間の生滅の理に引き付けて考えるべきであるとしているのである。そうすることが、結局「幽玄」、「本覚真如」（仏語、宇宙の根本である清浄な絶対の悟り）に繋がるとする。心敬や宗祇のこのような捉え方が、和歌や連歌における季節の根本的な捉え方として、そして最も優れた美的情調として認識されてきたのである。

ところが、右の引用文の③番の芭蕉の「飛花落葉」の場合は必ずしも人間の生滅のメタファーとしての、自然の「負」の方向の変化を意味するものではない。この場合の「飛花落葉」は純粋に「自然の推移」と取っていいのであろう。冒頭に述べた「乾坤の変……」の箇所の、「飛花落葉の散りみだるるも、その中にして見とめ聞とめざれば、おさまるとその活たる物だに消て跡なし」や「物のみえたる光、いまだ心にきえざる中にいひとむべし」「みなその境に入て物のさめざるうちに取てすがたを究る教也。」という言葉が出てくるが、それは自然の変化の相における印象が薄れないうちに句を詠めということで、物の捉え方において、人間中心の主観を離れ対象そのものに習え、という主張である。即ち、主観を離れて題材そのものの本質に随順せよという見解である。ここでは必ずしも人間存在のメタファーとしての価値を飛花落葉に付与しているのではない。このような〈季節観〉の根本的な違いによって一つ一つの季節の事物の捉え方も変わってくる。

こうして我々が〈季節観〉の問題を考える時には常に人間の心象としての価値と、事物の本質の問題との両側面から考えなければならなくなる。人間の存在の表象としての自然の在り方を規定することによって〈季節観〉は類型化の道を歩んできたが、芭蕉によってそれは大きな変化を示すようになるのである。

(三)　これまで、季節感及び〈季節観〉の定義の問題と、日本の風土的基盤、そして季節の捉え方において考えるべき心象風景と事物の本質の問題を提起した。本稿ではこれらの基本的な問題を考えながら芭蕉の〈季節観〉を考察することを目的とする。その方法としては〈季節観〉に潜む類型化とその脱皮の問題に焦点を合わせ、季語―時雨―猿蓑の三つを中核として考察を行なうことにする。「季語」は季節情調そのものの結晶としての価値を持ちながら、芭蕉の〈季節観〉を論じるためには必ずその季語の本質を考えなければならないためであり、「時雨」は芭蕉の人と作品を象徴する最も重要な季語で、かつ和歌や連歌の〈季節観〉の伝統から芭蕉に繋がる脈絡を示すキーワードになるからである。最後に、『猿蓑』の場合は芭蕉が門人とともに伝統を模索した結果として、従来の類型を脱皮して俳諧的な〈季節観〉の在り方を世に現した作品だからである。

そこで、本稿の構成を三部に分け、次のような順序で分析を行なっていく。

第一部においては、「季」の意識の発生の問題を考えながら季語の本質を問うことにする。また伝統的な季節の捉え方の問題としての「本意」(季語の最も美的な在り方)意識を論じながら〈季節観〉の類型化の問題を提起し、最後に芭蕉の俳論との関わりを考察する。「本意」というのは伝統的な美意識のもとで類型化した捉え方を促したものであり、芭蕉にとってはそのような伝統的な〈季節観〉をどのように受容し、また脱皮していくのかが常に大きな課題だったからである。資料は穎原退蔵氏や井本農一氏以来の先覚の研究を参考にしながら、歌や句の実例に基づいて分析し、歌論や連歌論、俳論を利用する。

第二部においては〈季節観〉の類型の受容と脱皮の過程を実証的に考察できる「時雨」の〈季節観〉の変遷の過程を論じる。時雨は晩秋から初冬にかけて降る日本独特の雨で、その原因は「日本海を渡る北西季節風が、暖かい海面に下から暖められてできる団塊状の雲が次々と通るために降る」(35)とされている。主に日本海側に多いが、京都盆地の「北山時雨」のように裏日本と表日本の境界線のところにもよく降る。この時雨は自然の移り変りの顕著な晩秋から初冬の時節に降ったり止んだりするもので、その変化に富む性質から日本人は『万葉集』以来文学の素材として頻繁に取り上げてきた。芭蕉は生涯を通して時雨の句を二十三句ほど詠んでおり、しかも芭蕉の代表句として賞賛される句が多く含まれている。また、芭蕉は元禄七年、陰暦十月十二日大坂南御堂前の花屋仁右衛門宅で享年五十二歳で没したが、時あたかも時雨月つまり十月(神無月）であり、芭蕉が時雨に寄せた思いを偲んで忌日も「時雨忌」と呼ばれるようになった。同年に編まれた其角編の追善集『枯尾花』には時雨に寄せた追善の句が最も多く載せられている。このような芭蕉の生涯を、白石悌三氏は『図説日本の古典』において「宗祇の時雨にぬれて旅に出、ついに時雨のころに旅に果てた芭蕉は宿命的な〈時雨の人〉であった(36)」としている。それだけ、芭蕉は時雨という季語に寄せて自らの詩心を語っており、我々は時雨の捉え方から芭蕉の〈季節観〉を探ることができるのである。

従来、時雨そのものの全般的な研究はあまりなされていないが、芭蕉の時雨の句の世界を説くために部分的には尾形仂氏の『松尾芭蕉』（日本詩人選所収）における研究（以下の文献は本稿の参考文献の項に詳述）、上野洋三氏の「時雨考」（『芭蕉論』所収）などの研究が行なわれている。これらをも視野に入れながら、本稿においては芭蕉の時雨全般に焦点を合わせ、はじめに和歌や連歌、謡曲における伝統的な脈絡を探り、それらを確認した上で芭蕉の「風狂」の姿勢と「さび」の本質美との関わりを論じていくことにする。

第三部においては、従来の「本意」とされてきたものから脱皮し、芭蕉独自の時雨の〈季節観〉が新風として示されながら俳諧的な〈季節観〉の在り方を示した『猿蓑』（元禄四年刊）に焦点を合わせて論じていくことにする。蕉風の聖典とも言われている『猿蓑』は、「初しぐれ猿も小蓑をほしげなり」の句を初めとして十三の時雨の群作によってその巻頭が飾られている。その『猿蓑』は芭蕉の『おくのほそ道』の旅後の新風を示すもので、『去来抄』において「猿蓑は新風のはじめ、時雨はこの集の美目なるに……」とされているように、時雨を通して新風が示されたのである。時雨が伝統的な類型から脱皮してその最も本質とされるものが露呈する時、『猿蓑』の風調でもあり、蕉門の最高の美的境地である「さび」と結ばれていくことになる。そして、それをきっかけに『猿蓑』においては、従来の観念的な「本意」意識から抜け出て、和歌や連歌の付随としての〈季節観〉ではなく日常に即した俳諧的な〈季節観〉の在り方を世に現すことになる。

このように、本稿においては時雨を中核とし、その前後に、「季語」の本質的な問題と、実際の作品集としての『猿蓑』の問題を位置させ、芭蕉の〈季節観〉の問題を総合的に論じていくことにする。

筆者は従来俳諧における〈季節観〉に関する問題意識を持って、基礎的な研究を段階的に行なってきた。以下に示すとおりである。

一、「時雨の伝統――芭蕉以前」（お茶の水女子大学国語国文学会編『国文』六五号　一九八六年）

二、「The Meaning of Basho's Shigure」（国際東方学会編『国際東方学会会議紀要』三三冊　一九八八年）

三、「季節感の類型化と本意」（お茶の水女子大学『人間文化研究年報』一二冊　昭和六三年）

四、「芭蕉の季節感――時雨と五月雨を中心に」（国文学研究資料館『国際日本文学研究集会会議記録』第一二回　一九八八年）

本稿ではこれらの基礎研究をもとに、ここで提起された問題をより深く分析することはもちろん、〈季節観〉全般に視野を広げ、季語の分析及び、『猿蓑』を初めとした芭蕉の作品分析を加えて総合的に分析することを目的とする。

（1）服部土芳『三冊子』校本芭蕉全集・俳論編　角川書店　一九六六年　一七七～一七八頁
（2）向井去来『贈許子弁難問』校本芭蕉全集・芭蕉遺語集　三三七頁
（3）同注（1）一五七頁
（4）『笈の小文』校本芭蕉全集・日記紀行編　七五頁　一九五九年
（5）飯野哲次『芭蕉辞典』東京堂　一九五九年　二六一頁
（6）白石悌三「芭蕉試論――四季の構図」福岡大学研究所報　第四二号　一九七九年七月　一五〇頁
（7）田代松意『談林功用群鑑』古典俳文学大系・談林俳諧集（二）二五三頁

（8）宮田登『暦と祭事――日本人の季節感覚』日本民俗文化大系　九巻　小学館　一九八四年　一五頁

（9）『真暦考』本居宣長全集　八巻　筑摩書房　一九七二年　二〇五頁

（10）岡崎義恵「季節感の展開」（『美の伝統』宝文館　一九六九年）三八一頁

（11）寺田寅彦『風土と文学』角川書店　一九五〇年

（12）『俳諧類船集索引』付合語編　近世文芸叢刊・別巻一　一九九頁

（13）種村宗八『史記国字解』早稲田大学出版部　一九二〇年　四八頁によった。ところで、これとほぼ同じような文が『淮南子』の「本経訓」「主術訓」などにも載っており、かなり有名な文章であったことが分かる。

（14）横沢三郎「連歌俳諧における季節感」（『俳諧の研究』角川書店　一九六七年）二八一頁

（15）「情緒」と「情調」を区別して使うことにする。「情緒」は「折にふれ起こる様々な思い、喜怒哀楽などにつれて起こる複雑な感情」とされている感情的なものであり、「情調」は「あるものに接した時、そのものからにじみ出て、人をしみじみと感じさせるおもむき」とされ、より情趣的なものである。

（16）池田亀鑑『平安朝の生活と文学』角川文庫　一九七四年　一二二頁において使われている。そして、唐木順三は『日本人の心の歴史』（筑摩書房　一九七〇年）の著書においてその副題を「季節美感の変遷を中心に」としている。

（17）和達清夫監修『日本の気候』東京堂　一九六〇年　二五頁

（18）『徒然草』一五五段（今泉忠義訳注　角川書店　一九七二年）一〇四頁

（19）日本の降雨量は、本州、四国、九州を平均すると一八〇〇ミリであり、緯度帯の平均降雨量で言えば、赤道地帯の降雨量に匹敵する。猶、日本の雨は特に日降雨量（一日に降る雨量）の大きいのが一つの特徴であると言う。日本の南半分では殆どの地点で日降雨量三〇〇ミリの記録を持っている。東京の日降雨量の記録は三九二・五ミリ（一九五八年九月二六日）で、これはパリの年間平均の降雨量の七〇％に当たると言う。日本に比べてヨーロッパの雨は大変弱く最大日降雨量の記録はパリで五一ミリ（三三年間の統計）、ロンドン五六ミリ（三〇年間の統計）レニングラドで六一ミリ（七五年間の統計）で、日本に比べると桁違いに少ない。（注（17）

の書による。）
(20) 和辻哲郎は『風土』において次のように述べている。引用は岩波書店の一九七三年版六四頁による。「我々の国土から出発して太陽と同じに東から西へ地球を回って行くと、まず初めにモンスーン地域の烈しい「湿潤」を体験し、次いで砂漠地域の徹底的な湿潤の否定即ち「乾燥」を体験する。しかるにヨーロッパに至ればもはや湿潤でもなければ乾燥でもない。否、湿潤であるとともに乾燥なのである。数字的に言えば、アラビアの雨量が日本の数十分の一であるに対してヨーロッパの雨量は日本の六、七分の一ないし三、四分の一である。体験的に言えばそれは湿潤と乾燥の総合である。」
(21) 同注（9）二〇四頁
(22) 『三傘道詠』は道元の和歌が入集されているもの。若干の真作を核にして他人詠や道元仮託を収集したもの。「傘松」とは道元が永平寺建立以前に傘松大仏寺にいたことによったもの。引用歌は『高僧名著全集』第五巻平凡社　一九三〇年　四七八頁による。
(23) 井本農一外編『良寛歌集』角川文庫　一九五九年　八八頁
(24) 『美しい日本の私』川端康成全集（一五）新潮社　一九七三年　一七九～一九一頁
(25) 芳賀矢一『国民性十論』富山房　一八七七年　四九～六二頁
※芳賀は日本人の国民性を、①忠君愛国、②祖先を崇び家名を重んず、③現実的・実際的、④草木を愛し自然を喜ぶ、⑤楽天・洒脱、⑥淡泊・瀟洒、⑦繊麗繊巧、⑧清浄潔白、⑨礼節作法、⑩温和寛恕の十項目で挙げ、民族主義の立場で説く。
(26) 穎原退蔵「俳諧の季についての史的考察」（『俳諧史の研究』星野書店　一九三三年）二四頁
(27) 大岡信他編『大蔵時記』集英社　一九八九年「刊行のことば」の項
(28) 磯部忠正『無常の構造』講談社　一九七六年　八四～一二二頁
(29) 『石上私淑言』本居宣長全集（二）筑摩書房　一九七二年　一〇八頁
(30) 同右　一〇六頁

（31）同注（18）一九段　二七頁
（32）『心敬僧都庭訓』続群書類従　第一七輯下　一一二四頁
（33）『吾妻問答』日本古典文学大系・連歌論集／俳論集　二三三頁
（34）『山中問答』古典俳文学大系・芭蕉俳論俳文集　二一頁
（35）和達清夫監修『新版　気象の事典』東京堂出版　一九七四年　二一四頁
（36）白石悌三「芭蕉・人と作品」（『図説日本の古典』十四巻　集英社　一九七八年）八〇頁

第一部　季語の美と「本意」

はじめに

「季語」というものを一つの形式として持つ文学の存在は、日本特有のものとして知られている。季語は連歌や俳諧においては「四季の詞」「季の詞」と呼ばれてきたが、近代になってから「季語」という言葉として定着した。その最初の使用は明治四十一年十二月号の俳句雑誌『アカネ』の句評において大須賀乙字が使ったことであるという。(1) 連俳文学は本来、この季語を中核として発生したものであるが、近年その季語の存在が問われつつ、「有季定型」「有季俳句」という言葉も登場するようになった。それは、大正初期頃の〈自由律俳句〉、昭和十年頃の〈新興俳句〉以来無季俳句論が唱えられていることによるものである。季語の存在を完全に否定した俳句も詠まれつつあるものの、歴史性において季語は連俳文学とは運命共同体であることは否めない事実である。

芭蕉は『三冊子』の「赤冊子」において、曽良の「朝よさを誰松島ぞ片心」という句を例に「名所のみ、雑の句にもありたし」(2) とし、名所の名を季の詞と同じような比重のものとして扱い、例外を認めた以外は無季の句を非常に嫌った。芭蕉が名所の句に例外を認めたのは、山本健吉氏が「季題論序説――芭蕉の季題観」(3) においても指摘しているように、和歌において名所の詞（歌枕）に生命の威力がこもっていると信じられたのと同じ比重に、芭蕉は季語を句の精髄と信じていたためである。つまり、歌枕と季語との重出を避けようとしたのである。それは、芭蕉自身、「季をとり合せ歌枕を用ゆる、十七文字にはいささかこころざし述がたし」[4]としていることからも推察できる。従って、「名所のみ、雑の句にもありたし」としたのは決して芭蕉が季語について自由な考えを持っていた証拠にはならない。実際、芭蕉の約一千前後の発句中、雑の句は九句（日本古典文学大系『芭蕉句集』による）しかない。更に芭蕉は「季節の一つも探し出したらんは後世によき賜となり」[5]とし、新しい季語を見いだすことをも奨励している。

季語は一定の事物を一定の季節に結びつけて考えることを基本にしている。それは人為的に定めたものではなく、日本の詩歌の長い歴史において自然に培われてきた日本人特有のものの捉え方によるものである。潁原退蔵氏が「俳諧の季についての史的考察」（『俳諧史の研究』所収）において、「その（季語の）底には何百年以来、和歌、連歌もしくはその他の文学を通じて流れてきた自然を鑑賞する心の結晶」[6]が込められているとし、山本健吉氏は「歳時記について」（『最新俳句歳時記』所収）において季語は長い歴史を経て一つの秩序の世界を作っており、その秩序の世界にあって楽しむことが、連俳の道に遊ぶことである[7]と指摘しているのはいずれも季語の歴史性を強調した言葉である。

ところが、季語は約束された事物の捉え方を前提に成り立つもので、様々な効果的な役割を果たす反面、その存在自体に、ものの捉え方の類型性を促す要素を持っていた。つまり季語の在り方としての「本意」の問題である。以下、季語の歴史性に基づいた美の問題と、季節観の類型化の問題に関わる「本意」意識の変遷の問題とに分けて考察し、芭蕉の「季語」観に迫ることにする。

第一章　季語の美

第一節　「季」の意識の成立

（一）　日本文学おいて一定の事物を一定の季節に結びつけて考える、所謂「季」の意識がいつから芽生えてきたのかを探ることは大問題であり、従来、先覚によって様々に論じられてきた。その主なものに、①岡崎義恵氏の「季節感の展開」（『美の伝統』）、②潁原退蔵氏の「季題観念の発生」（潁原退蔵著作集十一巻）などをはじめ、③井本農一氏の「季語の文学的意義」（『季語の研究』）などがある。

これらの先覚の研究においては、『万葉集』では、まだ一定の事物を特定の季節にだけ限定して他の季節とは無関係にするといった、はっきりとした「季」の意識を認めることはできないが、四季の風物現象を詠む傾向において自然発生的な「季」の意識の萌芽は見られるとしている。特に、『万葉集』の巻八と巻十における「春雑歌」「春相聞」、「夏雑歌」「夏相聞」、「秋雑歌」「秋相聞」、「冬雑歌」「冬相聞」という部立に非常に重要な価値を与えてきた。以下、「季」の意識の成立の過程を右の論文なども参考しながら述べていくことにする。

『古今集』以降の勅撰集に見られる四季の部立において確固たる「季」の意識が認められるということは既

に周知の事実となっている。とりわけ、『古今集』の夏の部において三十四首の歌のうち二十八首が「時鳥」の歌になっており、夏といえば時鳥という観念が形成され、一定の事物と季節の結びつきを明らかにするものとして提示できる。

勅撰集において「季」の意識の深化が促された一つの要因は平安初期の中国の漢詩の影響が認められることも重要な事実として指摘されている。平安初期の歌人の愛読書であった『文選』や『白氏文集』などを通して、漢詩における自然鑑賞の態度を学んできたのである。特に井本農一氏は漢詩の「詠物詩」(草木鳥獣など自然そのものの題を設けて詩を詠む漢詩の一体)の影響を多く認めている。氏は「題を設けて一定の事物を歌に詠む時、その一定の事物の見方がおのずから固定して来ることは自然の成り行きである。」『古今集』以降の和歌は、はっきりと文芸の意識を持っており、その文芸意識によって自然を眺め、自然を切りとって来て和歌を作っている。その文芸意識は唐詩によって培われたところが多く、就中詠物の詩によって自然や人事の文学的見方を教えられた点が少なくないであろう。梅は、雁は、こういうふうに見ることが文学的であること、まず彼の地の文芸から学んだ上で、更に我が國流に発展させたのである。(8)」としている。明らかに一定の題のもとに歌を詠む「題詠」は、ある題材にじかに接して詠むのではなく、脳裏に描いているイメージをもとにしたもので、固定的な事物の捉え方を促したことは否めないのであろう。

漢詩の影響も関連して『古今集』においては「季」の意識の著しい深化を認めることができる。しかし、「人事」即ち、人間の生活の営みから受ける「季」の意識は全くといっていいほど見られない。「恋」の部においては「夏引の糸」「蚊遣火」の二つが見られるが、いずれも比喩的に詠まれているもので「季」の意識は認められない。後世の和歌の人事の題の中で最も多く見られる「更衣」と「擣衣(砧)」も『古今集』では見当らない。ところが、平安末期の『金葉集』では、夏の部に人事の題も相当見られ、「菖蒲引く」、「鵜船」、

「照射」、「御祓」、「更衣」、「氷室」、「納涼」などと範囲が広くなっていく。一方、このような人事から受け取る「季」の意識は和歌よりは物語や日記などの散文において話の展開上、より多く見られる。特に、「葵祭」や、節会（重陽、豊明など）の年中行事は、その季節の感覚とともに散文文学においてよく描写されるのである。

（二）「季」の意識において特記すべき事実は、桜を春とし、紅葉を秋とするとした自然発生的な「季」の外に、一年中眺められる事物においても人間の美意識によって特定の「季」に定められる場合である。「季」が定まるメカニズムにおいて、客観的には特定の「季」に限らない事物でも「季」が限定されるのはその特定の季節的特性を際立たせる人間の美意識が作用するからなのである。代表的なものは「月」の場合である。季語としての月は「秋」と定まっている。即ち、どの場合においても単に月とだけ言えば秋の「季」と読み取ることになっている。そのため他の季節の月は「春の月（朧月）」、「夏の月」、「冬の月」などと表現しなければならなくなる。それはなにも月が秋にだけ眺められるためではないが、月がその特性を最もよく発揮すると思われる時節と、日本人の美的感覚とが合致して秋と限定されたものである。月はまだ『古今集』をはじめとする三代集においては殆ど「雑」の部に入っており、秋の部に入っている場合には詞書に「秋の月」とことわっている歌が多い。ところが、『金葉集』になると月の歌は秋の部に取られているのが圧倒的に多くなる。『金葉集』（二度本）の秋の部に入っている月の歌は四十一首にものぼる。このように、『金葉集』においては［月―秋］という「季」の意識がはっきりと認められ、それ以降の『千載集』『新古今集』になると月は秋という固定観念が働くようになる。

「露」の場合も四季を通して見られるものであるが、季語としては「秋」と定まっている。「露」は既に『万葉集』において季節感が定着していた。つまり、巻十の「秋雑歌」に「露を詠む」と題して九首所収され、

「秋相聞」にも「露に寄す」とあって、やはり九首所収されているほか、題がないものも数多く見られる。ところが、「冬雑歌」「冬相聞」にも秋の場合と同じような題のもとに各一首ずつ、二首収められている。『古今集』では「夏」一首、「秋」十一首、「雑」四首となっている。『古今六帖』においては二首ほど秋でない歌が見られるが、殆どの歌が秋の歌として扱われている。『新古今集』は「秋」に四十八首として最も多いが、春夏秋冬全ての部立に分布し、「春」一、「夏」六、「冬」一とあり、「雑」の部にも二十八首見られる。このように、「露」は和歌においては大方「秋」の「季」が多いものの、必ずしも「秋」だけに限定はせず自由に詠まれてきた。しかし、連歌になると、『連歌天水抄』（宗養・昌休共著　永禄四年頃）において「四季にふる物なれとも秋は深き躰本意也(9)」とあるように必ず秋のものと定まり、季節感が定まっていくのである。

「鹿」の場合も同様である。鹿も年中見られるものであるが、秋の妻恋う声を哀れむ美意識から秋の季語として定着してきた。鹿は『万葉集』から既に季節感が定まり、巻十の「秋雑歌」「秋相聞」の部に二十四首もの鹿の歌が見られる。『古今集』の場合、「秋上」に見られる「奥山に紅葉踏み分け鳴く鹿の声聞時ぞ秋は悲しき」（二一五）以来、鹿の季節感は完全に定着するようになる。『新古今集』になると「秋」の部に鹿を詠んだ優れた歌が十六首も並べられている。和歌や連歌において鹿は殆どといっていいほどその「啼声」ばかりが愛でられている。秋になって牡鹿が雌鹿を呼ぶ、あたかも高い調子で吹いた笛の音のような啼声に秋の寂寥感もしくは哀切な恋の思いを味わうことが、日本人の「鹿」に対する美意識だったのである。ちょうど漢詩において「猿声」に秋の情趣を読み取るのと同じ比重のものであった。

美意識によって「季」が定まる季語には、寂寥感を感じさせる「音」や「声」に魅せられて「秋」に限定されたのが多い。「鶉」の場合も『古今集』には「雑」の部に入っているが、『千載集』の有名な「夕されば野べのあきかぜ身にしみてうづら鳴くなり深草の里　俊成」（二五九）などにおける美が喧伝されて「秋」に定まったものである。「虫」の場合も秋の声が哀れまれて「季」は秋に定まっている。人事の季語においては漢詩の情趣をそのまま導入した「砧」（擣衣、衣打つ）がある。勅撰集において「砧」がはじめて見られるのは『拾遺集』からであるが、それ以降必ず「秋」の題として取り上げられるようになる。「砧」は、秋の夜長にどこかで打ちつづける悲しい拍子の砧の音をしみじみと聞くといったパターンで詠まれる、中国の蘇武の古事（前漢、武帝の時、匈奴に捕われた夫、蘇武のことを思いながら砧を打つ妻を題材に、数々の漢詩が詠まれている）以来の漢詩の情趣をそのまま受け入れたものである。日本の和歌、連歌、俳諧においても「砧」は必ずといっていいほど「秋」の「夜」の「音」でなければならないのである。

以上、美意識による典型的な「季」の成立の過程を見てきたが、美意識は事物の見方を限定し、どのような在り方を最も美しいとするかを規定するようになり、最も美的な状態とされる季節が「季」として定着していくのである。季語はこのような伝統的な美意識を背負っているところにその特質があるとも言える。

第二節　季語の役割

（一）一定の事物が一定の季節に結びついて、事物の「季」が定まった「季語」という形は、短詩型を列ねて一つの作品を作り上げる連歌において非常に効果的に働くようになる。つまり連歌という一句一句を繋げながら長い一巻を作り上げる形式において、季語という形が必須なものとして要求されたのである。それは井本農一氏が『俳諧大辞典』において次のように述べているとおりである。

　連歌では長い一巻のなかに変化を与えるため、四季を適当に配る必要が起り、そこに去嫌の規約が生まれ、去嫌の規約は連歌に詠まれる事物の季を定めることを要請するものだからである。たとえば冬の句は三句までは続けて詠み、それ以上にわたってはならないと規程する時、その場合どの題材が冬かはっきりさせる必要が起る。そこで淡雪は冬、冷は秋、残雪は春などと規程するのである。(10)

同じように山田孝雄氏は『連歌概説』の「詠み方の心得」で、連歌において季節の本意が必要になってくる理由について次のように述べている。

連歌にありては一の語を用ゐるにも、その詞としての本意如何、それが季節に関するものならばその季節に於いて如何なる意をあらはすかを思ひめぐらさずばあるべからず。これは連歌がその詩型の短くして一句としての語の数の少きが為に、一語なりとも、浪費せず、極めて効果多く用ゐむと期するが為に生じたる要求に外ならざるべく思わるゝ点多しといへども、単にそれのみに止まらず、各句の季節等の吟味の厳しきによりても導かれたる点あるべく、この季節等の吟味の厳重なるは連歌をして変化に富ましめむが為に、その本意を明確になしおくべき必要あるによりて生じたるものなるは疑ふべからず。(11)

つまり、連歌の詩型が短いことから一つの語に多くの言葉を含蓄して表現するために必要不可欠なものとして要求され、更に連歌の長い一巻において変化を富ましめるために各句の季節の吟味が厳しくなり、「去嫌」(同字、同季などの類似した詞を続けて使うことを嫌うこと)などの問題を解決するために、事物の本意を明らかにするべき必要性に迫られたということである。連歌が短詩型であること、共同で一つの作品が作られるという特質は「季」の規定を促進する最も大きな動因として働いたのである。

前述したように、既に和歌において美意識による、はっきりとした「季」の意識が指摘できる。ところが、和歌においてはまだ季節の言葉を必ず詠み込むべきだという法則があったわけではない。法則として働くようになったのは連歌において初めてのことである。こうして「季」の題というのが法則として定まってからは、逆にその法則を守る必要に迫られ、事物の「季語」化はますます促されるようになったのである。

（二）　事物の季語化は連歌の形式を充たすだけでなく、様々な側面から効果的な機能を発揮するようになる。以下、季語の役割に触れながらその意義を考えてみよう。

最も重要な役割はいうまでもなく、「季」の発生源であるところの「季節」そのものを喚起することである。即ち、季節情調を呼び覚ますことである。現代俳人原裕氏が『季の思想』において「たまたま生活の折り目折り目に季節を呼び寄せる生活態度が俳句を作らせる」[12]と述べているように、季節を感知する感動が連俳文学の基本に据えられ、それが季語という形として結晶して表現される。季節を喚起する役割は「当季」（句が詠まれるその季節）の方が最も効果的に示される。そのため、連句の発句においては必ずその時節の「季」、即ち当季を詠み込むべきだということが守られてきた。それは連句の座において一座の興趣を助けることを目的としたものであった。『吾妻問答』（宗祇　文正二年か）において見られる、阿仏尼が当季を守ることを気遣ったあまり長月の晦日に発句を頼まれて「今日ははや秋のかぎりになりにけり」と詠み、翌日に又発句を請われた時「今日は又冬のはじめになりにけり」と詠んだという逸話[13]は極端な例ではありながら、「当季」を重んじた傾向を物語るものでもある。

このような、「季」を喚起することは言い換えれば、人間をして時の流れを感知させることでもあった。寺田寅彦は『風土と文学』において次のように述べている。

無常な時の流れに浮ぶ現実の世界の中から切り取つた生きた一つの断面像をその生きた姿に於いて生々と描写しようといふ本来の目的から、自然に又必然に起こつて来た要求の一つが此の「時の決定」であることは、恐らく容易に了解されるであらうと思はれる。花鳥風月を俳句で詠ずるのは植物動物気象天文の科学的事実を述べるのではなくて、具体的な人間の生きた生活の一断面の表象として此等のものが

> 現はれるときに始めて詩になり俳句になるであらう。時の流れを客観的に感ずるのは何等かの環境の流動変化による外はない。年々の推移を「感ずる」のは春夏秋冬の循環的再帰によるのである。(14)

「無常な時の流れに浮ぶ現実の世界の中から切り取つた生きた一つの断面像」「具体的な人間の生きた生活の一断面の表象」を「春夏秋冬の循環的再帰」によって感じ取るのであり、それが季語を通して表わされるということである。

季語が季節を喚起することは、前述した〈季節観〉の本質の問題に関わるものであり、芭蕉の言葉を借りれば「乾坤の変」に「造化」の原理を発見することにもなる。

次に、季語の重要な役割の一つは、事物から感じる美的共感帯を作ることである。そうすることによって、世界最小の短詩形の表現の不足を補うのである。岡崎義恵氏も「季節感の展開」において次のように述べている。

> 俳句は確かに最小の詩形の一であり、節約された語の中に多くの意味を含まなければならない。従ってこの中に採り入れられる季語は、其の背後に豊富な聯想的内容を必要とする。(中略)又季節の深い感情であることもある。それが智的・情的何れに近いにせよ、とにかく一定の約束の下に、季語から必然に聯想されるものである。(15)

連衆が共同で行なう「座の文学」(16)としての連歌や俳諧の展開の中で「座」の共感を得るためには、誰もが共感できる美意識が求められる。例えば、「世にふるはさらに時雨の宿りかな」の場合、時雨の伝統的な捉え方は「定めない」ものだという共感がなければ句は成立しないのである。芭蕉の「鴬や餅に糞する縁の先」や鬼貫の「鴬が梅の小枝に糞をして」等の場合、鴬は伝統的な季節感のなかで「春を告げる鳥」だという共通の意識がなければ、それを卑俗な方向に転じた句の面白さは生きてこないはずである。『去来抄』(去来　安永四年刊）の「同門評」に次のような逸話が見られる。

夕ぐれは鐘をちからや寺の秋　　風国

此句、初は晩鐘のさびしからぬといふ句也。句は忘たり。風国曰、「頃日山寺に晩鐘をきくに、曾てさびしからず。仍て作ス」。去来曰く、「是　殺風景也。山寺といひ秋の夕ト云、晩鐘と云、さびしき事の頂上也。しかるを、一端游興騒動の内に聞て、さびしからずと云は一己の私也」。国曰く「此時、此情有らばいかに。情有りとも作すまじきや」。来曰「若情あらば、如此にも作せんか」ト、今の句に直せり。勿論、句勝ずといへども、本意を失ふ事はあらじ。(17)

これは「秋の夕暮」や「晩鐘」といえば、全ての日本人に共感を得るものとしては、まず「さびしさ」という共通意識があり、その共通の理解のうえで句が成り立つものであるから、「さびしからぬ」という風国の初案は好ましくないので改作したという話である。日本文学において「秋の夕暮」といえば、有名な三夕の歌(18)において〈季節観〉の伝統が出来ているように、先ず「さびしさ」という共通の意識を喚起する言葉であった。また、「晩鐘」、即ち「入相の鐘」も「山寺の入相の鐘の声ごとに今日も暮れぬと聞くぞ悲しき」（『拾遺集』）、「山里の春の夕暮来て見れば入相の鐘に花ぞ散りける」（『新古今集』）のように、哀感の象徴となってきたものである。風国が秋の夕に鐘の声を游興騒動のうちに聞いて「さびしくない」ということは、ただの私情であって、「座」のなかの共通理解から脱していると去来に戒められたのである。これは季語が伝統性や風土性を背負って、人々の共感帯が作られており、それに基づいて句を詠んだ時に、多くのものを語らなくても既にその言葉自体から詩情が喚起される役割を果たす、ということを示唆する。このような美的共感帯というのは結局類型化した美意識を必要とするものでもあった。つまり、「秋の暮」というものは淋しさの象徴といった類型化した美意識というものがあり、それがまたその季語の本意として定められているものであった。ところが、その類型化した美意識に拘りすぎると今度は感動の少ないマンネリズムに陥りやすい。日本における季語の発達は常にこのような類型化・固定化とその脱皮の過程を繰り返しながら発展してきた。類型化した伝統的な〈季節観〉を守っていくことも重要であり、その類型に拘らず、創造的に詠んでいくことも重要である。本稿の重要なテーマである「時雨」という季語の〈季節観〉の脈絡においても、時雨の類型としての紅葉を染めること、そして、無常の世のメタファーとなってきたことを芭蕉はどのように自らの詩の世界に取り入れていったのかを見ることが重要な論点となるわけである。

第三節　季語の構造と「歳時記」

（一）　俳諧には夥しい数の季語がある。近世に出されている「季寄せ」類から見ると、『山の井』に一〇三二、『滑稽雑談』に一八三九、『俳諧歳時記』に二六〇一、『俳諧歳時記栞草』に三四二四の季語が収められており、近世において季語は膨大な数に及んでいたことが分かる。それ以降目覚ましい増大を示し、最近出ている『図説日本大歳時記』（講談社刊）には五〇〇〇に及ぶ季語が収められている。

このように季語が膨大な数に及ぶのは、もちろん季節文学の発達を物語るものであり、それを促した動因としては二つの要素が考えられると思う。一つは、序論でも述べたように、変化に富んだ気象的な特徴によって、日本は季節の幅が広く、自然景観においても豊かな「変化の美」を示されることである。一例を挙げれば季節の幅が広ければ当然、動植物などの種類も多い。特に日本には植物の種類が多いことは既に植物学の研究のなかで明らかにされているところである。田村道夫編の『日本の植物』などを繙いてみると、日本の植物は四千五百種にものぼり、国土の面積に比べて非常に多い数字だとされている。(19)今一つは、「季」の意識の成立過程において述べたように、連歌の一巻において変化を持たせるために季語という形式が定着してきて、それが法則となってからは、一句一句の「季」をはっきりと示さなければならないため、次々と事物の季語化は進められるようになるからである。更には時の変化による季節美を重んじる日本人の鑑賞態度から必ずしも特定の季節に限らないものまでも季語として定まり、季語はますます増加していったのである。

季語は和歌以来の季節感をもとにできた伝統的な季節の題もあれば、和歌には見られないもので連歌において初めて定められたものもあり、また、和歌や連歌いずれにも全く見られないもので俳諧において初めて捉えられたものもある。

山本健吉氏は『最新俳句歳時記』のなかで、季語の構造について次のように図式化して説明している。氏はこれを「季語の年輪」と命名している[20]。

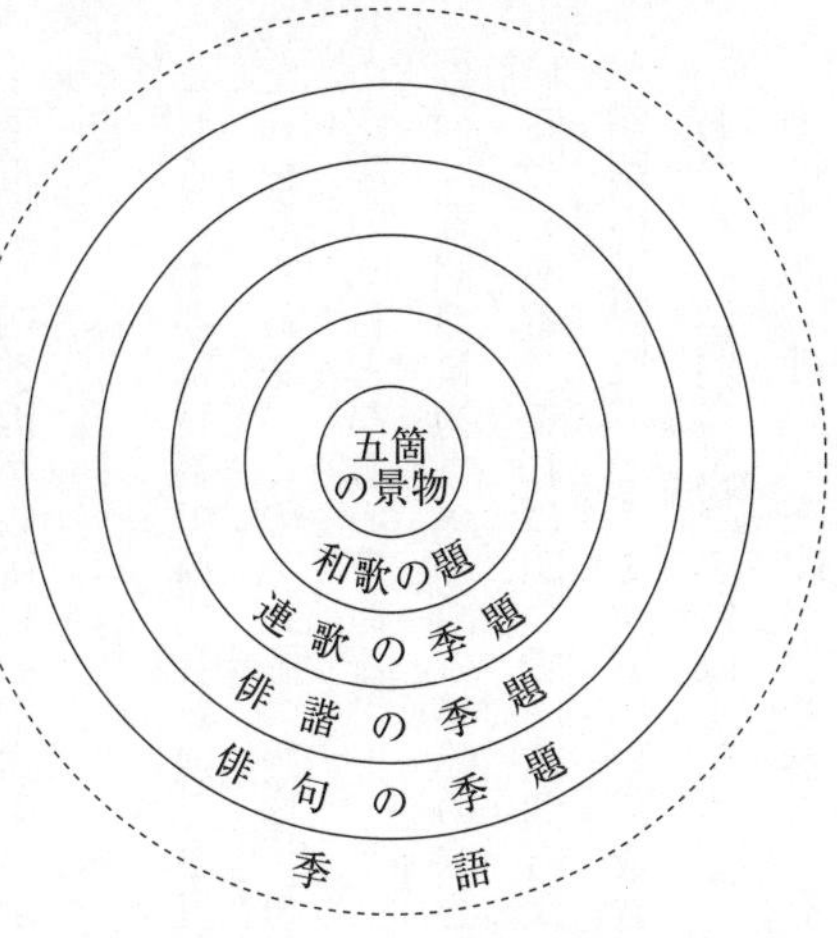

図のように、季語の頂点部に、日本の四季を代表する花、時鳥、紅葉、月、雪の「五個の景物」が据えられ、それを包む和歌の題があり、次にその和歌の題を包み、より拡張された連歌の題があるという具合に、次第に裾野に至るまで拡張され、現実世界と接触するという。

「五個の景物」とは日本の四季を代表するものである。その言葉の起こりは、早川丈石が『俳諧名目抄』（宝暦九年）において「花」「郭公」「月」「雪」に「紅葉」を加えて「五個の景物」と命名したことによる。

[景物]　四季折々に賞翫ある物をいふ。花郭公月雪を四個の景物といひ、紅葉を加へて五個の景物といへり。……（後略）[21]

これらの景物は序論で引用した道元や良寛の歌（一一頁）によっても日本の四季を代表するものとして示されたとおりである。この「五個の景物」のなかで殊に春の花と秋の月とが賞玩され、連俳における花の定座、月の定座の式目となるのである。

この「五個の景物」が季語の年輪の求心を占める。その周りを和歌の題と連歌の題、俳諧の題が取り囲んでいるのである。これに関して山本健吉氏は次のように述べている。

季語の世界は、ピラミッド形に形成された、一つの秩序の世界であって（略）ピラミッドの頂点部にいわゆる「五箇の景物」を位置せしめ、それより次第になだらかな斜面をなして、和歌の題、連歌の季題、俳諧の季題、俳句の季題が取り巻く。そしてその裾野をなす底辺部に、日本の風土のあらゆる季節現象を尽くそうとする季語が無数に存在して、現実の世界に融け込む。中心部は日本人の美意識による選択であり、底辺部は無選択に現実の記述を試みようとする。[22]

すなわち、ピラミッドの頂点部にいくほど、美意識によって支配され、底辺部にいくほど現実の世界に接触するという。というのは和歌の題は美意識による選ばれた言葉の世界であり、言葉自体が一つの美的結晶で、一つのフィクション化している世界であるが、連歌や俳諧、それから俳句になるほど、現実の世界に密着した、より豊富な言葉が季語となっていくということである。

氏の季語の分析は非常に適切であると言えよう。ところが、必ずしもこのような図式どおりに行かないのは『万葉集』に詠まれている題の場合と、中世の歌集で、豊富な題を取り入れている『夫木和歌抄』における題の問題があろう。『万葉集』には必ずしも「優美」なものという制限がなく、日常卑近なものが制約なしに季節の題になっていた。例えば、「浜木綿」「紫陽花」「合歓の花」「馬酔木の花」「芋」……などは勅撰集には、見られない題として、『万葉集』には詠まれており、俳諧において復活されているのである。俳諧師がよく参照した中世の『夫木和歌抄』などには、勅撰集や連歌においては全く見当らない季節の題が豊富に入っている。その点、和歌的題、連歌的題、俳諧的題というふうに線を引きにくい要素も多いが、今回は凡その季節の題の特性に目をとめてみよう。

和歌の題はきわめて制限されており、優美なものという美意識がおのずから選択したものであって、季節の題自体が「東風」、「春雨」、「野分」、「凩」、「呼子鳥」、「雁帰る」、「花橘」など必ずある優美な情緒を伴っている。そして、貴族的な要素が濃厚で農事から離れた限られた範囲内で看取された季節の題が主流をなす。

鎌倉時代の順徳院の歌論書『八雲御抄』の「五月」の部に、「麦の秋　歌などにはききにくし（「聞き苦しい」の意）[23]」などと出て、「麦の秋」のような鄙びた感じのものは厭われたことを示し、蕉門の俳論書『篇突』（李由・許六　元禄十一年刊）において「鹿と云ふ物も歌の題にて俳諧のかたち少なし。」「紅葉は歌の題にて、近年俳諧の手柄見えず。[24]」ということが見られ、和歌的題の特色を示し、題それ自体が優美な情調を持っているもので、俳諧においては他の季語に比べてそれほど詠まれなくなったことを示している。

芭蕉自身の言葉である「和歌優美」「俳諧自由」（『去来抄』）や、「春雨の柳は全躰連歌也。田にし取る鳥は全く俳諧也。」、「詩歌連俳はともに風雅也。上三のものには餘す処迄俳諧はいたらずと云処なし。」（『三冊子』[25]）などが示すように、俳諧においては、季節の題を豊富に取り入れていく。蕉門の俳諧集『句兄弟』（其角　元禄七年刊）においては「縦題」（和歌や連歌以来の伝統的な季語）、「横題」（俳諧的な季語）について次のように述べられている。

縦は＼花＼時鳥＼月＼雪＼柳＼桜の折にふれて、詩歌連俳ともに通用の本題也。横は＼万歳＼やぶ入の

> 春めく事より初めて、＼火燵＼餅つき＼煤払い＼鬼うつ豆の数〳〵なる俳諧題をさしていふなれば、縦の題には古詩、古歌の本意をとり、連歌の式例を守りて文章の力をかり、私の詞なく、一句の風流を専一にすべし。横の題にては、洒落にもいかにも我思ふ事を自由に云とるべし。[26]

このように、当時の誹諧師の間では和歌の題と俳諧の題の相違がよく自覚されていた。この『句兄弟』にも示されているが、俳諧において増えてきた季語には、①「猫の恋」「蚊」「蝿」などの卑俗なもの、②「煤払い」「土用干し」「炬燵」などの人事のもの、③「大根引」「田植」「茄子」「葱」などの農事に関するもの、③「雑炊」「鰹」「とろろ汁」などの食物、④「芍薬」「芙蓉」などの漢語のものなどがある。

この中でも特に、和歌と俳諧の季節の題の違いを示すものは人事の題である。一例を挙げれば『八雲御抄』の「人事」に分類されている題のなかで、後の季題になるものは、「照射」、「祓」、「擣衣」、「涼（すずみ）」など、ごく少数しか見えないが、日常の生活感覚を基盤にした季節の題の拡張を示すものとして、俳諧においては夥しい数の人事の季語が導入されていく。俳諧では伝統的な〈季節観〉をも重視しながら、より生活実感に密着し、人間の営みにおいて季節の推移を感じ取ろうとする傾向が見られるためであろう。

（二）「歳時記」はこれまで述べたような季語を集大成して分類し、句作の際の指南書となるものである。日本の俳諧において「歳時記」と呼称されるものは、季語を集めて「季」に分けて分類整理し、更に解説を加えたものである。一般的に季語を単に分類だけしたものは「季寄せ」としているが、はっきりとした区別をせずに使用される場合も多い。

本来、「歳時記」という言葉自体は、中国から伝来しており、年中行事や生活を記録したものであって、日本のような個々の事物を「季」に分けた性質のものではなかった。中国において「歳時記」という言葉の起こりは、六世紀頃の、梁の国の宗懍が著した『荊楚歳時記』（当時は『荊楚記』とだけ言われていたが、唐の時代になって『荊楚歳時記』という名で使われだしたという説もある）からであるというのが有力な説である。この『荊楚歳時記』は一種の「農事暦」の要素が濃厚であり、農事を基本にした四季折々の生活と行事が記録されている。

中国においてはこの『荊楚歳時記』以前にも、「歳時記」という言葉こそ使われていないが、儒家の経書の一つである『礼記』（周末から秦、漢にかけて成立）の「月令篇」は古代の王朝の年中行事を示したもので、「農事暦」だけとは言えない一種の中国の最古の歳時記といえるものである。参考として、韓国の李朝時代にも中国のそのような歳時記に習って十八世紀後半から十九世紀前半にかけて『東国歳時記』『洌陽歳時記』等が出されているが(27)、それは一年中の祭事、儀式、行事などについて解説を施したもので、本来の意味の歳時記に近く、それに記述されているものは「歳時風俗」というふうに呼称されている。

現在、日本の「歳時記」という言葉は中国の「四季の行事と生活の記録」の本来の意味の上に、一つ一つの事物の「季」を分類した「季寄せ」的な性格を合わせ持ったものであり、中には更に個々の季語が持っている背景、詩的イメージについてまでも説明を施したものもある。

日本文学の伝統におけるこのような傾向から日本人は外国の詩歌においても、歳時記及び季寄せ的な分類を試みるのが一つの傾向として現われる。早い形は江戸時代の館柳湾が中国の一年間の季節の推移を十二か月に分けて、その折々の事物や事象に解説を加えて例詩を挙げた『林園月令』（天保二年序）というのがある。中国の詩文を季節の推移に合わせて理解しようとする日本の俳諧的な「季」意識のもとに編纂されたものである。更に最近は日本の俳諧歳時記の方法に合わせて詩文を分類し『英語歳時記』『中国文学歳時記』(28)なるものも出されている。

（三）　俳諧の歳時記の源流は一般的に連歌の作法書や式目書にまで遡って考えられる。それらにおいては連歌を詠む際の心得や、弁えておくべき式目を説きながら、付録としてどのような言葉が「去嫌」に当たるのか、又どのような言葉が寄せの言葉に当たるのかを例示しながら事物の「季」を示したものが多いからである。歳時記については従来、先覚によって様々な研究が行われ、代表的なものには、宇田久氏の「歳時記の史的考察」（『季の問題』所収）、真下喜三郎氏の『詳解歳時記』、井本農一氏の「俳諧歳時記の発達」（『季語の研究』所収）などがある。それらを視野に入れながら歳時記の発達の過程を表にすると次のようになる。

まず、俳諧の歳時記の先駆となった連歌の作法書を挙げる。

〈連歌〉

題名	種類	著者	刊年
連理秘抄	連歌論書	二条良基	貞和五年奥書
連歌天水抄	連歌論書	谷宗養 里村昌休	永禄四年？
白髪集	連歌論書	里村紹巴	永禄六年奥書
匠材集	連歌辞書	里村紹巴か	寛永三年
至宝抄	連歌論書	里村紹巴	寛永四年
連歌初心抄	連歌論書	了意（紹巴門下）	寛永四年
詞林三知抄	連歌詞寄	一条兼良？	寛永十一年
随葉集	連歌付合集	撰者不詳	寛永十四年
無言抄	連歌式目	応其（木食上人）	慶長三年成

このうち、『連理秘抄』などは連歌の式目作法を説きながら、参考として事物の「季」を示しており、『連

歌天水抄』や『白髪集』『至宝抄』などは言葉の「本意」を説きながら、事物の「季」をも示したものである。これらには「季」の言葉において何月から何月まで詠むべきだとか、「一座一句物」「一座二句物」…「一座四物句」、「可嫌打越物」などの法則を例示しながら、一つ一つの「季」を提示しており、俳諧の季寄せや歳時記の先駆になっていく。

次にこれらの連歌の場合を習いながら、次第に「季寄せ」及び「歳時記」の形を整えていく俳諧の場合を見てゆこう。

〈俳諧〉

題名	種類	著者	刊年
はなひくさ	俳諧作法書	野々口立圃	寛永十三年
毛吹草	俳諧作法書 後半二冊撰集	松江重頼	寛永十五年
俳諧初学抄	俳諧作法書	斉藤徳元	寛永十八年
山之井	季寄せ	北村季吟	正保五年
俳諧御傘	俳諧式目書	松永貞徳	慶安四年
初本結	俳論書	池田是誰	万治元年
増山井	季寄せ	北村季吟	寛文三年奥書
類船集	俳諧作法書	高瀬梅盛	延宝四年
増補はなひ草	俳諧作法書	編者不詳	延宝六年
日本歳時記	歳時記	貝原好古	貞享五年
誹諧番匠童	俳諧作法書	露吹庵和及	元禄四年
俳諧小からかさ	俳諧作法書	坂上松春	元禄五年
糸屑	俳諧作法書	轍士	元禄六年序

誹林良材	俳諧作法書	青木鷺水	元禄十年
俳諧新式	俳諧作法書	青木鷺水	元禄十一年
滑稽雑談	歳時記	其諺	正徳三年序
俳諧節用集	俳諧辞書	青木鷺水	延享四年序
篗纑輪《わくかせわ》	俳諧論書	田中千梅	宝暦二年序
俳諧名目抄	俳諧作法書	早川丈石	宝暦九年
俳諧四季部類	季寄せ	二柳庵・半化房校閲	安永九年
華実年浪草	歳時記	麁文	天明三年
季寄字引（初編）	季寄せ	笠庵蓑杖	享和二年序
俳諧季寄大全	季寄せ	花屋庵奇淵	享和二年
俳諧歳時記	歳時記	滝沢馬琴	享和三年
諸国図会年中行事大成	絵入り歳時記	速水恒章	文化三年
改正月令博物筌	歳時記	鳥飼洞斎	文化元年
俳諧手勝手	季寄せ	酔室其成	文化七年
俳諧四季名寄	季寄せ	高井蘭山	天保七年
東都歳時記	歳時記	斉藤月岑	天保九年
増補改正俳諧歳時記栞草	歳時記	馬琴 藍亭青藍補	嘉永三年
俳諧季寄これこれ草	季寄図解書	加藤良左衛門正得	嘉永六年
俳林良材集	俳諧作法書	双雀庵永壷	安政五〜六年

以上のように、江戸初期の場合は、『はなひ草』以来、俳諧作法書でありながら付録として季寄せを収録している、連歌の作法書に倣ったものが多い。それが『山之井』以降になると、殆ど季寄せ的な性格の強いも

のが現れるようになる。『山之井』を増補した『増山井』は「四季之詞」「非季詞」などと分類し、俳諧用語は「俳」と分類するなど俳諧宗匠の指南書ともなり、後の季寄せ集の基準となったものである。後には、「季寄せ字引」「季寄註解　改正月令博物筌」などのように、季寄せという言葉自体が題として初めて登場するようになる。

図で示したように貞享五年刊の『日本歳時記』に至って初めて歳時記という言葉が使われるようになる。ところで、これは俳諧においても広く使われるようになったが、元来は俳書ではなく、民間の年中行事の記録を主とした中国の本来の歳時記の意味に近いものであった。天明三年刊の『華実年浪草』になると歳時記という名こそついていないが、膨大な二千七百余りの季語に考証、解説を施し、歳時記の形を次第に整えるようになる。享和三年刊の『俳諧歳時記』に至っては名実ともに現在の俳諧の歳時記の形の成立を見るようになり、後に増補された『増補改訂　俳諧歳時記栞草』は季語の数が三千四百二十余に達し、歳時記の模範として受け継がれてきた。

(1)『アカネ』一九〇八年一二月　根岸短歌会　二〇頁
このなかの「俳句評論」において大須賀乙字は「季題」と「季語」という言葉を交互に使っている。例えば「明治の俳句の特色は季語感想上の変遷にあること勿論、この両三年殊に著しき変化があるやうに思はれるけれども日本俳句に就いて一層注意すべきことは季題の取扱ひ方である。」という文章においてである。
(2)『三冊子』「赤冊子」校本芭蕉全集・俳論編　一九五頁
(3) 山本健吉「季題論序説―芭蕉の季題観について」(『俳句講座』5　俳論・俳文編　明治書院　一九五九年九月)一九六頁
(4) 同注(2)

（5）『去来抄』校本芭蕉全集・俳論編　一二五頁
（6）潁原退蔵「俳諧の季についての史的考察」（『俳諧史の研究』星野書店　一九三三年）三〇～三一頁
（7）山本健吉「歳時記について」（『最新俳句歳時記』新年編　文芸春秋社　一九八八年）二二五頁
（8）井本農一『季語の研究』吉川書房　一九八一年　一二～一三頁
（9）『連歌天水抄』伊地知鐵男編　連歌資料集所収　ゆまに書房　一九七七年
（10）『俳諧大辞典』明治書院　一九六七年　一四六頁
（11）山田孝雄「詠み方の心得・本意」（『連歌概説』岩波書店　一九三七年）
一二九～一三〇頁
（12）原裕『季の思想』永田書房　一九八三年　五一～五二頁
（13）宗祇『吾妻問答』岩波古典文学大系・連歌論集／俳論集　二一八頁
（14）寺田寅彦『風土と文学』角川書店　一九五〇年　一三七～一三八頁
（15）岡崎義恵「季節感の展開」（『美の伝統』宝文館　一九六九年）四一七頁
（16）尾形仂氏の『座の文学』（角川書店）以来連俳文学の特質を指摘した言葉として使われている。即ち、①連衆と対座する座、②遠く空間を隔てて語りかける座、③古人の語りかけに応じ、又語りかえす座（伝統）などに分類して説いている。
（17）『去来抄』「同門評」校本芭蕉全集・俳論編　九九～一〇〇頁
（18）①さびしさはその色としもなかりけりまき立つ山の秋の夕暮　寂連（新古今　三八一）
②心なき身にもあはれはしられけり鴫立つ沢の秋の夕暮　西行（同　三八二）
③見渡せば花ももみじもなかりけり浦の苫屋の秋の夕ぐれ　定家（同　三八三）
（19）田村道夫『日本の植物』培風館　一九八一年　一～三頁
（20）山本健吉「季語の年輪」（『最新俳句歳時記』新年編　前掲書　所収）二四一頁
（21）『俳諧名目抄』伊藤半次郎校訂　俳諧文庫（二一）・付合作法全集　博文館　一九〇〇年　六〇頁

(22) 山本健吉「季題・季語表について」(『最新俳句歳時記』新年編　前掲書所収) 二四四頁
(23) 『八雲御抄』日本歌学大系・別巻三　風間書房　二九六頁
(24) 『篇突』日本俳書大系・蕉門俳話文集　一七七～一八〇頁
(25) 『三冊子』「白冊子」校本芭蕉全集・俳論編　一五七頁
(26) 『句兄弟』古典俳文学大系・蕉門俳諧集(二)　五三頁
(27) 『東国歳時記』『洌陽歳時記』はいずれも、李朝末期の中国風の歳時記であり、著者はそれぞれ洪錫謨、金邁淳である。両方とも『朝鮮歳時記』(平凡社　東洋文庫　一九三)に日本語訳で出版されている。
(28) 成田成寿編『英語歳時記』四冊　研究社　一九七七年
黒川洋一外編『中国文学歳時記』六冊　同朋社　一九八九年

第二章　「本意」と芭蕉の〈季節観〉

芭蕉が、俳諧を日本の四季変化に基づいた伝統文学として確立できたのは何よりも俳諧の中核となる「季語」に詩精神を吹き込んだためであると考えられる。初期俳諧の貞門・談林俳諧とは異なり、蕉門の俳論においては季語の「本意」というのが非常に重要な問題として問われるようになった。それは、季語の一つ一つを伝統的な〈季節観〉に照らし合わせながら本質を探ろうとしたためである。

季語の「本意」というのは一般的に、その季語の有する「最も美的な在り方」とされ、句作の際に常に吟味すべきものとして認識されてきた。事物の本質は本来変わらないはずのものであるが、美的価値によって人間が付与した「本意」は、価値観が変わることによって変化するものであった。即ち、時代によって、人によって可変的であり、芭蕉らにとっては、従来の、「本意」という類型化した美意識をどのように受け取りながら創造的に句を詠んでいくかということが重要な課題であったと言える。

日本の詩歌の伝統において「本意」ということが最も強調されたのは連歌においてである。連歌では、和歌の伝統において形成されている〈季節観〉を確認しつつ、それを「本意」として決め、その本意に従って事物の「季」を定めていったからである。伝統的〈季節観〉は、連歌の本意において確固たるものとして定着し、厳しい作法のなかで守られるようになった。そこで本章では、「本意」意識の脈絡を探りながら、そのような本意が芭蕉によってどのように受け取られていったのかを見ることによって、類型化した〈季節観〉

の受容と脱皮の問題を考えていくことにする。

第一節　和歌の「本意」

鎌倉時代の歌学書『和歌色葉』（上覚法師　建久九年）の「有勝負事」の項に、次のような歌の心得が書かれている。

落花落葉題には花は木の下にこぼれてにほひ、もみぢは庭の上にいろさかりなるは勝たり。ちりしぼむといふはおとろふれば劣なり。……鳥はこゑめづらしく、鹿はつまよぶとよむは勝たり。なきさけぶといふはうちぎきはばかりあり。(1)

落花落葉は「こぼれてにほひ」といったふうに、紅葉は「いろさかりなるように」、時鳥は「こゑめづらしく」、鹿は「つまよぶ」と詠むのが本意であって、鹿などの場合を「なきさけぶ」と詠んではいけないということである。

このような本意の在り方は事物の本質というより、事物の美によって定まっていたと言えるものである。それは題材の属性というよりも、「人間の側から見た題材の最も美的な在り方」だと言える。つまり、鹿が「つまよぶ」というのは人間が鹿に与えた最も美的な在り方なのである。横沢三郎氏が「季題趣味」において、季語の特質を「美と真の二つの把握」、「客体と主体との相関関係に於いて成立したもの(2)」と指摘しているのは、「本意」の在り方をよく示唆している。例えば、時雨は世の無常の思いに例えるべきだという本意も、花は散ることを惜しむように詠むべきだという本意もすべて、時雨や花が持っている本質というよりも、人間の側から見て最も美しいと見た題材の美的な在り方なのである。そのような本意意識においては、題材の属性よりも人間の心象風景の方に重点が置かれるようになる。

本意の「一般的な意味」と「術語的な意味」とを区別し、詳細に分析したものに岡崎義恵氏の研究がある。氏は本意の二様の意味を次のように指摘している。

①「まことの心」「実際のおもわく」「本来の意志」…人間の心の動きの方を主体的にいうもの

例：・この国に生まれぬるとならば、歎かせ奉らぬ程まで侍るべきを、侍らで過ぎ別れぬこと、返す返す本意なくこそ覚え侍れ。（『竹取物語』）

・それをほいにはあらで行きとぶらふ人、志深かりけるを（『伊勢物語』）

②「ほんとうの意味」「本来のわけ」「本義」…客体の中に認められる意味、または意義（その成立の根拠を追究すれば、そうした解釈を加える人や、またはそうした客体を在らしめる人の心に、その本意の出る原因があるとも言い得ないことはないが、既にそうした意味ができあがっていると認められる以上、その「意」は客体が持っており、客体の中にその「意」がこもるというふうに考えられるのである。）

例：連歌の詞の本意、能の物狂いの本意、物語の本意、歌道の本意、茶道の本意など。(3)

ここで、①の場合は、平安朝の物語や日記などに「……は本意なり」「……は本意なし」などの形でよく登場し、主体的な意志を含んだものであり、今日も日常的に使う一般的な語彙である。

歌の詠み方に関する本意は②に当たる。即ち、或る題材としての客体のなかに本来のあるべき性質が存在するという考え方に基づいた使い方である。つまり客観的な立場から、外界に存在するある客体の本質という意味から出た言葉であった。いわば「ものの本来の姿」という意味である。ところが、和歌になると「ものの本来の姿」というのも結局人間が与えた美的存在意義に変わってくる。岡崎氏は歌合の判詞に見られる、

「花をむげに惜しむ心なし、ちらであらんこそ本意なれ」(『内裏歌合』(4))などに示された花の本意を例として挙げ、それは、客体としての花の本質というよりは、「人間にとって花が持つべき美的意義」だとする。これは藤平春男氏が『新古今とその前後』のなかで俊成の「古来風体抄」の言葉を借りて「もとのこころ」を説いているのと似通っている。

やまとうたの起り、その来れること遠いかな。ちはやぶる神代より始まりて敷島の国のことわざとなりにけるよりこのかた、その心おのづから六義にわたりその詞万代に朽ちず。かの古今集の序にいへるが如く、人の心を種としてよろづの言の葉となりにければ、春の花をたづね秋の紅葉を見ても、歌といふものなからましかば、色をも香をも知る人もなく、何をかはもとのこころとすべき。(5)

ここで言う、「もとのこころ」は「色をも香をも知る、人の心」であり、それは藤平氏に言わせると、「美的認識の主体としての心」即ち「本意」だということである。後世の俳諧の季寄の『山の井』に花の本意を「めでしたふ心をほゐ(本意)といへり(6)」と、対象を賞美する心としているのとも通じると言えよう。こうしてみると、詩歌のうえで「本意」という術語の意味は基本的に、対象の性質と思われるのと、詠み手の美的自覚の結合点で生まれてくる一つの類型化した観念であるが、実際はその両者の中でも特に美的自覚の方がより優先されたことが分かる。

このような「本意」は歌合の勝負を決める時にも有効に使われた。前述した『和歌色葉』における「有勝負事」というのも歌合の勝負を決定する本意を意味するのである。平安時代の歌合の判詞においてその用例を多くみかけることができる。

承暦二年の『内裏歌合』の例を見てゆこう。

四番　桜　左　　讃岐守顕季朝臣
たづねこぬさきにはちらでやまざくらみるをりにしもゆきとふるらむ
右勝　　右中弁通俊朝臣
はるのうちはちらぬさくらとみてしがなさてもやかぜのうしろめたきと

右の人〴〵、「『さきには散らで』とあるは、花を無下に惜しむ心なし。散らさであらむこそ本意なれ」など申ほどに師賢、「惜しさのあまりに、わが見るをりよりは、来ざりつるさきにはとは言ふなり」と申すに、右の人〳〵、「なか〳〵見ぬをりにと思ふらむ心は、後の歌に詠まむずるにや、また註などをこそ書かましか」といふに、人みな笑ひぬ。「判は持と定めむ」とあるほどに、御前より、「さりとも劣り勝りあらむ」と仰せらる、に「さらば右勝つ」と定められしもいとあやしく、さきには如何に定めむと思されけるにかとおぼえし。(7)

この歌合の判詞は、それぞれの歌が本意に適っているかどうかによってその勝負を決めていることを示している。「さきには散らでとあるは、花を無下に惜しむ心なし、散らさであらむこそ本意なれなど申す程に…」とあって、花を愛惜する心が花の本意であるから「ちらぬさくらをみてしがな」と詠んでいる右の歌を「勝」としたのである。このような傾向は他にも『六百番歌合』『院御歌合』などの多数の歌合からその例を容易に見出すことができる。歌合の判詞からみると、題の本意は厳しく守るべきものとされ、〈季節観〉の固定化を促す一つの要因ともなったものと考えられる。

平安後期の『永縁奈良房歌合』(天治元年)で、判者俊頼(8)は次のような判をつけている。

七番　左　　上総君
しら浪の立田の川にしきるかな山のさくらは散りにけらしも

右　　　　式部君

花ざかり雪とぞ見ゆる年を経て吉野の山は冬はふたたび

（略）水のながれにつきて見たる本意にあらず。なほ梢を見ばや。「深山がくれのはなを見ましや」などいへるは、さるな（はな）にむかひてあることをいふなり。これは歌合に求めてよまむには、心ざしなし。(9)……

梢に咲いている花を見るのが本意であり、水に流れる花を詠むのは本意に背くということである。この歌合の判者でもある俊頼の歌学書『俊頼髄脳』においては四季の景物が人間の心情の推移に伴った美的価値によって詠まれることが細かに提示されている。

春のあしたにいつしかとよまむと思はば、佐保の山にかすみのころもをかけつれば、春の風にふきほころばせ、峰のこずゑをへだてつれば、心やりてあくがらせ、梅のにほひにつけて鴬をさそひ、子日の松につけても心のひくかたならばちとせをすごさむ事を思ひ、若菜をかたみにつみためても心ざしの程をみえ、残りの雪の消えうせぬるに、我身のはかなき事をなげき、花咲きぬれば、ひとり心のしづかならず、白雪にまがへ、春の雪かとおぼめき、心なき風を恨み、人ならぬ雨をいとひ、青柳のいとに思ひよりぬれば、思ひみだるともくりかへし、木のもとに立ちよらむ事をいひ、草もえいでむにつけても、早蕨をうたがひ、やまひにもなりぬれば、山がつのそのふにたてるもののすがたにつけても、すける心をあはれび、みちとせになるといふなる桃の、ことしはじめてさきそめるかとうたがひ、春の空しくすぎぬるにつけても、いたづらに事をたつる事をなげき、いつしかと時鳥を待ち、やすき夢をだにむすばず。知らぬ山路に日を暮し、思はぬふせやにして夜をあかすにつけても、よむべきふしはつきもせず、五月になれば、あやめ草にかかりぬれば、人の心のうちにおぼし、身の程をしらぬにひかせ、（中略）かくてこえ水無月にもなりぬれば、時鳥にわかれををしみ、かぎりありて身は雲路につきるとも声ばかりをばなきとどむべき事をかたらひ、……（略）……

松かげのいは井の水をむすびて夏なき年かとうたがひ、よろづにあつがわしき身のありさまを歎き、蚊やりの火のくゆるにつけてもことのつきすべきにもあらず。秋のはじめにもなりぬれば、松風のけしきも身にしみ、萩の葉のそよとこたふるにつけてもあはれをもよほし、七夕づめの逢ふを待ちうけて、渡守をたづね鵲のわたせる橋をもとめて、雲のころもをひきかさね給はむめづらしさも心をかしく、程なくあけぬる事を歎き、名残の恋しさをいひつくさむには、月の光いつともわくまじき物なれど、秋は猶いかなるかげぞとおぼえ、山がつのふせ屋のうちにては、雲の上人うらやまれ、玉のうてなにては、明石の浦思ひやられ、叢の露をかぞへ、羽うちかはし、飛ぶ雁もかくれなきまで、山のはよりたちいづるも紅葉すればやとおぼえ、雲間の月のあらしにはれゆくもめづらしく物おもふ人を恋ふるにつけても、みすぐれたる心地ぞする。木の葉の色づきぬればにしきのひもをとき、嵐にたぐひぬれば涙をおとし、み室の山に散りぬればたつたの河に水をうしなひ、吉野河にみちぬれば渡らむことをなげき、雨とふれど水のまさらぬ事をよろこび、草むらの虫のこゑごゑに人に知られ、萩の花露にすがかれて庭もせに折れふし、女郎花名にめでられ行きかふ人に折られ、花すすき風にしたがふ頃なればつま木こりゆく山がつの卑しきをもまねきぬべし。さだまらぬふじばかまをささがにの糸にかけ、まがきの菊も初露におきまどはされ、うつろふ色しがみさえだを手折りて人の心をあくからず。冬の物は初めの雪めづらしく降りて巖にも花をさかせ、あし火たく屋の煤をもひきかへ、四方の山べをかざり、草のとざし降りとぢつれば人しれずあけむ春を待ち、道かくれぬれば……（略）……たまものやどにくることみえずとうらみ、年くれぬれば送りむかふと何いそぐらむと思いながら世の習ひなれば、おのづから積りぬる事をなげき

よむべきなり。(10)

四季の推移をどのように詠むべきかが提示されるが、傍線部のように自然の移り変りが全て心の推移そのものになっており、そのように詠むことが当時の和歌の詠み方の本意になっていた。四季の景物は心象風景を映しだす美的価値が与えられていたのである。

人間が決めた美的意義中心の題の本意がよく示されるものとして、「帰雁」と「更衣」の本意の場合を見てゆこう。まず、「帰雁」については次のように述べられている。

（略）花をみすててなど云ひては人ならば、とはましものをなど不審をいふべし。又帰るこしぢには都にまさる花もや咲くらんなどもうたがふべし。又はかぎりありては帰るとも、此花を見すてて帰る空なくやなどもいふべし。落花をみては、中々にみるやわびしき帰る雁と云ふべし。いかにも思ひあへたらんに随ひて詠ずべし。（『和歌無底抄』(11)）

曙は・春の曙のおもしろきをみすてて心なくかへる・又は曙の景気をそへてかへるよしを詠し、おぼろ月夜の曙になごりおしみてかへる

……（略）……

花ハ・都の花をみすてて行・古郷の花のさかりやまさるにてかへるらん（ここの花よりも古郷の花やまさりぬらん・花のさかりをみすててかへるはと也）古郷の花のさかりにいそぐ。（『浜の真砂』(12)）

つまり、帰る雁を恨むというふうに詠むことが「帰雁」という題の本意だと提示し、しかも雁が花の時期に帰るのは、北国の花がまさるからこちらの花を見捨てて帰るのだと詠むのが最も優美だとしているのである。もちろん、愛惜の心を最高に表現するための文飾に過ぎないが、人間が与えた美の典型を示すものと言

えよう。

「更衣」の本意も同様である。

更衣　卯月朔日春の衣をぬぎてひとへの衣にぬぎかふる心也。きなれし春のたもとのなごりをしたひ花の匂ひのとまりし袖もぬぎかへて今更春のなごりをしたふともひとへの衣なれうすきなと読り。惣じての題は月にむかへば花をわすれ花にむかへば月を忘るゝよしを読を本意とす。更衣の題はけふかふるひとへの袖を賞翫する心はいはでひたすら花染の袖をおしみてぬぎかへまうき心をよめる相応也。しらがさねとはけふは上下共に同しく白き衣にかふる心也。（『初学和歌式』[13]）

是は夏の初の心也。花の袂を忘れては、蝉の羽衣ぬぎかへたるよし有るべし。夏衣一重になんどそふるべし。せみの羽衣などよめり。春のさかひののぶるがゆゑに、花色衣ぬぎかへてなど云ふ心はまことにあるべくこそ。花色衣をしきかななどとつづけては、春のかたみをただしなど云ふべし。蝉の羽衣、花の袂にあらぬ身はなど世中をうらめしげにおもはせては、衣もかへずうきこともなしと云ふかたも侍るべし。この題は風情多からぬことにこそ。（『和歌無底抄』[14]）

「更衣」は「けふかふるひとへの袖を賞翫すること心はいはで」、即ち脱ぎ換える涼しき衣を嬉しく詠むのはいけないとされ、花の衣を脱ぎ捨てることに関して「世の中をうらめしげに詠む」ことをその本意とするという。

このように、人間が季節の事物に美的価値が中心となる本意を与え、それは一つの伝統をなすようになるのである。どのような詠み方をすれば、最も優美な情緒を表現できるかということを主眼とする「和歌優美」の世界の〈季節観〉の様相を示唆するものと言えよう。もちろん、このようになった背景には、まず、四季の事物を通して間接的に心情を表現することを美しいと見た貴族社会の文化があったと言えよう。そして、永遠性に対する確信がなく、刹那的に生滅する四季の事物に自らの境遇を託した古代人の生死観に基づいたものだと言えよう。

第二節 連歌の「本意」

連歌において本意が強調されたのは、まず、一句一句の事物の「季」を定めるために本意を明らかにすることが要求されたためである。そのような要求から連歌において深化した本意は、その特色としては時代的な背景とともに次第に人生感慨の表象としての価値が与えられていくようになる。

まず、事物の「季」を定める本意の場合から見てゆこう。山田孝雄氏は『連歌及び連歌史』のなかで、連歌の季節の本意を付合の核子としての役割から説いている。

> 天水抄において既にこの本意と言うことが稍精細に説かれてゐる。その事は天水抄を連歌本意鈔と題する本の存するのでも想像せらるるが、その「万道具仕立やうの事」といつた条は個々の事項について結局その所謂本意を説ひたものといはねばならぬ。ここに未だ本意といふ語を用ゐぬが、季節又景物について各その特色を観取して、これを付合の中心核子とせうと心がけた事は明らかに認められる……(後略)[15](※引用文の『天水抄』は『連歌天水抄』であり、貞徳の俳論書の『天水抄』とは異なるものである。)

氏が指摘するように、『連歌天水抄』(谷宗養・里村昌休 永禄三年)は連歌の本意を説いたものとしては最も早いもので、そのなかの「万道具仕立やうの事」の項において言葉の本意が細かに説明されている。特に四季の題においてはその本意に適う時節を提示している。氏は本書においてまだ本意という語が用いられていないとしているが、次の用例からも見るように一つ一つの記述内容において本意という言葉がよく出てくる。

春雨　いかにもこまかに打ちそそきたる躰よし。ことことしくふる事あれ共しつかなる躰本意也。
雲雀　正月のすゑより空へのぼる也。さりながら二月の比迄も寒き躰にはのぼらず。春寒き、春あさきといふにのぼる躰わろし。夕日朝日をうけてのぼる躰を本意とする也。あたたかなる時ハ曙にものぼる躰よし。
鶯　初春より末の春迄よし。あまたゐる躰わろし。いかなるところにもひとつより外はゐぬものなり。
（後略）
蛍　夏三月に用也。秋までも残る躰もよし。夕時分より明果るまでほのめく也。月出ぬれば光をうしなふ躰を本意とする也。(16)

春雨は強く降ることもあるが、いかにも細かに降ることを本意とし、鶯は必ず一つのものを詠まなければならないといった本意が規定されているのである。この『連歌天水抄』は山田孝雄氏がその重要性を指摘しているが、従来、本意の問題においてあまり注意されずにおり、猶深い研究を要するであろう。

近世において里村紹巴が太閤秀吉に献上した『至宝抄』（寛永四年）では次のように季節の詞の本意を説いている。ここでは四季の事物の本意が美的伝統として提示される。

又連歌に本意と申す事候、たとひ春も大風吹、大雨降共、雨も風も物静かなるやうに仕候事（本意にて御座）候、春の日も事によりて短き事も御入候へども如何にも永々しきやうに申習候、又花の本意とは花とばかり申候は桜の事にて御入候、（中略）
又時鳥はかしましき程鳴き候へども、希にきき、珍しく鳴、待ちかぬるやうに詠みならはし候、五月雨の比は（明暮）月日の影をも見ず、道行人の通ひもなく、水たんたんとして野山をも海にみなし候様に仕事、本意也、又秋は常に見る月も一入光さやけく面白様にながめ、四季共置く露も殊更秋はしげくして、草にも木にも置あまる風情に仕ものに候、されば秋の心、人により所により賑はしき事も御入候へども、野山の色もかはり物淋しく哀れなる体、秋の本意なり、秋の夜長きにもいよいよあかぬ人も候へ共、暁の寝覚に心をすまし去方行末の事など思つづけ明しかねたるさま尤候、冬も長雨降事候へ共、時雨の本意として一通り降かとすれば晴、（霽るかとすれば又降りなどして日影ながらにむらむら時雨）、冴えし月の行末に思はざる一時雨(17)……

ここでは、季節の詞の本意がそれぞれ挙げられ、春雨は「物静かなるやうに」、春の日は「永々しきやうに」、時鳥はその声を「待ちかぬるやうに」、秋の月は「一入光りさやけく」、時雨は「一通り降かとすれば晴れ冴え冴えし月の行末に思はざる一時雨…」と詠むのがそれぞれの本意だとしている。ここで挙げられている自然現象、人事、或いは動植物の本意は、永い詩歌の歴史のなかで、風土的環境や人間の美意識によって培われてきた対象の捉え方であり、典型的な季節美の在り方であった。和歌の歌合や題詠、更に連歌の付合の変化の必要性から促されていた本意意識が、ここではっきりと伝統美として打ち出されていると言えよう。

以上、事物の「季」を定めるものとしての本意について触れたが、連歌において深化した本意はしばしば人生感慨そのものの表象になる場合が多く、それが四季の事物にも託されていく。

季節の題ではないが、『至宝抄』には「旅」の本意が次のように示されている。

旅の本意と申すは、仮令ゐ中傍に仕候連歌成とも心を都人になし候て仕候、（中略）野路、山路の旅ねに故郷を恋ひ忍、草の枕の夢の中にも去方の事のみ見え侍り、打ち覚ぬれば、松風、浦波の音を恨み、人やりならぬ道ながら遥々と来ぬる事を悔み、帰るさには、質もやせつかれ、麻のさ衣しほれはてたる様

に仕りならはし候。(18)

即ち、「旅」の連歌を詠む場合には、旅先の風物を楽しむことに重点を置かず、その風物を見ながら、「心を都人になし候て」恋忍ぶと詠むことが本意だとしている。即ち、都を離れて遥々来たことを悔やむことが旅の本意とされているのである。昔の貴族の旅というものは、大概政争に巻き込まれて流されたり、左遷され任地に赴いたりする途中の、やむを得ない旅が多かったからであろう。そして、宿泊の不便に耐えねばならない苦難の道だったからだろう。

このような「旅」の本意のように、連歌における本意は人生感慨を表す存在としての価値が与えられる。人生感慨そのものを指す題に「述懐」というものがあるが、宗祇の連歌の学書である『宗祇初心抄』に「述懐連歌本意をそむく事」とあって、次のような句作の戒めを提示している。

述懐連歌本意をそむく事

身はすてつうき世に誰か残るらん
人はまだ捨ぬ此よを我出て
老たる人のさぞうかるらむ

か様の句にてあるべく候、述懐の本意と申すは
とどむべき人もなき世を捨かねて
のがれぬる人もある世にわれ住て
よそに見るにも老ぞかなしき

かようにあるべく候歟、我身はやすく捨て、憂世に誰か残るらんと云たる心、驕慢の心にて候、更に述懐にあらず、たとへば我が身老ずとも老たる人を見て、憐む心あるべきを、さはなくて色々驕慢の事、

本意をそむく述懐に候なり。(19)

「述懐」を詠む場合には、何の未練もない世を捨てかねて、猶とどまって嘆いているという内容のものを詠むべきで、いさぎよく憂き世を捨てて出家するという内容のものは、「驕慢の事、本意を背く述懐」だとしている。つまり、連歌的美意識が後者のように詠むのを許さなかったのである。

ここに示される「述懐」のような人生感慨が、多くの季節の事物に託されていくのは特に連歌の大きな特徴として現れる。

「述懐」の本来の意味は「心中の思いを述べること」である。ところが、和歌や連歌の題になると専ら「身の憂さを嘆くこと」の特別な意味になる。「述懐」は『和漢朗詠集』に初めて歌題として登場し、院政期以降に一般化することになったもので、『平安和歌歌題索引』(瞿麦会刊)によると、一番多い「月」に次ぐ多数の用例を見ることができる。この「述懐」という題は、中国の張載、支遁など六朝の詩の例を承けて日本の『懐風藻』や『文華秀麗集』に現れたものである。漢詩の「述懐」は本来の「思いを述べる」意として広い意味をもっていた。日本の『万葉集』にも一例見られ、「天平十年七月七日大伴宿禰家持独仰天漢聊述懐歌一首」があり、それは内なる心情を表白する意味で、漢詩の場合とほぼ同じであった。

ところが、『金葉集』以下の勅撰集の題詠に多く登場する「述懐」は、専ら身の不遇の訴嘆を主調とするものとして定着していく。例えば、次のような歌が一般的なパターンであったのである。

百首歌中に述懐の心をよめる　源俊頼朝臣

世の中はうき身にそへるかげなれやおもひすつれどはなれざりけり

(『金葉集』五九五)

述懐歌とてよめる　　　　俊恵法師

かずならでとしへぬる身はいまさらに世をうしとだにおもはざりけり

（『千載集』一〇七九）

また、歌論書の『梨本集』において「恋の歌、述懐の歌に我が身にかけて、うき世と詠むべし。[20]」としており、『広田社歌合』においても「身をしづみ齢くれぬるものの、述懐の題にあふ事は、憂へを延べ、胸をやすむべきたよりにははべれ」とし、憂いを述べ胸をやすむたよりであるとしている。

身の不遇を嘆く述懐の心は四季の景物に託されていく。『和歌無底抄』『初学和歌式』には次のように示されている。

［菫菜］　是はすこし述懐の心や侍らん。ならびのをかにさかせては、おもふどちうらやましくもといふべし。（『和歌無底抄』[21]）

［藤］　是も法家の述懐なるべし。（同[22]）

［時鳥］　恋にもよそへ述懐、懐旧にもよせてよむ也。（『初学和歌式』[23]）

なお、時雨の本意は人生を嘆くものとして示されるのもこの傾向のものなのである。

これは、山本建吉氏が「季題論序説―芭蕉の季題観について[24]」において「連歌は人生無常の感情をパターンとして成立していた文学」であるとしているように、連歌においては四季の一つ一つの事象は我が身を嘆くよすがとしての絶対的価値が与えられる場合が多かったためである。

序論で述べたような（一三頁）心敬や宗祇の、「飛花落葉を見ても草木の露をながめても此世の夢まぼろしの心を思ひやり……」「紅栄黄落を見ても生死の理を観ずれば……」というものの捉え方の根本姿勢もここに起因していると言えよう。

第三節　芭蕉および蕉門の「本意」

（一）　蕉門の俳論において本意はかなり意識され、『三冊子』、『去来抄』、『続五論』（支考　元禄十一年刊）、『篇突』（李由・許六　元禄十一年刊）、『宇陀法師』（李由・許六　元禄十五年刊）などには季語の本意を説いたものが数多く見受けられる。なかでも『篇突』では句の実例に基づいて本意が説かれており、蕉門の俳論書においては本意を最も強調しているものとして注目される。これらの蕉門の人々による本意は伝統的な〈季節観〉に照らして季語の伝統性を重視しながら句を詠もうとする姿勢によるものであった。

季語ではないが、連歌の『至宝抄』の「旅体」の本意は蕉門の俳論書の至るところに引用されている。まず、『三冊子』に次のように引用されている。

旅体の句は、たとひ田舎にてするとも心を都にして、相坂をこへ、淀の川船にのる心持、都の便求る心など本意とすべしとは、連歌の教也(25)

これと殆ど同じ記述が『宇陀法師』や『続五論』にも見られ、連歌的本意が重要視されたことが分かる。次の『宇陀の法師』や、『三冊子』に示されている四季の景物の本意は全く和歌や連歌の本意と軌を一にするものである。

題の事、一様に心得べからず。時鳥は野山を尋ねてきく心を云。鴬は待心をいへ共尋て聞心をいはず。鹿はあはれをいひて待よしをいはず。桜は尋ぬれ共柳は尋ず、初雪はまて共時雨あられはまたず。花をしむといへ共紅葉は惜まず。かやうの故実をしらぬ人は無下の事也。（『宇陀法師』(26)）

春雨はをやみなく、いつまでもふりつづく様にする。三月をいふ。二月するよりも用る也。正月・二月はじめを春の雨と也。五月を五月雨といふ、晴間なきやうにいふ物也。（『三冊子』[27]）

『宇陀の法師』の内容は、前述の『和歌色葉』（四七頁）に示されたものと殆ど同じ傾向のものであり、『三冊子』の内容も『連歌天水抄』や『至宝抄』のもの（五六頁）をそのまま踏襲しているものである。『宇陀の法師』の「鶯は待心をいへ共尋て聞心をいはず」というのは、鶯は和歌や連歌において「春告鳥」（報春鳥）として、その一声を待って聞くことによって春の到来を喜ぶことを本意として詠むべきとされ、尋ねて聞くという情趣を詠んではいけないとされてきたのである（尋ねて聞くことを詠むのは時鳥の本意である）。また、「花はをしむといへ共紅葉は惜まず」とあり、花は前述の歌合から見たように散ることを惜しむ心を詠むのが本意であるが、紅葉は散ることを惜しむと詠んではいけないとされている。まさに、和歌や連歌の本意そのものである。『三冊子』の「春雨」の本意も、強く降ることは春雨と言わず、物静かに降る風情だけを春雨とするという連歌的本意そのものである。

勿論、俳諧においてはその取合せられる素材においては和歌や連歌と異なり、俳諧的な素材を以て本意を説く場合が多い。『篇突』においては月の本意を春夏秋冬に分けて次のように説いている。

春の月は朧を魂とすべし。夏は井輪に腰打ちかけて見たる社、誹諧の情なれ。秋の月、天高くさし出たるに、俄に一曇のかかりて大粒成雨のばらつく程もなく、やがてはれちぎりて、猶、宵よりは一きは清く更行ままに、雁の声に虫の音の和してしらべけるは又似るべくもなくあはれ也。冬の月は冴るを本意と見るべし。魚舟に鎖さしかため、扉をしたてたるに、医者の小挑灯の飛がごとくに、見えかくれたるは、大寒に入夜の月のすさまじく、といへる風情ならん。[28]

「春の月は朧を魂とすべし」「冬の月は冴るを本意と見るべし」のように基本的には和歌や連歌の本意意識に基づきながら、傍点部のように俳諧的な素材を通して月の本意を説いている。

（二）　これまで挙げた本意は全て芭蕉の門人によって唱えられた季語の本意である。芭蕉自身が本意という言葉を使った形跡はあまり見当らない。従来、諸氏が引用している『初懐紙評注』（芭蕉　貞享三年成）における次の文章の「本意」という言葉は術語としてよりは、一般的な意味の本意に近いと考えられる。

砌に高き去年の桐の実　　文鱗

貞徳老人の云く、「脇躰四道あり」と立られ侍れども、當時は古く成て、景気を言添えたるを宜とす。梧桐遠く立て、しかも、こがらしのままにして、枯たる実の梢に残りたる気色、詞こまやかに、「桐の実」といふは桐の木といはんも同じ事ながら、元朝に木末は冬めきて、木枯の其ままなれども、ほのかに霞、朝日にほひ出て、うるはしく見え侍る躰なるべし。但、桐の実見付けたる、新敷俳諧の本意、かかる所に侍る。(29)

ここの「本意」は、前述の本意の意味の定義（四八頁）において、連歌の本意のような②の術語としての使い方ではなく、①の一般的な意味における「本来の目的とするところ」の意として使っているものと考えられる。即ち、引用文の「新敷俳諧の本意」というのは「新しい俳諧が目的とするところ」の意味になるのであろう。

このように芭蕉が本意という言葉を使った形跡が殆ど見当らないのは、和歌や連歌のような、人間の主観によって類型化した対象の捉え方を示す「本意」という言葉の特殊な使い方にはあまり拘らなかったことを示すものでもあろう。

反面、句を詠む際に知っておくべき物事の性質としての「本情」ということばは次の一例が見受けられる。

深川の草庵にありて、年をむかふる夜、人々掛乞の句あまたいひ捨てたるに、先師の茶話に、「掛乞は冬の季しかるべし。つなぬきの音さえて、小挑灯の影いそがしきは、彼が本情にして、よのつねの掛乞おかしからず。」（『草刈笛』[30]）

ここにおいては、「掛乞」というのは大晦日において最も忙しいものであるという性質を知らなければならないという意味で、事物の性質という意味として使っている。

蕉門俳諧においてよく見られる「本情」或いは「本性」という言葉は、従来「本意」と殆ど同じ意味のものと見做されてきたが、連歌でいう、物事の存在の仕方としての本意の意味よりは対象の本質の方をより強調したものであると考えられる。『去来抄』の次の内容を見てゆこう。

うぐひすの身をさかさまに初音哉　其角

鶯の岩にすがりて初音かな　素行

去来曰、角が句は暮春の乱鶯也。初鶯に身を逆にする曲なし、初の字心得がたし。行が句は啼鶯の姿にあらず。岩にすがるは、ものに怖れて飛あがりたるすがた、或は餌拾ふ時、又はここよりかしこへつたひ道などするさまなり。凡ものを作するに、先其本情を知べき也。しらざる時は珍物奇言に魂をうばはれて、其本情を失ふ事有べし。角が巧者すら時にとりて過てる事多し。初学の人慎まずんばあるべからず（板本『去来抄』[31]）

つまり、ここでは鶯を詠む際に知っておくべき鶯の性質及び習性ということが「本情」という言葉で表現されている。鶯が身を逆さまにするのは、暮春の乱鶯の場合であり、初声を出す場合に身を逆さまにするのではないこと、また、岩にすがっているのは、何かに恐れている鶯であり、やはり初声の鶯ではないということなど、鶯の習性を知らなければ珍しいものばかりに気を取られて良い句にならないということである。句作において、嘱目の吟（即興的に目に触れたものを吟じること）ではなく、提示された題のもとに句を詠む場合は特にものの性質を弁えておかなければならないのであろう。

本意という言葉は連歌以来かなり特殊な意味で使われてきたから、俳諧においてはむしろ「本性」や「本情」という言葉が好まれて使われたのではなかろうか。いずれにしろ、俳諧における「本性」や「本情」というという言葉は、本意よりは客観的実在の性質の意としてより効果的に使われたものと考えられる。

芭蕉は、対象の捉え方において、人間中心の主観を離れ、対象そのものに習うようにと主張した。『三冊子』の次の言葉は明らかにこれまでの対象の捉え方を突き放す要素が見いだせる。これは、いわば人間の心象風景中心に変容されていた本意の意味を、もとの客体側の本意に戻し、物の本質を蘇らせることでもあると思われる。

則わが心のすじ押直し、ここに赴いて自得するやふに責る事を、誠をつとむるとは云べし。師のおもふ筋に我が心をひとつになさずして、私意に師の道をよろこびて、その門をゆくと心得顔にして、私の道を行事有り。門人よく己を押直すべき所也。松の事は松に習へ、竹の事は竹に習へと師の詞のありしも私意をはなれよといふ事也。此習へという所を己がままにとりて、終に習はざるなり。習へといふは、物に入りてその微の顕れて情感るや、句と成る所也。たとへばもののあらわにいひ出ても、そのものより自然に出る情にあらざれば、物我二つに成りて、その情誠に不至。私意のなす作意也。(32)

「松の事は松に習へ、竹の事は竹に習へ」という言葉は、対象を捉えるにおいて私心、先入観を去って、ひたすらものに随順せよということである。即ち、主観を離れて題材そのものの本質に従えという見解である。「物に入てその微の顕れて情感るや句と成るところ也」というのは我を捨て物に没頭し、物心一体となった時に、対象の深奥に潜んでいた生命が把握され、そのまま句になるということである。

椎本才麿が『東日記』(言水　延宝九年)の序において当時の俳風を批判して次のように述べているのとも関連がある。

五月雨に海をよせ、霽（しぐれ）に必色を染てをのずからなる風景をしらず[33]

ここでいう「をのずからなる風景」というのも、「おのずから（自）しかる（然）」という意味の自然をあるがままに詠みとるべきことを説いており、芭蕉の「松のことは松に習へ」と同じような姿勢を示していると言えよう。ところが、これは従来の類型的な物の捉え方にこだわることへの戒めに近く、句を詠む姿勢そのものを問題とする芭蕉の立場とはやや異なっていると言えよう。例えば、類型の破格を手柄としたものに芭蕉の「鶯や餅に糞する縁の先」などがあろう。これには明らかに、和歌において「春告鳥」として類型化した鶯を、日常生活の中で発見し「餅に糞する」と卑俗なものとして表現することによって、破格を楽しんでいる句だと言えるものである。「をのずからなる風景」というのはこのような類型に捕われない自由な詠み方を指すものであった。

ところが、「物に入りて微の顕れて情感ずる」というのは、物の捉え方を問題としたものであり、物と我との融和を意味する。ものを距離をおいて眺めて観取したり、思弁的に考えることを戒めていると言えよう。これは従来小西甚一氏らによって荘子の「齊物論」との関連で説かれてきた[34]。即ち、荘子の「虚而待物」の思想に基づいているもので、室町時代に著された『荘子鈔』（清原宣賢　天文ごろ）における「花にあふては花になり、柳にあふては柳となる[35]」というような姿勢に影響されているという。ちょうど芭蕉の「松の事は松に習へ、竹の事は竹に習へ」という言葉と類似しており、荘子関係の書を読んだ可能性は充分考えられる。

ただ、芭蕉がこのような文学観に辿りついたのは、「物、我二つになりて」「私意」などの言葉の根拠を探っていくと、仏教の「心境一如、物我不二」という禅定三昧の修養法と、朱子学（宋学）の「虚ハ理明に無我ニシテ、私意ヲ立ルコトナキヲ云」（『近思録便蒙』）という心の修養法にも影響されていると思われる。特に、朱子学の書には「私意」という言葉が頻出し、万物が天から授かった存在の本質としての「性」を回復するためにはその「私意」を去るべきだとされており、芭蕉の言葉と類似している。芭蕉は体系的な学問をする機会は持たなかったが、当時印刷術の発達によって流布していた漢書を通して心の修養をし、それを自らの文学観に生かした偉大な詩人だったと言えよう。文学の上にも普遍的な価値を実現しようとしたという点で、日本文学を唯美主義から脱皮させた人物だとも言えるだろう。

伝統的な〈季節観〉においては、物（世界）に接する時、我（心）がまず中心におかれていたため、自らの境遇と合わせて、人生の上に観取することが一般的な傾向であった。ところが、芭蕉においては物と我との間に距離を置いて対するのではなく、物に入っていって「松の事は松に習へ」と唱えているのである。和歌的伝統においては物より我が中心で、花も時鳥も時雨も我の無常の思いや失恋の憂鬱を映し出す外物に過ぎなかった。ところが芭蕉は、我を捨て物に入ることによって「情を感ずる」ことを最も基本的な立場としていたのである。そして物の情に染まるには物の情を探ることが肝要であると説いている。同じ『三冊子』において、「常に風雅に入るものは、思ふ心の色、物となりて句姿定まるものなれば、取る物自然にして子細なし。心の色美はしからざれば外に詞を巧む。[36]」としているのも同じ姿勢であると言えよう。本稿の序論（一頁）でも既に示したような『三冊子』の「乾坤の変は風雅のたね也」の説に続けられる次のような言葉もそのような立場をよく示している。

句作りに成るとすると有。内をつねに勤てものに応ずれば、その心の色句と成る。内を常に勉めざるものは、ならざる故に私意にかけてする也[37]。

つまり句作りには「句になる」ことと「句をする」ことがあるが、「内をつねに勤てものに応ずれば」自然に句になるが、「内を常に勉めざるものは」句を「私意」を以て作ることになるということである。対象の本質に徹底してそれを自分の心と融和させよという立場を強調した言葉であると言えよう。

（三）　芭蕉の句を例として挙げれば、「山路来て何やらゆかし菫草」（『甲子吟行』）、「さざれ蟹足にはひのぼる清水哉」、「よく見れば薺花咲く垣根哉」（『続虚栗』）、「起き上がる菊ほのか也水のあと」（『続虚栗』）、「痩せながらわりなき菊のつぼみ哉」（『続虚栗』）、「春雨や蓬を伸ばす草の道」（『草の道』）などの句の場合、対象に随順して「その微の顕れて情かんずる」ことによって自然に句になったことがよく示されていると考えられる。これらは、「私意」を捨てて「無心」になった状態で可能な境地であった。洪水にも流されず起き上がる菊の姿、春雨に伸びてきた蓬など、日常的なものの観察から季節の生動感というものを発見し、流動の美を示す「造化」の理へと発展していくのである。

ではここで、芭蕉が重要な幾つかの季語を中心に従来の本意にこだわらず、対象の本質に随順して詠んでいく傾向を考えてみよう。

秋の季語の「天の河」の場合である。天の河は日本文学における唯一の「星」の文学と言えるものであるが、『万葉集』の百三十首の膨大な数の歌以来、中国の漢代の牽牛・織女の伝説と日本の機棚姫伝説が複合した「七夕」伝説から、専らその七夕に因んで詠むことが鉄則のように守られてきた。七夕や天の川は必ず「秋」の部に分類されるが、「星合」の「恋」心を具象化するだけで、「秋」の季節情調というものは表面に表れてこないものであった。ところが、芭蕉は『奥の細道』の旅において、有名な「荒海や佐渡によこたふ天の河」という旧套を脱した句を残している。一句においては、天の河を七夕から完全に独立させ、専ら「天の河」の形体の美を讃えているのである。天の河という季語を七夕から独立させたのはこの句において初めてであるといっても過言ではなかろう。一句においては自然の示す雄荘な「造化」の美が表現されながら、季節の巡りとともに感じる時間の流れ（順徳院の流された佐渡を前にし、過去と現在を結ぶ時間の流れの意識のようなもの）が表出され、「天の河」の本意を大きく変えているのである。

芭蕉の好んだ季語の一つである「時鳥」の場合も同様である。時鳥は日本の季節の題材において雪月花と並んで夏を代表するものとして好まれてきた題である。既に『万葉集』に百二十八首という夥しい数の歌が見られ、『古今集』の夏の部においては六首の歌を除いては全部時鳥の歌になっている。時鳥は、南方から渡ってくる日が年によって殆ど違わないため農事の目安ともされ、中国の『荊楚歳時記』においては、「杜鵑初めて鳴く。田家之を候とす。」というのが見られる。その反面、「蜀の望帝」の故事（望帝が臣下の妻に淫して譲位し、亡び去る時にこの鳥が鳴いたので帝の魂が化して時鳥になったということ）から陰欝なものとしても捉えられてきた。

日本の詩歌において具象化している「時鳥」は『初学和歌式』に「待侘ぶる心をもいひ、又尋る心をもいふ」「恋にもよそへ述懐、懐旧にもよせてよむ也」[38]と出ているように、その一声を待ちわびて聞く心情や、恋や述懐、旧懐などの内面を託して詠むことが、時鳥の最も美的な在り方として詠まれてきた。『至宝抄』にもその本意は「かしましき程鳴き候へども、希にきき、珍しく鳴、待かぬるやうに詠みならはし候」[39]とある。

芭蕉において時鳥の句は二十数句あるが、従来の捉え方とは異なった傾向が窺える。「ほととぎすなくなくとぶぞいそがはし」（『栞集』）、「ほととぎす消行方や嶋一つ」（『笈の小文』）、「田や麦や中にも夏のほととぎす」（『雪まろげ』）、「野を横に馬牽むけよほととぎす」（『おくのほそ道』）、「落くるやたかくの宿の郭公」（『真蹟詠草』）、「ほととぎす大竹藪をもる月夜」（『嵯峨日記』）、「郭公声横たふや水の上」（『藤の実』）などを中心とした句がそれである。

時鳥の声を聞き、物思うという伝統的なパターンにおいては時鳥が鳴く時節としての夏の季節の感覚はそれほど問題になっていないのである。ところが、右のような芭蕉の句を見ると、時鳥に季節の感覚が色濃く喚起されていることがわかる。特に「田や麦や中にも夏のほととぎす」や、「野を横に馬牽むけよほととぎす」

などの句は初夏の感覚を時鳥を通してよく表現しているものと言えよう。従来の時鳥の本意は「夜」鳴く「声」に物思いの心象を託すということで、人間の心が先に出た、いわば時鳥の存在の在り方であったが、芭蕉の句においては、一、二句を除いては殆どが「昼」の句になっており、時鳥の習性を重んじながら、対象の本質に即した詠み方をしている。

また、芭蕉において「五月雨」の句は十九句程見られ、数々の佳句が残されている。五月雨の場合も心象風景中心の従来の本意から脱皮して、対象に忠実な詠み方がなされている。五月雨の場合、『万葉集』においては全く見当らない季節の題であるが、平安朝の内省的な歌の詠み方と照応して頻繁に詠まれるようになった夏の題である。とりわけ、平安朝の文学の特殊な情調的特徴を示す「ナガメ」（ぼんやりとあたりを見回して物思いに耽ること）という言葉と掛けられて（眺め―長雨）、まさに「ナガメ」の状態を誘発するものとして好都合に詠まれてきた。和歌の用語辞典『浜の真砂』（有賀長伯　元禄十年）に「晴れやらぬ心」[40]とあるように、晴れぬ思いを五月雨に託すことがその本意とされ、連歌においても、「五月雨の比は（明暮）月日の影も見ず、道行人の通ひもなく、水たん〳〵として野山をも海にみなし候様に仕事本意也」[41]（『至宝抄』）とされる。

ところが、芭蕉の、「五月雨の降りのこしてや光堂」（『ほくのほそ道』）、「五月雨を集めて早し最上川」（『おくのほそ道』）、「五月雨は滝降りうづむみかさ哉」（『葱摺』）、「五月雨の空吹おとせ大井川」（『芭蕉翁真蹟集』）、「五月雨や色紙へぎたる壁の跡」などにおいては従来の五月雨の本意を大きく変えたものがあると考えられる。まず五月雨を景物中心に詠みながら、「五月雨の降りのこしてや光堂」の場合、数百年の季節の巡りという歴史的な時間性というものがあって、現在眼前の五月雨の感覚に対比される光堂の輝きを表現している。更に、「五月雨を集めて早し最上川」、「五月雨は滝降りうづむみかさ哉」、「五月雨の空吹おとせ大井川」などの句においては、五月雨の豪壮な景観を捉え〈量感〉を表現している。邸内において五月雨を眺めながら観照する王朝文学とは異なり、時代的な移りとともに、五月雨という季語が心象風景から自由になったのはおそらく、芭蕉によってであると考えられる。

幾つかの季語を通して本意の変遷を一瞥してみたが、こうして芭蕉は季語の「本意」において「心」中心の本意を「物」中心の本意に戻したと言えるのであろう。

このような事実を最も如実に証明してくれるのが芭蕉の中心季語となる「時雨」の本意の変遷であり、その時雨の本意の変遷の過程において、また対象中心の本意を示した風調を実現している蕉門の撰集が『猿蓑』であった。人間中心の時雨の本意としての「無常」が対象中心の本意としての「さび」に変遷していく過程を論じることが次章からの論点になる。

(1) 上覚法師『和歌色葉』日本歌学体系　三巻　風間書房　一一一頁
(2) 横沢三郎「季題趣味」(『連歌俳諧研究』四号　一九五三年二月) 六頁
(3) 岡崎義恵「本意と本情」(『古典文芸の研究』宝文館　一九六九年) 三一六〜三二〇頁より要約した。
(4) 萩谷朴校注『歌合集』日本古典文学大系七四巻　岩波書店　一八九頁
(5) 藤平春男「本意」(『新古今とその前後』笠間書院　一九八三年　一二六頁
(6) 『山の井』日本俳書大系・貞門俳諧集　四二一頁
(7) 同注 (4)
(8) 『永縁奈良房歌合』(一名『奈良花林院歌合』) は、藤原俊頼が判をつけたものと、藤原基俊が判をつけたものの二通りあるが、いずれも詳細な判詞と各の歌論が展開されている。ここでは『俊頼髄脳』との関係をも見るため、俊頼の判詞を引用する。
(9) 『永縁奈良房歌合』平安朝歌合大成　六巻　同朋社　一八八三〜一八八四頁
(10) 源俊頼『俊頼髄脳』日本歌学大系　一巻　一八六〜一八八頁

(11) 藤原基俊『和歌無底抄』日本歌学大系　四巻　一九三頁
(12) 有賀長伯『浜の真砂』（京師　銭屋惣五郎版　一六九七（元禄十）年）春の部　二三丁表
(13) 有賀長伯『初学和歌式』　一六九六（元禄九）年発行　一七七三（安永二）年再刻（京都書肆　菊屋七兵衛
升屋勘兵衛）夏の部　一八丁表〜一八丁裏
(14) 同注（10）一九七頁
(15) 山田孝雄「連歌及び連歌史」岩波講座『文学』四巻（岩波書店　一九五四年）一二九〜一三〇頁
(16) 伊地知鐵男　『連歌天水抄』連歌資料集二巻　ゆまに書房　一九七七年　七四、八一、八八、九一頁
(17) 伊地知鐵男編『連歌論集』下　岩波書店　一九八五年　二三四頁
(18) 同右二三五頁
(19) 同右四七〜四八頁
(20) 『梨本集』日本歌学大系　七巻　三二頁
(21) 同注（10）一九四頁
(22) 同右一九五頁
(23) 同注（13）夏　一八丁表
(24) 山本健吉「季題論序説—芭蕉の季題観について」（『俳句講座』5　明治書院　一九二八年　一八七頁
(25) 『三冊子』「白冊子」校本芭蕉全集・俳論編　一六〇頁
(26) 『宇陀の法師』日本俳書大系・蕉門俳話文集　一三八頁
(27) 『三冊子』「くろさうし」校本芭蕉全集・俳論編　二二六頁
(28) 『篇突』日本俳書大系・蕉門俳話文集　一七四頁
(29) 『初懐紙評註』校本芭蕉全集・俳論編　四〇五〜四〇六頁
(30) 『草刈笛』校本芭蕉全集・芭蕉遺語集　三七三頁
(31) この引用文においては、板本『去来抄』（安永四年刊）の内容がより分かりやすいため、これを利用した。現

在の注釈書の底本は大東急記念文庫の去来草稿本とされるのが一般的に使われているが、板本の方も、一般的に最も流布したもので、当時の考え方を探ることにおいて参考となる。（引用文は日本俳書大系の「蕉門俳話文集」の二五四～二五五頁による。）

猶、大東急記念文庫本の内容（校本芭蕉全集・俳論編　九四～九五頁）も「……凡、物を作するに、本性をしるべし。しらざる時は、珍物新詞に魂を奪はれて。外の事になれり。魂を奪るゝは其物に著する故也。是を本意を失ふと云。」とあり、「本性」と「本意」との使い分けをしていることが分かる。つまり、客観的実在の本質として把握すべき、ものの性質を「本性」という言葉に当て、それが把握できないと美的価値としての「本意」を失うということである。

(32)『三冊子』校本芭蕉全集・俳論編　一七五頁
(33)『東日記』古典俳文学大系・談林俳諧集（一）　五七二頁
(34)小西甚一「芭蕉と寓言説（一）」（『日本学士院紀要』第一八巻二号　一九六〇・六）
(35)小西甚一「芭蕉と寓言説（二）」（『日本学士院紀要』第一八巻三号　一九六〇・十一）一六三頁
(36)同注(32)一七四頁
(37)同注(32)一七八頁
(38)同注(13)一七丁表～一八丁表
(39)同注(17)二三四頁
(40)同注(12)一一丁裏
(41)同注(17)二三四頁

第二部　時雨の〈季節観〉

はじめに

時雨は芭蕉の人と作品を象徴する季語とされており、その時雨に示された情趣を通して伝統精神の反芻の過程と、独自の世界を繰り広げていく過程が考察できる。時雨は序論でも示したように（一五頁）、日本海を渡る北西季節風が海面に暖められてできる団塊状の雲によって生じる日本独特の気象現象である。その変化に富んだ性質によって『万葉集』以来文学の素材として親しまれてきたことから、芭蕉の時雨の捉え方もその脈絡の上で考えなければならない。

そこで、第一章においては和歌や連歌、謡曲などにおける時雨の伝統的な〈季節観〉を探り、第二章においてはその伝統と芭蕉との間を結ぶ貞門・談林俳諧の場合を分析した上で、第三章で芭蕉の〈季節観〉の在り方を考察していくことにする。

第一章　時雨の〈季節観〉の伝統

第一節　時雨の「季」

（一）　時雨は連俳においては「冬」の季語として定着している。時雨は実際初冬に降る場合が多いが、晩秋に降ることも多く、両季に渡っているため、古来「しぐれゆくよものこずゑの色よりも秋は夕のかはるなりけり」（『千載集』三五五）、「そでぬれし秋の名残もしたはれて時雨を冬とさだめかねつつ」（『新後拾遺集』四六二）などの歌が示すように、どちらかの「季」に定めてかねていた。

時雨と同様に、晩秋と初冬にかけて木の葉を枯らせる「木枯（凩）」も歌論書の『八雲御抄』において「こがらし　秋、冬」とあるように、和歌においては秋と冬両方に詠まれたが、連俳において冬に定まったものである。この『八雲御抄』においては木枯と時雨の「季」の問題をめぐって、橘正通と規子内親王が論争した『袋草子』の逸話(1)も引用されている。

「季」の問題は句の解釈にも大きく関わってくる。例えば、芭蕉の句、「新藁の出そめてはやき時雨哉」（『芭蕉翁全伝』）の句の場合、俳諧では時雨が冬の「季」であることから冬の句のはずであるが、実際詠まれた時期が「秋」だということがはっきり分かっており、季語を「新藁」としなければならないとされている。(2)しかし、常に句の詠まれた時期を詮索して解釈するわけにはいかず、特別な知識なしにこの句を見たとき、誰もが「時雨」を季語ととるのは当然である。微妙に移り変る天候を、俳諧という独特の文学形式においてははっきり区分して「季」に分けることが必要とされたため生じた問題である。

時雨や木枯などは連俳においては「季」を定めることが要求されたため「冬」として定まったものである。そこで、時雨の場合、秋の時雨は「秋時雨」という季語を別に立てなければならなくなった。また、年に初めて降る時雨は秋が多いのにも拘らず時雨を冬にしてからは「初時雨」をも冬にしなければならなくなり、矛盾が生じてくる。そうすると、「初時雨」は文字どおりの「初めて降る時雨」というふうにはならず、「冬になって初めて降る時雨」というふうに限定しなければならなくなる。その「初時雨」が降る前に秋時雨が降っている場合もあろう。和歌においては「初時雨」を必ずしも「冬」に限定はしなかったため、「初時雨」は秋にも詠まれ、秋でも冬でもその年に初めて降る時雨として草木の色を変らせる時雨としての季節感が好まれた。ところが、俳諧になると「初時雨」は紅葉とは詠まれてはならず冬の荒涼とした景物と結ばれていくのである。

これらの問題を念頭に置きながら、以下、和歌、連歌、俳諧における時雨の「季」を、歌や句の実例と、歌論、連歌論、俳論などを参考に分析していくことにする。

まず、『万葉集』から考察を始めてみよう。

長月の時雨の雨に濡れとほり春日の山は色づきにけり（二一八四）

神無月しぐれにあへるもみぢ葉の吹かば散りなむ風のまにまに（一五九四）

このように『万葉集』においては、九月と十月、即ち、晩秋と初冬のものとされていたのである。しかし、

『万葉集』では両者を比較すれば冬よりは秋が断然多い。例えば「春雑歌」「春相聞」、「秋雑歌」「秋相聞」とで部立をしている巻第八と巻第十などには、「秋雑歌」「秋相聞」には時雨の歌が数多く見られるが、「冬雑歌」「冬相聞」の部には全く見えない。

『古今集』においてもまだ冬の部に一首見られる外は全部秋の部に入っている。特に、『古今集』の四季を詠んだ長歌に次のように「秋のしぐれ」と詠んでいる箇所がある。

春はかすみにたなびかれ　夏はうつせみなきくらし　秋はしぐれにそでをかし
冬はしもにぞせめらるる……
壬生忠峰（『古今集』一〇〇三）

同じように、『宇津保物語』の「楼上」の上のところにも、仲忠が琴の妙技を説くところにやはり「秋の時雨」が出てくる。

春は霞ほのかなる鶯の声、花のにほひを思ひやり、夏のはじめ、深き夜の郭公の声、暁空のけしき、林の中を思ひやり、秋の時雨夜の明かなる月、思ひ〳〵の虫の声、風の音、色々の紅葉の枝をわかるる折のけしきを思ひ、冬の空さだめなき雲……（略）(3)

このように『万葉集』、『古今集』、又、『宇津保物語』などには、秋を代表するものとして時雨を出しているのである。

ところが、『後撰集』においては、秋二首、冬十七首というふうに、冬が圧倒的に多くなる。有名な『後撰集』の次の歌は時雨による季節到来表現の原型となる。

神無月ふりみふらずみ定めなき時雨ぞ冬の始めなりける
よみ人しらず（『後撰集』冬　四四五）

なお、平安時代末期の『能因歌枕』にも「十月の雨をばしぐれといふ」(4)と、時雨を冬のものとしている。

ところが、それ以降の和歌においても依然として秋と冬に混在しながら詠まれつづけてきた。

　このように混在している時雨の「季」に関して、多くの歌論書や連歌論書などにおいては「季」を明確に提示しようと努力した痕跡が見られる。

　平安後期の歌論書『和歌無底抄』（藤原基俊）、室町時代の歌論書『筆のまよひ』（飛鳥井雅親）などにおいては時雨はもともと冬のものであるが、「紅葉」と詠み合せられる時が問題になるとしている。

……されども時雨は秋の末にもよめり。題は冬なれどもかよふによりてかくよめり。（『和歌無底抄』[5]）

時雨と出したる題は、必ず冬の題なり。歌には秋の紅葉よりよみならはせども、本は冬の題なるべし。秋の物によみそへ侍らば、秋のしぐれなるべし。ただよむは冬のしぐれ也。（『筆のまよひ』[6]）

　近世に出されている歌論書の『初学和歌式』（元禄九年）になるとより明確になり、秋の時雨の場合を「秋時雨」というふうに分類して出している。

「秋時雨」

時雨は、打まかせていふときは、冬也。秋のしぐれは、あるひは紅葉をよせ、又草葉の色かはる心、又は秋とことはりてよむべき也。初しぐれといへば秋の時雨なりと云こともあれど、冬のしぐれにも初しぐれとよみたれば、猶おぼつかなくや。所詮、秋のしぐれは、秋の心又は秋の景気をふかくおもひ入、冬のしぐれは、冬の景気をふかく思ひめぐらして、題のゆるがぬやうにこしらふるを題をふかく思ふ、とはいふなるべし。

〈よせの詞〉草木の色かはる・紅葉を染る・ふる・ふり過る・くもりみはれみ・雲まよふ・風さはぐ[7]

　つまり、「時雨は、打ちまかせていふときは、冬也」と限定しながら、やはり紅葉の問題に触れている。そして、「初しぐれといへば秋の時雨なりと云こともあれど、冬のしぐれにも初しぐれとよみたれば、猶おぼつかなくや」とあり、「初時雨」が秋か冬かというのが「猶おぼつかなくや」としている。

近世の歌論書として和歌詠作について詳述している『八雲のしをり』（間宮永好　天保五年以後成立）には時雨の「季」に関して次のように提示している。

　　神無月時雨もいまだふらなくにかねて移ろふ神なびの杜

　　　　同

　　龍田河錦おりかく神無月時雨のあめをたてぬきにして

　　是等時雨を秋によめれど、神無月をしぐるる時としてよめるなり。後の題詠に、冬のものとせるはこれらによりてやさだめけむ。

　　　　同

　　しら露も時雨もいたくもる山は下葉のこらず色付きにけり

　　是もしぐれを秋によめり。後の題詠にも、時雨を紅葉に詠み合せたるは、やがて時雨を秋のものとしてよめるなり[8]。

即ち、時雨を「神無月」のものとして詠むようになり「冬」として詠まれてきたが（それは有名な定家の「偽りのなき世なりけり神無月誰がまことより時雨初めけん」の歌によく示されていよう）、秋にもよく詠まれるのは時雨が紅葉と詠み合せられる場合が多いためであるとしている。ここで明示されているように、時雨は明らかに「秋」の「季」を持つ紅葉によく詠み合せられるため、常に「秋」か「冬」かの問題が生じてくるようになるのである。

紅葉との問題とも関連して、和歌と俳諧の時雨の季において最も問題となるのは「初時雨」である。実際、「初時雨」は勅撰集を中心に調べてみると、冬がやや多いものの、秋と冬の両方にほぼ同じくらいの比重で詠まれてきた。[9]「初時雨」は『万葉集』においては全く見当らず、『古今集』以来見られるようになるが、「いつのまにしづはた山の初時雨そめて紅葉の錦おるらむ　正三位成国」（『新拾遺集』秋　五三七）などのように「染《ソ》メル」と「初《ソ》メル」とをかけて、紅葉を染める時雨と詠まれたり、また同じ歌集において、「いつしかと冬をやつぐる初時雨庭の木の葉に音信れて行く　永福門院」（『新拾遺集』冬　五七二）と、冬を告げるものとしても詠まれたりしている。

このように和歌における時雨は、時雨そのものは「冬」だとことわりながらも、紅葉などの秋の詞との取合せで詠まれる場合が多いため、秋と冬が混在していた。それに従って「初時雨」の方も草木の色を染め始める「秋」の季なのか、冬の到来を告げる「冬」の季なのか、どちらかに定めがたいまま連歌に譲ったのである。

（二）「季」を厳密に定めることを要求しない和歌とは違って、連歌においては付合の法則上「季」をはっきりと定めることが要求される。にも拘らず、まだ「秋の詞を入れては秋」という例外が常について回るようになる。

・時雨トアラバ、露時雨とつづけ、又秋の詞を入ては秋になるなり。（『連珠合璧集』）
・露時雨、初時雨は冬也、霧などかいづれ秋の道具結び候へば秋なり。（『至宝抄』）
・秋に一、冬に一、初時雨としても月に結びても冬也、木の葉の時雨、川音の時雨。泪の時雨皆冬也。露の時雨は秋、時雨の露は冬、蝉の声の時雨は夏（『俳諧御傘』）

実際、『菟玖波集』や『新撰菟玖波集』などによると、時雨は冬の部に多く見られるが秋の部にも相当出てくる。特に、『宗祇発句集』においても秋と冬にそれぞれ多数見られながら、秋の時雨の部は「秋時雨」という項目が立てられている。

ここで特記すべきことは『至宝抄』と『俳諧御傘』においては時雨を冬のものとしながら「初時雨」をもはっきりと「冬」と定めていることである。和歌の『初学和歌式』においては初時雨が秋なのか冬なのかおぼつかないといっているが、右の二つの連歌論書にははっきりと冬と定めているのである。

(三)　貞門・談林俳諧において類題別になっているものを中心に調べてみると、全ての撰集において、時雨の題を分類している時は必ず、「冬」の部に入れている。紅葉と詠まれる時雨は秋の部の紅葉の項目に分類されている。ところが、この場合、紅葉と分類して紅葉の部に入れていることからして、季語は時雨ではなく、紅葉なのである。

今、主な句集の類題の数を見ると次のようになっている。

『犬子集』　時雨：冬（秋の紅葉の項に若干）

『崑山集』　時雨：冬（秋下に「秋時雨」の項がある。）

寒けだつ秋の時雨やふるだのき　貞房

尾花が袖かりやす染か初時雨　貞房

大師達がいろは顕はす露時雨　宗孝

『時勢粧』　時雨：冬（秋の紅葉の項に若干）

『はなひ草』　九月：露時雨

十月：時雨

『増山井』　露時雨：秋

初時雨：冬

（紅葉：「時雨、霜を結びても秋なり」となっている。）

『続山井』　時雨：冬（紅葉の項に二句）

『ゆめみ草』　時雨：冬（紅葉に一句）

『境海草』　時雨：冬

『談林功用群鑑』　時雨：冬

『江戸広小路』　時雨：冬

『俳諧坂東太郎』　時雨：冬（紅葉に一句）

『増山井』では「初時雨」を冬に入れているが、『崑山集』では初時雨を「秋時雨」のところに入れているということを除いては、初時雨は殆ど冬になっている。冬を告げる時雨として詠んでいる句は多数見られる。

冬の季のくる〳〵めぐる時雨かな　　好　永（『夜の錦』）

脚ばやに冬はきた山しぐれ哉　　長頭丸（『崑山集』）

初冬の偽りなき時雨かな　　安　静（『宝珠』詞林金玉集所収）

冬の色のくろ雲出る時雨哉　　何方子（『拾子集』）

雪花を催す雨や初しぐれ　　文　室（『後撰犬筑波集』）

通りかけに冬を告ゆく時雨かな　　之　也（同）

秋はきのふされハそきたは初時雨　　三　保（同）

十月は幾日降ても初時雨　　夕　幽（『蓮実』）

このように初期俳諧において時雨の季は「冬」として定着している。そして、後述する、芭蕉の俳諧になると、時雨は完全といっていいほど冬の句になっている。というのは、芭蕉の時雨においては紅葉との類型的な詠まれ方は全くされておらず、すべての時雨の句は時雨そのものを主題に詠んでいるためである。

芭蕉の時雨になると、〈取合せ〉の問題ではなく、時雨そのものを主題として、時雨の持つ属性を生かして詠んでいるため、時雨のより優位な「季」の「冬」として完全に定着してきたものと考えられる。これは、後に「さび」と時雨の問題とも係わっていくのである。というのは、荒涼とした初冬の景物と合わさって、物寂びた風物を効果的に表現しているからである。これは、後の芭蕉の時雨の考察において明白に示されるようになる。

第二節　時雨の「色」と「音」の伝統

時雨は晩秋から初冬にかけて降るため、自然の鮮やかな移り変りの時節に重なっており、その自然の移ろいとともに詠まれてきた。つまり秋になって華やかに色付く紅葉への変換と、それが初冬になるにつれて枯れはて荒涼となっていく自然の推移において鑑賞されてきた。前述した秋から冬への「季」の変遷とも関連して、概して言えば「和歌優美」においては前者の紅葉の色がより好まれ、連歌や俳諧になると後者の、初冬の冬枯れの色に重点がおかれるようになると見られる。勿論、時雨に色があるわけではないが、取り合せられるものによって時雨の視覚的な季節感は変遷するから、ここでは紅葉との関連と、初冬の冬枯れ色との関連とに分けて考えることにする。

一　紅葉と時雨

（一）時雨の伝統的な捉え方において最も多く見られるのは紅葉を染めるという詩的表現である。俳諧において椎本才麿が『東日記』の序文で「五月雨に海をよせ、霽《しぐれ》に必色を染てをのづからなる風景をしらず(10)」としているのは、類型的な詠み方にこだわりすぎることへの批判であったが、「霽に色を染めて」つまり時雨に紅葉を染めるという意味の例を上げており、俳諧に至ってもそれほど意識されていることから見て、「紅葉―時雨」というのは一種の固定観念として継承されてきたことが分かる。

山本健吉氏は芭蕉の時雨に関して「雅びの時雨に対して、侘びの時雨を、俳諧の新発見とした自分の意に添うもの(11)」として打ち出したとしている。氏の指摘するように和歌の時雨は紅葉と一緒に詠まれたために「雅び」の世界のものであった。尾形仂氏が『大歳時記』時雨の項に紹介した「松芦帆時雨文様降袖(12)」はきらびやかな紅葉に降る時雨を描いたもので、それこそ「雅び」の時雨を表しているのである。

勿論、紅葉を染めるのは時雨だけではなく、「しらつゆも時雨もいたくもる山はしたばのこらず色づきにけり」（『古今集』二六〇）の歌が示すように「露」も紅葉を染めるものとしてよく詠まれる(13)。ところが、時雨の場合が露より圧倒的に高い。

紅葉は気温や湿度の変化、日照量などの変化によって木の葉の色素が変るもので、時雨だけが原因になるものではなかろうが、そのような詩的表現が好まれたのは、時雨による「移ろいの色」、或いは鮮やかな紅葉の色に「さび」色としての時雨が添えられることによって一層美しく見られることによるのではなかろうか。

ところでこのような歌は結局「時雨」の歌というより「紅葉」の歌であることに注目しなければならない。即ち、紅葉と時雨が一緒に詠まれる時、時雨より紅葉がメインだったのである。時雨は紅葉の美を深まらせる景物にすぎなかった。それは、『慈鎮和尚自歌合（十禅師跋）』の次のような記述からも窺うことができる。

よき歌になりぬれば、其詞姿のほかに景気のそひたるやうなることあるにや。例へば春の花のあたりに霞のたなびき、秋の月の前に鹿の声をきき、垣根の梅に春の匂ひ、峰の紅葉に時雨の打ちそそぎなどするやうなる事の、うかびてそへるなり(14)。

即ち、霞のために花の美がより浮き彫りにされ、鹿の声のために月がより煌々と光るように見え、時雨の打ち注がれる紅葉がより美しく見られるようなことは取合せの妙を生かしたのである。つまり「紅葉に時雨のうちそそぎなどする」ことによって「うかびてそへる」効果を挙げているということである。

（二）　では、「時雨―紅葉」の伝統を和歌や連歌の用例を見ながら考察していくことにする。

まず、『万葉集』においては三七首の時雨の歌があるが、そのうち二五首が「時雨―紅葉」の類型の歌である。まず、時雨が紅葉を染めるという類型である。

時雨の雨間無くし降れば三笠山木末あまねく色づきにけり（一五五三）

春日野に時雨降る見ゆ明日よりは黄葉挿さむ高圓の山（一五七一）

夕されば雁の越えゆく立田山時雨に競ひ色づきにけり（二二一四）

これらは時雨が紅葉を美しく染めることに対する詠嘆である。後世の時雨の固定観念としての「無常」の色はその影が全く見えない。もっぱら、自然の変化の美を讃えている。

時雨はまたその美しい紅葉を散らす雨でもあった。例えば次のような歌である。

大君の三笠の山の黄葉《もみぢば》は今日の時雨に散りか過ぎなむ（一五五四）

十月時雨に逢へる黄葉の吹かば散りなむ風のまにまに（一五九〇）

このように『万葉集』において既に定着していた「時雨—紅葉」の類型は平安時代や中世の和歌において受け継がれ、類型化していく。一つの手掛りとして二十一代集における時雨の歌をすべて抽出した。そのうち、少しづつ時代を隔てて選んだ六集について紅葉との関連の歌を表にしてみると次の表のようである。

歌集	時雨の歌総数	紅葉と時雨	比率
古今集	一五首	一二首	八〇%
後撰集	二一首	一〇首	四七%
千載集	二〇首	三首	一五%
新古今集	三九首	一二首	三一%
風雅集	三三首	一〇首	三〇%
新続古今集	二八首	一三首	四六%

この表から明らかに言えるのは、どの歌集においても紅葉と時雨の取合せが大きな比重を占めているということである。但し、注目すべきことは『古今集』と『千載集』とでは、その比率において八〇%と一五%という大差が見てとれる。これはもはや『千載集』では時雨の色のイメージは紅葉のような「優美」ばかりではなく、自然の「衰微」の色が強調されたり、新たな詠み方として時雨の物寂しい「音」を鑑賞したものが多くなったためであると考えられる。

では、これらの歌集における「紅葉—時雨」の歌を見てゆこう。

たつた河もみぢば流るかみなびのみむろの山に時雨ふるらし

（『古今集』二八四）

いかなれば同じ時雨にもみぢするははそのもりのうすくこからん

（『後拾遺集』三四二）

しぐれの雨そめかねてけり山しろのときはのもりの槙の下葉は

（『新古今集』五七七）

しぐれつる雲をかさねて小倉山紅葉も秋もふかき色かな

（『新続古今集』一七五八）

このように「時雨―紅葉」の歌は時雨が示す自然の鮮やかな変化の美を讃えたものである。一方、時雨が紅葉とともに詠まれる時、単なる優美なものとしてではなく、その紅葉の色に自然の移ろいの色を発見している場合も多い。本来、衰微の方向に変化していくことを指す「うつろふ」という言葉自体を「紅葉する」意として使う場合が多いのはそれを示唆している。紅葉に「うつろひ」の色を発見し、その「うつろひ」を時雨がもたらすと考え、そこに寂莫な心情を託して詠むのである。

神な月時雨もいまだふらなくにかねてうつろふ神なびのもり

（『古今集』二五三）

神な月しぐれにぬるるもみぢばはただわび人のたもとなりけり

（『古今集』八四〇）

はつしぐれふるほどもなくさほやまの梢あまねくうつろひにけり

（『後撰集』四四四）

龍田姫いまはの比の秋風に時雨をいそぐ人の袖かな

（『新古今集』五四四）

このうち特に『新古今集』の「龍田姫いまはの比の秋風に時雨をいそぐ人の袖かな」の歌は後の謡曲の『紅葉狩』(15)の本歌になったものであり、龍田姫がつかさどる秋が終わり、冬に移り変ることに対するさびしさを時雨の色に象徴させているのである。

自然の色が常に同じ状態であればその色の変化によって季節の移り変りを感じることはないのであろう。様々な自然の色の変化の中でも、特に紅葉のように鮮明に変化するのは季節の推移の感覚を深く感じさせるものである。序論でも示したように、道元が日本の四季を花、時鳥、月、雪で代表したのに対して、良寛は「秋には紅葉」を挙げている。紅葉は日本の詩歌において最も重要な歌材五つ(即ち「五箇の景物」、三五頁)のうち一つを占めている。秋の代表的な季語「月」は秋になって最も美しく見えるという美意識によって秋に定まったものであるが、秋の移り変りの季節感覚においては、変化の美を示す紅葉の方がより印象的なのかもしれない。その紅葉の時期にちょうど時雨が降るので、紅葉を染めたり散らしたりするのは時雨の働きであると古代の人たちは考えていたのである。

(三) 和歌の「時雨—紅葉」の類型的な取合せは、連想的な言葉の付合が重んじられる連俳においては付合語として定着するようになる。連歌寄合集の『連珠合璧集』(一条兼良、文明八年頃)には「紅葉ニハ 立田山 にしき 時雨……」とあり、俳諧の付合集『類船集』においても「時雨—紅葉」の付合が見られる。まず、連歌の用例を見てゆこう。和歌の伝統が基盤になって連歌においては付合として定着はしているが、用例としてはそれほど多くは見当らない。次は『菟玖波集』や『新撰菟玖波集』において「時雨—紅葉」が付合語として使われているものである。(※数字は金子金次郎編の『菟玖波集』と『新撰菟玖波集』(貴重古典籍叢刊)による。)

夕日しくるるみねのむら雲
松原ハところ〳〵の紅葉にて（四五〇〜）

もみちかつ散山かせそふく
くもらぬは木下露の時雨にて（四五七〜）

紅葉の錦きてやゆかまし
ぬれ〳〵も秋はしくれのふるさとに（一一六三〜）（以上『菟玖波集』）

千枝のもみち色ようつるな
はつ時雨しのたのもりに秋くれて（一〇一七〜）

色つく山もつらき夕くれ
たかなみに秋の時雨と成ぬらむ（一〇三二〜）（以上『新撰菟玖波集』）

これらの紅葉と時雨の付合は『菟玖波集』などでは時雨の句の頻度の三分の一ぐらいを占め、相当見られるが、『新撰菟玖波集』になると、「時雨てすくる夜こそなかけれ」に「さだめなきことはりおもふ老か身に」のような傾向の句が付けられ、無常の世を連想させる付合が多くなり、「時雨―紅葉」の例は数的に非常に少ない。それは『新撰菟玖波集』所収の、心敬の「雲は猶さだめある世の時雨かな」や、宗祇の「世にふるもさらに時雨のやどりかな」の句に示された境地が主流を占めるようになるためであると考えられる。

付合以外に一句の中における取合せをみても、『宗祇発句集』では時雨の句が七十四句載っているが、「時雨―紅葉」型の句は「しぐるとも今ひとたびぞうす紅葉」などをはじめ、十五句載っており、他の連想的イメージより数的には少ない。もはや、『新撰菟玖波集』を前後して紅葉との取合せは次第に影が薄れ、付合としては存在するものの、あまり詠まれなくなる。それは、時雨に無常の色を感じ取る時代的な風調と、時雨の「季」が連歌においては「冬」として定着することにも関わってくる。それにつれて、秋の紅葉の色よりは、冬の荒涼とした自然の色から時雨の季節感を発見するようになるのである。

二　冬枯れと時雨

時雨の色の伝統はこれまで見てきたような錦おりかく紅葉を染めるという捉え方が最も多く、紅葉の鮮やかな色によって時雨も雅びな色として捉えられ、荒涼とした冬の季節情緒は表されていない。ところが、時雨は本来冬のものであるといろいろな歌論書にも明記されているように、時雨自体は冬のイメージがより強いものであった。初冬の時雨は自然が冬枯れした風物と詠み合わされる。すなわち、自然の衰微の色を時雨によって感じ取るのである。

『万葉集』においては殆どが紅葉との取合せであるが、稀に次のような歌も見られる。

うらさぶる心さまねしひさかたの天のしぐれの流れあふ見れば（八二）

「うらさぶる心」は「すさむ心」という意で、景物を形容する言葉ではないが、結局時雨が繰り広げる荒涼とした景物に誘発された心の状態を指している。引用歌は「楽浪の国つ御神のうらさびて荒れたる京見れば悲しも」（八一）という歌と並んで出ているが、「楽浪の……」の歌では荒廃した景物を「うらさびて」と表現している。そこで、引用歌の「うらさぶる心」も荒廃した自然の色に伴う、すさむ心の状態と見ていいのであろう。

平安時代末期や中世の和歌においても少数ではあるが、次のような、冬枯れ色と時雨が照応した初冬の季節感を詠んでいる歌が見られる。

冬枯の梢の下の村時雨ひとり夜がれぬ槙の宿かな
慈円（『拾玉集』三九八七）

しぐれつつ枯れゆく野べの花なればば霜の籬ににほふ色かな
延喜御歌（『新古今集』六二一）

かり庵さすならのかれはの村しぐれ哀は槙のおとばかりかは
俊恵（『林葉和歌集』五八〇）

嵐ふくすずの下草うらがれてよし野の山に時雨ふるなり
従二位家隆（『新続古今集』一七五三）

これらの歌は自然の移ろいの色に時雨の季節感を発見しているもので、特に慈円の「冬枯れの……」の歌や、『新古今集』の「時雨つつ枯れ行く……」などは初冬の寂寞とした冬ざれの情趣がよく示されていると言えよう。

このような捉え方は、時雨に無常の色を感じとった連歌師たちによってより多く見られる。次のような連歌の場合がそれである。

山路のしくれ野路のゆふ露
うらかれの草の枕はねられめや
宗春（『老葉』吉川本　一一〇〇～）

したはは袖の色に出でなむ

時雨ゆく宿のむらはぎうらかれて　後鳥羽院御製（『菟玖波集』三三〇〜）

またをとづるる小夜しぐれかな

神無月よもの木の葉の散りて後　福光園院（『菟玖波集』四六六〜）

ちりはてて木々は色なき霜かれに

あきのかたみの月なしくれそ　前左大臣（『新撰菟玖波集』一〇二六〜）

季節変化によって、自然が衰微の方向に移ろっていく推移が最も如実に示される時節は晩秋から初冬にかけての時期なのであろう。時雨はちょうどその晩秋から初冬にかけて降るのである。晩秋においてはまだ、紅葉の色によって雅びなものとしてのイメージが強い。ところが、その華やかな紅葉の色もなくなり、初冬の時雨は専ら自然の枯れ色との取合せしかないのである。

二つの季節にかかっている時雨は、必ずしも「季」をはっきり定めることを要求しない和歌においては、秋でも冬でもよかったが、「季」をはっきりと示すことを要求する連俳において、時雨が「冬」に限定されることは後者の方をより重要視する傾向を促すものと考えられる。それはやがて、後の芭蕉俳諧の荒涼とした枯淡な「さび」色の中で時雨を捉えることにも繋がっていく。芭蕉においては紅葉と時雨の句は勿論なく、すべての句が冬の景物から来ており、これまで述べた伝統的な時雨における冬枯れ色との関連を念頭に置かなければならない。

三　「音」の時雨

（一）　時雨という季節現象を詩的素材として賞美してきた歴史において、その「色」の視覚的なイメージの次に重んじられたのは聴覚的な「音」のイメージである。時雨の音は多くの雨の歌の中でも最も好まれた詩材でもあった。芭蕉の時雨の句においてもその音を賞美したものが多いため、音の享受の伝統を探ることは必要不可欠となろう。

時雨はさほど強烈な音を立てず、さらりと降っては通りすぎ、ある情感を呼び覚ます性質が好まれた。特に「貧寒」とした侘住居にふさわしい感情を呼び起こし、人生感慨などを喚起する独特な情趣が好まれたのである。時雨の音を鑑賞する詠み方は秋よりは冬の部に圧倒的に多い。

『新古今集』における二條院讃岐の「世にふるは苦しきものを槙の屋にやすくも過ぐる初時雨哉」の歌はまさに時雨の音に対する感慨である。和歌では槙の板屋（檜などの板で葺いた家）に降る時雨の音を鑑賞するのは一つの類型になっていた。そのような伝統を意識して連歌の『至宝抄』にも時雨の本意として、「板屋の軒、篠の庵など音あらまほしき体仕候」[16]としているのである。

このような時雨の音を賞美する伝統は、『万葉集』や『古今集』では見当らず中世の和歌において多く見受けられる。それは内面の思いを時雨の音に託して詠んだものが多くなってきていることと並行している。

このはちるやどはききわくことぞなきしぐれするよもしぐれせぬよも

源頼実（『後拾遺集』三八二）

おとにたにたもとをぬらす時雨かなまきの板やの夜のね覚に

源定信（『金葉集』六八三）

みねごえにならのはつたひおとづれてやがて軒ばに時雨きにけり
源仲頼（『千載集』四一六）

ひとりぬるね覚のとこのさむければ時雨の音をたえず聞くかな
前中納言匡房（『続拾遺集』一〇一九）

たれか又まきのいたやにねざめして時雨の音に袖ぬらすらん
寂然法師（『続拾遺集』四六九）

このように時雨の音は伝統的に「一人寝」の侘しさを深まらせるもので、『金葉集』の「音にたにたもとをぬらす時雨かな」というのは一つの常套文句として使われている。

特に中世の西行の時雨の歌はその殆どが時雨の音を詠んだものである。以下、その傾向の歌を挙げてみよう。

まきの屋の時雨の音を聞く袖に月のもり来てやどりぬるかな
（『西行法師家集』二九四）

山郷は時雨し比のさびしさにあられの音はいやまさりけり（同　三〇七）

ねざめする人のこころをわびしめてしぐるるおとはかなしかりけり（『山家集』四九二）

をのづからおとする人ぞなかりけるやまめぐりする時雨ならでは（同　五〇二）

あづまやのあまりにもふる時雨かなたれかはしらぬかみなづきとは（同　五〇三）

これらは閑居において時雨の音を聞いて感慨に耽る歌である。このような西行の時雨の音の伝統が後の芭蕉にも継承されていく。後述するが、芭蕉の友人の素堂は芭蕉の没後、「あはれさやしぐるる比の山家集」（『陸奥衛』）と詠んでいる。

こうして中世和歌に時雨の音を詠む傾向が最も多く見られ、連歌においてはこのような伝統はそれほど見られない。少数であるが、次のような例が見られる。

・　寝覚する夜のうつるたにうし
　音きけはよその時雨を枕にて　　宗祇（『宇良葉』六一四）

・きくほとは月をわするるしくれ哉　　心敬

・深夜なとに、時雨のこほれ侍るをきく、たたちには月にうらめしき事をも、忘るる、感情ふかしと也
（『芝草句内岩橋上』）

特に心敬の場合は時雨の音に聞き入って、その時雨のために月の見えぬことをうらめしいと思わないとしており、時雨の音を非常に賞美している姿勢が見られる。

（二）　このように時雨の音を賞美する傾向が様式化するとともに、時雨に類似した他の音を時雨に紛うということが詩的表現として好まれた。和歌において最も頻出するのは、「木の葉の時雨」である。「木の葉の時雨」は木の葉の散る音を時雨の音に紛い、物悲しい心境になることを詠むものであった。これは平安時代の和歌には殆ど見られず、時雨の音に決まって感傷の色を寄せた平安後期から中世和歌以降の傾向であった。

まばらなるまきのいたやに音はしてもらぬ時雨やこのはなるらむ
俊成（『千載集』四〇四）

時雨かときけば木のはのふるものをそれともぬるる我が袂かな
藤原資隆（『新古今集』五六七）

時雨かとねざめのとこに聞こゆるは嵐にたへぬこのはなりけり

西　行（『山家集』四九六）

さそはるる嵐待ちえて神無月ふるは木の葉の時雨なりけり

平師親（『新千載集』一八〇九）

槙の屋にたえず音する木のはこそしぐれぬ夜はの時雨なりけり

後法性寺入道前関白太政大臣（『続後拾遺集』四二七）

このような和歌における「木の葉の時雨」は見立てを好む後の貞門・談林俳諧においては「似物の時雨」（連俳用語、時雨の音と似たものを時雨のように見做して詠んだもの）という一つのパターンとして定着するようになり、木の葉の時雨だけではなく、「川音の時雨」「蝉時雨」などの様々な題が生まれる源流にもなる。これに関しては、第二章の貞門・談林誹諧と時雨において詳しく述べることにする。

第三節「無常」と時雨

一「世にふる」時雨

（一）時雨は降ったり止んだり、たちまち通りすぎたり、山を巡りながら降るといった変化に富んだ降り方をする。その性質は有為転変の世の思いを託して詠むのに適切であった。時雨が紅葉に詠み合わされる「景物」の歌でもなく、また、その「音」を観賞した歌でもない、「人事」に思い合せられた場合、時雨の降る模様が「無常流転」「無常迅速」を感じさせ、常に世の習いというものと結ばれていく。和歌の本意を説いている有賀長伯の『初学和歌式』（元禄九年）では、時雨の本意を次のように説いている。

しぐれは、はれくもりふりみふらずみさだめなく、あはれふかき心をよむが相応也。……（略）……しぐれの空の定めなきを世の常ならぬ心によそへ、高根にかかるしぐれの雲をながめ、まきのやにふり過る音のそぞろさむく、ねやのしぐれに袖ぬるるとも、又は木のはの散をとにまがふともよめり……（後略）(17)

ここに「しぐれの空の定めなきを世の常ならぬ心によそへ」とあるように、時雨の降る模様に世の無常の思いを託すことが本意だとしている。このような本意に則った最も典型的なものは次のような歌であろう。

①世中になほもふるかなしぐれつつ雲間の月のいでやと思へば
和泉式部（『新古今集』五八三）

②世にふるはくるしきものを槙の屋にやすくも過ぐるはつ時雨かな
二條院讃岐（『新古今集』五九〇）

①の和泉式部の歌は、時雨のような定めない世の中で出家できずに生き続けることを嘆いた歌である。②の二條院讃岐の歌は、①が時雨と憂世とを同次元において比喩として詠んでいるのに対して、時雨とこの世とを別次元にして対照している。即ち、時雨がやすやすと通り過ぎることに反して、世を経ることの難しさを嘆いている。この歌は二條院讃岐が二条・六条・高倉・安徳・後鳥羽・土御門と移り変わる宮廷と、父頼政と兄弟の戦死を見届け、一生の終りの頃の感慨を時雨に託したものである。そのため、やすく通りすぎる時雨と苦しい人生の対照が一層鮮やかになっている。

この二首の歌にも表れているように、時雨にはよく「世にふる」という常套語が伴われる。「世にふる」という言葉は、雨、雪などの「降物」によく伴われるが、それは小野小町の「花の色はうつりにけりないたづらに我が身世に降るながめせしまに」などの歌のように「ふる」には「雨が降る」「世を経る」「身が古る」の三者が掛けられ、感傷的な色彩を帯びて詠まれる。小野小町の時雨の歌は『古今集』において次のように詠まれ、身の衰えと時雨の季節感とが照応している。

今はとてわが身時雨にふりぬれば事のはさへにうつろひにけり
小野小町（『古今集』七八二）

この歌は『後撰集』になると「よみ人しらず」の歌として類似する歌が二首も載っている一方、『後撰集』においてはこの傾向の歌が多数を占めるようになる。

秋はてて時雨ふりぬる我なればちることのはをなにかうらみむ
よみ人しらず（『後撰集』四四八）

秋はててわが身しぐれにふりぬれば事の葉さへにうつろひにけり
よみ人しらず（同四五〇）

ちはやぶる神な月こそかなしけれわが身時雨にふりぬと思へば
よみ人しらず（同四六九）

『後撰集』におけるこのような傾向の歌が喧伝され、次第に次のように類型化した形で詠まれるようになる。

もろともにやまめぐりするしぐれかなふるにかひなき身とはしらすや
左京権大夫道雅（『金葉集』二六三）

神無月しぐるる空をながめてもいたづらにふる身をなげくかな
権少僧都円勇（『続拾遺集』六三九）

ふりはつるわが身むそぢのかみなづきそではいつよりしぐれそめけん
正三位知家（『続後撰集』一〇九〇）

かみな月しぐるるくもははれにけりつれなくふるやわがみなるらん
衣笠内大臣（『続古今集』一六一七）

いそぢあまり老その杜のかみな月時雨時雨て身こそふりぬれ
前中納言資平（『続拾遺集』六三三）

山めぐる時雨よやよや事とはんうき身世にふる道はいかにと
鴨祐守（『新千載集』一八〇一）

全て「降る」と、「経る」「古る」が掛けられ、身の境遇を嘆いている歌である。

（二）猶、時雨の定めない性質は、心情表現の適切な素材となるとともに、そのまま「定めなき世」のメタファーになっていく。

神無月ふりみふらずみ定めなき時雨ぞ冬の始めなりける
よみ人知らず（『後撰集』四四五）

晴くもり時雨は定めなきものをふりはてぬるは我が身なりけり
道因法師（『新古今集』五八六）

木々の色もうつろひそめぬ初時雨さだめなき世のなげきせしまに
権大納言公時（『新続古今集』一五七四）

冬をこそ時雨もつぐれ定めなき世はいつよりかはじめなりけん

元可法師（『新後拾遺集』七七四）

かきくらし時雨ふる雲も過ぎぬなりこれもさだめぬ世のならひかな

後宇多院御製（『新千載集』一八〇五）

このなかで、特に『後撰集』の「ふりみふらずみ定めなき」というのは後世まで喧伝され、時雨に伴われる常套文句となる。特に、女流日記文学などにおける感傷的な詠み方のなかではこの文句は心情表現を効果的に助ける役割をする。

十月、れいの年よりも時雨がちなるころなり。十よの日のほどに、れいのものする山寺に「紅葉も見がてら」とこれからいざなはるればものす。今日しも、時雨ふりみふらずみ、ひねもすにこの山いみじうおもしろきほどなり（『蜻蛉日記』[18]）

さすがに絶えぬ夢の心地はありしに変るけぢめも見えぬものから、とにかく障りがちなる葦分にて、神無月にもなりぬ。降りみ降らずみ定めなき心地して、起き臥しながめわぶれど、絶えて程ふるおぼつかなさの……（『うたたね』[19]）

ころは、みふゆたつはじめのさだめなき空なれば、ふりみふらずみ時雨もたえず、あらしにきほふこのはさへ、涙とともにみだれちりつつ、ことにふれて心ぼそくかなしけれど、人やりならぬ道なれば、いきうしとてもとどまるべきにもあらで、なにとなくいそぎたちぬ。（『十六夜日記』[20]）

このように、時雨の降る模様と、世に生きる感慨が結ばれ、平安朝以来の時雨の〈季節観〉は感傷的な色を増してきたと思われる。この「時雨の定めなさ」と「無常の世」の感慨が後の連歌師達の無常観の感慨の源流でもあろう。前述の二條院讃岐の漠然とした感慨がもとになって宗祇の徹底した無常を述懐した「世にふるはさらに時雨のやどり哉」という連歌に繋がっていく脈絡を見ることができる。

二　袖の時雨

「袖の時雨」とは、袖を濡らす涙を時雨に見立てた表現である。雨を涙に譬えることは古今東西を問わず詩的表現の通念としてあるが、「袖の時雨」には時雨の持つ性質と合わさり、独特の心情的なものが託されている。俳諧の『類船集』には「時雨―袖の涙」という付合が見られる。実際に降る時雨そのものを「袖の涙」と表現するのもあり、時雨は実際降らなくても「涙」だけを「袖の時雨」と隠喩的に表現する場合もある。後世の俳諧における「似物の時雨」の分類にはこの「袖の時雨」というのが一つの熟した語彙として使われるようになる。

時雨に限らず、「露」の場合も「露―袖の涙」という付合があり、よく涙の譬えとして詠まれている。一般的に雨、露などの「降物」が涙によそえられる時、持続的に降る五月雨などは比喩になりがたいが、「露」などの消えやすさや、「時雨」などの、すぐ通りすぎてしまうさらりとした雨足が涙の比喩として効果的だったのである。また、さほど強烈なイメージを与えないところから「袖」の持つ感覚と照応し、好都合の素材として使われたものと見られる。

「袖の時雨」はその技巧的な表現から察知できるように、平安貴族文学に源流をなす言葉であった。それと似たものに、涙が出そうな憂欝な心境を指す言葉に「時雨心地」という表現がある。「大空はくもらざりけり神無月しぐれごこちは我のみぞする　つらゆき」（『古今六帖』四六九）、「今日は猶ひまこそなけれかきくもる時雨心地はいつもせしかど　和泉式部」（『風雅和歌集』一五八）などに見られることがそれである。これは、実際時雨は降らないが、どことなく涙が出そうな心境を表現している。ここでは、時雨と涙が同義に使われている。

恋の文学では、時雨が降る場面で恋の悲哀による涙を出してくる。『源氏物語』『蜻蛉日記』『和泉式部日記』、また鎌倉時代の『とはずがたり』『中務内侍日記』等にその例を多く見ることができる。（以下の引用は岩波古典大系による。）

『源氏物語』のなかで時雨が最も頻出するのは「葵」の巻である。葵の上を亡くした源氏が涙に暮れるところは常に時雨が降る場面描写になっている。「椎本」の巻でも八宮に死別した姫君たちの境遇を描写する際に「野山の気色まして袖の時雨を催しがちに」と心情が語られている。『宇津保物語』においても「色そむるこのははよきて捨人の袖にしぐれのふるがわびしさ　源侍従の君」のように見られる。

『蜻蛉日記』には作者の恋の嘆きを表現する時に、時雨の降る場面が頻出する。「なげきつつかへすころもの露けきにいとど空さへしぐれそふらん」（天暦八年秋）、「袖ひつる時をだにこそ嘆きしか身さへ時雨のふりもゆくかな」（天禄二年九月）などがそれである。『和泉式部日記』にも「秋のうちはくちはてぬべしことはりのしぐれにたれか袖はからまし」「時雨かもなにに濡れたる袂ぞと定めかねてぞ我もながむる」など、多数の関連歌が見られる。

『新古今集』になると時雨ならぬ「木の葉の時雨」にもその「音」によって袖はぬれるというふうに更に発展していく。

　木の葉散る時雨やまがふわが袖にもろき涙の色とみるまで
　　　　右衛門督通具（五六〇）

　時雨かときけば木の葉のふる物をそれにもぬるるわがたもと哉
　　　　藤原資隆朝臣（五六七）

鎌倉時代の女流日記『とはずがたり』や『中務内侍日記』にも次のように見られる。

① 神無月の頃になりぬればなべて時雨がちなる空の気色も、袖の涙に争ひてよろづ常の年よりも心細さも味気なければ（『とはずがたり』）(21)

② かならずあひぬることくさのすゐもあはれにかなしきに、ありし夜のむらさめけふまた袖に時雨ぬる心地してそ侍る（『中務内侍日記』）(22)

以上のように、「袖の時雨」は恋の悲哀を表現するのに非常に効果的に使われ、涙そのものの意として定着するようになる。

中世の紀行文になると、「袖の時雨」に旅の侘しさと人生苦が託され、やはり好んで詠まれるようになる。『十六夜日記』には、実子為相と為家の長男為氏との遺産相続の訴訟のため阿仏尼が鎌倉へ下る道中の、その心情を「袖の時雨」として言い表わしている。

いとどなほ袖ぬらせとや宿りけんまなくしぐれのもる山にしも

つたかへてしぐれぬひまもうつの山涙に袖の色ぞこがるる

旅衣なみたをそへてうつの山しくれぬひまもさそしくるらん

はる〳〵と思ひこそやれたひ衣なみたしくるるほとやいかにと

また、応仁の戦乱をのがれ、流浪する思いを綴った宗祇の『白河紀行』には百韻の発句として次の句が見られる。

袖にみな時雨を関の山路かな　　宗祇（『白河紀行』）

宗祇の句においては「袖の時雨」がそのまま人生苦の代表として打ち出される。

以上のように、「袖の時雨」は心情表現に効果的に用いられ、類型的な表現として確立していくようになる。

時雨の降る模様と内面の憂欝な心情とが照応し、一種の独特な抒情を表出する言葉として熟していったのである。

三　和歌の「旅」と時雨

時雨の「色」や「音」のイメージ、そして時雨の「降り方」に感慨を述べる捉え方はいずれも時雨という対象を眺めて鑑賞する性質のものが多かった。時雨にじかに濡れながら切実な思いを述べるのは、「旅」の構図においてしばしば見いだすことができる。旅路においては時雨の佗しさを身に染みて体感する。荒涼とした冬ざれのなかを寒さに耐えながら旅を続ける旅人にとって、俄に降ってくる時雨はその冷たい雨に打たれる佗しさを実感させられるものである。時雨に濡れずとも「旅の宿」において感じる時雨はまた特別な情趣を醸し出すものである。芭蕉の時雨においては「旅」の構図において考えなければならないこともあり、「旅」と時雨は必ず念頭に置くべき重要な問題である。

俳諧の『類船集』には和歌や連歌がもとになって「舎（ヤドリ）―時雨」の付合が見られる。この場合の「舎」は明らかに「旅のやどり」を指したものであることは、他の付合語からして明白である。

舎（ヤドリ）――行くるる道　時雨　駒なづむ　ふる雪　里のたく火　箒木　ねにゆく鴉　衣擣の音……(23)

「行くるる道」や「駒なづむ」（馬が先に進むのに難儀する）などの付合語から、「舎」は旅の宿であることが分かる。猶、貞門の俳書『俳諧小からかさ』（坂上松春　元禄五年刊）にも、「時雨」の項に「付心」として「軒下・旅人」(24)の語が見られ、「旅」と「時雨」の連想は固定的なものとして定着していたことが分かる。

時雨に濡れて旅をしながら、世の無常を実感するのは連歌師の旅において顕著に現われる。和歌、特に中世以前の和歌においては、前節で述べたような「紅葉」との景物の歌や、「袖の時雨」などと比喩的に詠んだ歌の場合が多く、「旅」における時雨の歌はあまり見当らない。
少数ではあるが、和歌における「旅─時雨」の歌の用例を探ってみよう。
『万葉集』には次のような歌が見られる。

神無月時雨の雨に濡れつつか君が行くらむ宿か借るらむ（三二一三）
十月雨間も置かず降りにせばいづれの里の宿か借らまし（三二一四）
（三二一四は時雨の語彙はないが、時雨の歌と並んでおり、十月雨だから時雨と見ておく）

特に、最初の歌は、『万葉集』の巻十二の「羇旅にして思ひを発す歌五十三首」に入っており、後世の連歌師の旅に見られる、時雨に佗しく濡れ、旅の宿を借るというパターンの源流を見ることができる。しかし、ここではただ旅の佗しさというものがストレートに出ており、連歌にみるような無常観という観念はまだ芽生えていない。
『古今集』においては「旅─時雨」の系列の歌は見当らない。『詞花集』や『千載集』以降になると若干見られるようになり、次のような歌を挙げることができよう。（参考のため部立をも記しておく。）

露にだにあてじと思ひし人しもぞ時雨ふるころたびにゆきける
ただみ（『拾遺集』別　三一〇）
玉もふくいそやがしたにもる時雨たびねのそでもしほたれよとや
源仲綱（『千載集』羇旅　五二七）
草枕おなじたびねの袖にまた夜はのしぐれもやどはかりけり
太皇太后宮小侍従（同五二八）

たびねするこのした露の袖にまた時雨ふるなりさよの中山
律師覚弁（同五三八）

たびねするいほりをすぐるむら時雨なごりまでこそ袖はぬれけれ
藤原資忠（同五三九）

たび衣しぼるもつげよむらしぐれみやこのかたの山めぐりせば
法印覚寛（『続後撰集』羇旅　一三〇八）

里とほき山路の雲は時雨つつ夕日にいそぐ秋の旅人
前大納言為氏（『新拾遺集』羇旅　八〇五）

山のはにしぐるる雲をさきだてて旅の空にも冬はきにけり
白河院御製（『新後撰集』羇旅　五五九）

山かぜもしぐれになれる秋の日にころもやうすきをちの旅人
伏見院御歌（『風雅集』秋　六四一）

ぬれてほす山路の末の旅衣しぐるる袖に秋風ぞ吹く
正親町院右京大夫（『続拾遺集』羇旅　六九四）

このように「時雨―旅」の歌は「羇旅」の部に多く、『風雅集』の引用歌を除いては、「秋」「冬」に分類されているものはあまりない。即ち、時雨に重点があるというより「旅」そのものが中心になって、時雨はその旅の侘しさを添えるものとして表現されているためであろう。旅路に時雨が突然降り、濡れそぼちながら行くのを侘しみ、また仮の宿を借りて旅寝の寂しさを味わう、というパターンである。

歌の〈結題〉（二つ以上の事物を結んだ題）として使われた言葉に「旅宿時雨」という言葉がある。それは、旅の宿で味わう時雨の情趣を主題としたものである。『平安和歌歌題索引』[25]を繙くと、旅愁をかこつ題の「旅宿……」系列の〈結題〉は、「旅宿時鳥」「旅宿月」「旅宿鹿」……など五十八種の用例にのぼるが、なかでも「旅宿時雨」が最も多く、圧倒的な数を占めている。それだけ、時雨は旅愁を深まらせるものとして効果的に詠まれたことが推察できる。幾つかの用例を挙げてみよう。

旅宿時雨といふことをよめる　　瞻西法師

いほりさすならの木かげにもる月のくもると見ればしぐれふるなり

（『詞花集』一五〇）

鳥羽殿にて、旅宿時雨といふ事を　　後白河院御歌

まばらなる柴のいほりに旅ねして時雨にぬるるさよ衣かな

（『新古今集』五七九）

特に『住吉歌合』（平安期歌合　嘉応一年）の際にこの題のもとに詠まれた歌が、勅撰集において次のように散見する。

住吉社の歌合とて人人よみ侍りける時

旅宿時雨といへる心をよみ侍りける　　右近大将実房

風のおとにわきぞかねまし松がねのまくらにもらぬ時雨なりせば

（『千載集』五二五）

住吉社の歌合とて人人よみ侍りける時、

旅宿時雨を　　土御門内大臣

時雨するおとに幾度ね覚めして草の枕にあかしかぬらん

（『続後拾遺集』五八一）

このように旅宿での時雨の情趣が好まれたのは、村雨や五月雨のような強烈なイメージを与えず、パラパラと短時間降ったりやんだりする模様が旅愁をかきたてるのにふさわしかったためであろう。晩秋や初冬の時節にただでも佗しい旅の宿に時雨は佗しさを一層深化するものであり、特に、右の『続後拾遺集』の「時雨するおとに幾度ね覚めして草の枕にあかしかぬらん」の歌のように、時雨する度に寝覚めして聞く趣は一入のものがあったのであろう。

「旅宿時雨」の題こそないが、「旅宿―時雨」の情趣を詠んだ歌は少数ながら次のように見られる。

旅ごろもしぐれてとまる夕暮になほ雲こゆるあしがらのやま

従三位頼基（『新後撰集』五六〇）

ころもでにゆふかぜさむししのはらやしぐるるのべにやどはなくして

僧正行意（『続古今集』羇旅　九〇二）

時雨行く山わけ衣けふも又ぬれてほすべきやどやなからん

行円法師（『続拾遺集』羇旅　六九五）

考察の範囲ではこのような歌しか見られず、用例はそれほど多くない。なお、上野洋三氏の『芭蕉、旅へ』[26]によれば、『類題和歌集』（後水尾天皇　元禄一六年刊）においても「野亭時雨」「行路時雨」という題で同じ趣向の歌が見られる。

はしたかの野守の鏡かき曇り時雨は降りぬ宿しばしかせ

家　隆（『類題和歌集』　野亭時雨）

晴れ曇り時雨する火はときは木のかげに幾たび駒とどむらん

頼　政（同　行路時雨）

近世和歌において、他にもこのような歌の系統は、様々なところに散見する。寛永年間の『鎌倉巡礼記』（沢庵宗彭　寛永十年）や、『和歌視今集』（豊臣秀三　正徳元年）(27)にも次のような歌が見られる。

笠嶋に来て　　沢庵宗彭

かさしまやきてとふ里の夕時雨ぬれぬやどかす人しありやと（『鎌倉巡礼記』）

三十首歌の中に旅宿時雨　　道堅法師

小夜時雨とふにつらさもましはふくかりほの仮寝いかに明さん（『和歌視今集』）

こうして、和歌における、時雨と「旅の宿」の系統の歌を探ってきたが、「旅宿時雨」という結題をはじめとして、佗しい旅の情趣を深まらせるものとして時雨の季節感は効果的に詠まれてきたことが分かる。しかし、和歌においては「旅」の情趣そのものに重点が置かれ、時雨と「旅の宿」のイメージが、「仮の世」という無常観の象徴にまで発展することはなかった。「無常」という観念の色を時雨の宿として打ち出す傾向は次に述べる連歌師たちの旅において濃厚に見られる。

四　連歌師の「旅」と時雨

（一）　時雨の伝統において、切々とした人生の感慨がこめられ、時雨という季節現象が注目されるようになったのはおそらく連歌師の旅においてであろう。次の二つはその代表的なものと言えよう。

・応仁の頃、世の乱れはべりしとき、東に下りて仕うまつりける

雲はなほ定めある世の時雨かな　　心　敬

・おなし比しなのにくたりて時雨の発句に

世にふるもさらに時雨のやどりかな　宗祇（『新撰菟玖波集』三八〇〇～）

両句とも時雨に託して世の定めなさを述懐しており、それは平安女流文学に見るような漠然とした「はかなさ」ではなく、「時雨―世」という一つのメタファーとして示されるようになる。「時雨の宿」は和歌の場合のように単なる旅愁を表すものではなく、「時雨の宿」即ち「仮の世」ということになっている。

右の心敬の句は、「時雨の雲は定めないものと古来言われているが、雨雲の後に時雨が降ることは、まだ定めのようなものがある。それに比べて今の世にはどのような定めもない。」と、救いのない世の「定めなさ」の感慨を詠んでいる。宗祇の句は周知の通り、芭蕉の「世にふるもさらに宗祇のやどりかな」（天和二年『虚栗』）の元になった句で、この世を時雨の雨宿りのような仮の宿と見て、旅路の「時雨の宿」の体験[28]を通して感慨を述べている。心敬は定めなき譬えの時雨の雲がこの乱世の世の中よりも「なほ」定めがあると思ったのであり、宗祇は、人生は時雨よりも「さらに」時雨的だと思ったのである。両者の句ともに「なほ」と「さらに」という副詞が感慨をより深化するのに効果的に働いている。では、この二つの句を軸にしながら、芭蕉の時雨に直接関わってくると考えられる、連歌師の時雨と無常流転する世の感慨の問題を探っていくことにしよう。

心敬と宗祇は応仁の乱（一四六七〔応仁一〕～一四七七〔文明九〕年）の乱世を流浪して生きた連歌師で、心敬は『ひとりごと』（比登理言　応仁二年）で乱世の有様を次のように嘆いている。

さても此世の事はみなまほろしのうちなから。三のさかひ火の中にして。くるしみみちてひまなき事。まのあたりさとりしり侍れとも。かはかりつたなき時世の末に生あひぬるこそ浅ましく侍れ。……（中略）……都やけうせ侍るなとしるしおけるこそ。浅ましくも偽とも思ひしに。たちまちにかかる世をみる事。ひとへに壊劫末世の三災ここに極まれり。乱れかたふきたる世の積りにや。……（中略）……其外洛陽の寺社。武家諸家地下の家々。一塵も残所なく。大野やけ野原と成て。上下万人足を空にしてくれまとひ。四方に散々になり行侍るありさま。嵐の花木枯の紅葉よりも跡をとゞめす。都のうち目の前に修羅地獄となれり。さて数にもあらぬ心敬等まて。都のほとりには草の一葉のかくろへも枯果て。一つの露のよすかも頼むかけなく成侍れは。……（下略）(29)

「まぼろし」の世を承知ながら、まさに「世の末」の有様に会い、自らも「草の一葉」の寓居もなくなり、流浪することになった境遇を述べている。心敬は乱世の思いを数々の時雨の句を通して表出する。『心玉集』においては「雲はなほ定めある世の時雨かな」と並んで次のような時雨の句が挙げられている。

　めぐる間をおもへば去年の時雨哉（『心玉集』一七七四）

これには「年々歳々」流転する世の感慨と、時雨のめぐりながら降る性質が照応している。これらの句の外に、『心敬作品集』から心敬の時雨の連歌を抽出してみると時雨と世の思いや、時雨の旅路の侘しさを詠んだものが圧倒的に多いことに気づかされる。

　めくりきや世々に時雨し秋の雲（三一九）
　一とせのめくるはかりのしくれかな（三七九）
　時雨るるも一樹のかけのちきり哉（五〇三）（以上『芝草』秋）

　　さていく度ぞぬるるわか袖
　めくりきておなし寝覚に時雨らん（一一九〇〜

霧ふる門に人ぞやすらふ
旅の道時雨にかるは宿ならて（一一三四〜）（以上『心玉集』冬）
たちとまらぬハ雲もさためす
あしはやくわれに時雨の雨もうし（四六三〜）
やとりとるなり霧の山もと
時雨ゆくかたつかた人うちぬれて（五四一〜）
ふりぬる宮はたた松のかせ
さひしさハ神なき月の初時雨（五四三〜）（以上『吾妻辺云捨』）
葉の落る木の下露に袖ぬれて
時雨の宿はしハしたにうし（二九〜）
難面も露の情ハありぬべし
袖に時雨の冷しき比
山深ミ露の下道越かねて
岩ほのかけにふせる旅人（五五〜）（以上『何路百韻』）

このように、心敬において時雨といえば「めぐる世」「うし」「旅のやどり」「さびしさ」「さだめなさ」などのはかない生の営みにつながることばかりが連想されている。なかでも『何路百韻』の「時雨のやどはしハしたにうし」は、彼の「時雨の宿」に対する思いをよく示すものと言えよう。

心敬にとっては、時雨は単なる自然現象としてだけでなく、言葉そのものに人生の無常迅速の感が沁みとおっていたのである。このような時雨の捉え方はそのまま序論でも示したような（一三頁）、「常に飛花落葉を見ても草木の露をながめても、此世の夢まぼろしの心を思ひとり」（『心敬僧都庭訓』）という述懐の実践的な表白でもあると言えよう。

（二）　心敬に師事した宗祇は、その流浪の旅の経験とともに、後に芭蕉の時雨の源流となる数々の時雨の名句を残している。では、宗祇の「世にふるもさらに時雨のやどりかな」を初めとして、様々な時雨の句を通して彼の時雨に寄せた思いを探ってみることにしよう。

荒木良雄氏は『宗祇』の中で、「最も世間的な意味で、宗祇は旅の詩人であった。宗祇といへば自然に聯想せられるのは、おそらくその笠着て時雨の頃を行く旅姿であろう。[30]」としているように、宗祇は「時雨の旅人」と呼ぶに相応しい程「時雨―旅」というイメージをゆるぎないものにした詩人だと言えよう。この宗祇の時雨の観想があったからこそ、芭蕉の生涯を通して詠じている数々の時雨の佳句も生まれえたとしても過言ではないと考えられる。

「世にふるは……」の句は宗祇の人生観そのものを表すもので、自らもかなり自信を持った作品であったらしく、当句は『新撰菟玖波集』の外にも『萱草』『老葉』などの多数の連歌集に収められている。江藤保定氏は『宗祇の研究』において、一句に関して次のように述べている。

この観念的な述懐、告白というかたちこそ、彼の生と体験の表現様式であり象徴であった。……（略）……右の句は彼の作家生涯の初め、応仁の大乱を避けて関東に流離した頃、仮の庵で思ふこと侍りし頃詠まれたものである。……（略）……この無常述懐は彼の作品の基調として確立され、彼の運命の象徴となったのである。この無常諦念と述懐こそは生涯を通じてその作品の根本作因をなしている。その人生句には、このような内面的述懐のみならず、現実批判と諷刺の句もかなり見いだすことができる。しかし、その基調をなすものは、この時雨の句と同様の無常諦念を主動因とするものであった。(31)

即ち、一句に表された「無常諦念」の述懐こそが宗祇の作品の基盤になっていると指摘しており、一句の基調が宗祇の人生観の表白であったとする。次の句にも眼前即興の句でありながら、旅とこの世の無常の悲しみが寓されている。

龍泉院明　律師の坊にて

をくりきてとふ宿すくるしくれ哉（『筑紫道記』）

このような宗祇の徹底的な世の無常の感懐は「松の葉に同じ世を経る時雨哉」（『宇良葉』三四九）という句に象徴的に示される。つまり、「世の定めなさ」を大前提とし、そのはかない世は頼るものがないが、永遠に変わらぬ象徴としての「松」に心の安らぎを求めようとしているのである。江藤氏は『宗祇の研究』において、一句に「超越的なものによる救いと慰め」を認めているが、(32)それも結局この世の絶対無常というのを前提にしたものなのである。

このような時雨の思いは宗祇に先んじて活躍した宗砌の次のような救いのない心境に通じるものがある。

またしぐれれゆくなか空のくも
さだめなの世やさて何をたのままし　宗　砌（『新撰菟玖波集』）

これは、時雨に「さて何をたのままし」という言葉を通して救いのない切実な思いを述べている。これに関して伊地知鐵男氏は『連歌の世界』で中空の雲は「月を隠す雲」で、その月は「真如の月」を指しているとする。(33) つまり、「定め」としての「真如の月」でさえ頼めないのに、「さて何をたのままし」と述懐しているとする。無常変転する世の思いを前提にした解釈で示唆に富むと言える。

このような風調の中で、宗祇の「世の中」に対する認識は次のような連歌や和歌において如実に現れているのである。

求めじよ思へば仮の住み処
　生まれぬ先の故郷もがな（『三島千句』）

世の中は旅の一夜の宿なれや
　歎かじよこの世は誰もうき旅と思ひなす野の露にまかせて（『白河紀行』）

ここの「世の中は旅の一夜の宿なれや」ということは、そのまま「世にふるもさらに時雨のやどりかな」の基本的な思想になっているのである。そして、傍線の「求めじよ」「歎かじよ……露にまかせて」は「仮の宿」の此世に対する深い「諦念」の思いが示されていると言える。宗祇の時雨の句はその殆どが、このような世の無常の認識による諦念を基調とするもので、これまで挙げた句の外にも次のような数々の用例が見られる。

時雨降る野はかる宿もなし（『独吟百韻』）
　月をよすがの心なりけり
時雨せぬ山のみなみの秋の庵（六〇一〜）

あつまへ下侍し時、日光山に初冬のころ、ある坊にて侍し会に

時雨るなと雲に宿かるたかね哉（六一九〜）

山こゆる時雨も旅の雲路哉（六二〇〜）

かくて立かへり侍しに、又いつかはこの関をも越侍らんと、皆人物悲しくて哀にのみ侍しに、同道のすすめにて百句侍し時

袖にみな時雨を関の山路かな（六二一〜）

　ね覚の露に身こそしらるれ

いつすみて山にきかんさ夜時雨（六六四〜）

　都おもはぬ時のまそなき

時雨ふるみ山の庵に旅ねして（六六六〜）

　枕の露や又しくるらむ

暁の木葉過ゆく柴の庵（一〇六一〜）（以上『萱草』）

なかでも『萱草』の句は、その殆どが旅における時雨を詠んだもので、特に六二一番の「袖にみな時雨を関の山路かな」は「袖の時雨」においても述べたが、『白河紀行』（応仁二年）において詠まれた句として、乱世の流浪する身の暗欝な思いが時雨に託されている。『白河紀行』の時、巻かれた百韻の冒頭の部分は次のように連なっている。

袖にみな時雨をせきの山路哉　　宗祇
木の葉を床の旅の夕くれ　　尹盛
さやかなる月を嵐のやどに見て　　牧林
夜寒のそらはねんかたもなし　　穆翁
下もゐず雲にや雁の渡るらん　　宗祇
……

（『白河紀行』）

旅を主題とした連歌で、前句の趣を転じながらも、旅の侘しさが全体の雰囲気を支配しているのはそれだけ流浪する旅の思いが切実であったことによるのであろう。同じような趣向の連歌が次の『水無瀬三吟』（長享二年）においても詠まれている。

深山を行けばわく室もなし　　宗祇
晴るる間も袖は時雨の旅衣　　肖柏
わが草枕月や穴さむ　　宗長（『水無瀬三吟』）

このような旅の時雨は宗祇の弟子である宗長にも受け継がれ、『宗長手記』（大永六年）に次のように時雨の旅が述べられている。

①下京なる宿へ夜更て入来。心とけたるさかつきのかさなりて。老を忘侍りし。あしたに

人しれず身にしめそめし千入をはよそに過行初時雨哉

……（略）……

新九郎ふしみへたふ

　いかにともおほつかなきに我も又おなし心の袖もしくるる

②神なひの森を過て。関屋の軒端見ゆ。折しり
かほの時雨。とはかりして

　空蝉のうすき丸屋の夕時雨立よるはかありあふ坂の山

時雨も人もたちとまらぬやうにや。(34)

では、宗祇において、これまで挙げた句の他に、金子金治郎編の『宗祇句集』から宗祇の時雨の思いを探ってみよう。

　　やすくすくさん身となたのみそ
心すむあかつきかたの一しくれ（四二七～）
　　老をなせめそかからさらめや
秋は時雨冬は霜にも伏わひて（四二九～）
　　もらぬいは屋のしくれたにうし
露のまに夢なと今朝は覚ぬらん（四三二～）（以上『下草』金子本）
　やすらはまほしきところにて一座侍しに、時雨を
過がたき時雨を宿のかことかな（三五〇～）

天つ鴈よるのたかねにこゝろわひて
時雨にうつるあきのさむけさ（四五九〜）（以上『宇良葉集』）

月をかさねしぐるる峰に冬は来て
行かん方なくこもる柴の戸
住佗びぬ庵ならべん人もがな（『何人独吟百韻』）

これらの句においては傍線を引いたように、「うし」や「わびて」という語句が多く見かけられる。特に四二九の「老をなせめそかからさらめや／秋は時雨冬は霜にも伏わひて」は延徳二年九月『住吉夢想百韻』において詠まれた句であり、次のように句が連なっている。

世やはうき誰うらめしき人なん
老をなせめそかからさらめや
秋は時雨冬は霜にも伏わひて
木の葉降り行く暁の庵（『住吉夢想百韻』）

世に対する感懐と、老境の嘆きなどが時雨の庵の暗欝さに繫がっていくのである。

以上、宗祇の時雨を見てきたが、宗祇においても序論で示したように「紅栄黄落を見ても生死の理を観すればば」（『吾妻問答』）とされているように、時雨というのは人世の理に照らされ、無常迅速の理を表現するのに最も適切な詩語だったのである。

（三）　この時代の時雨の連歌は宗祇を中心とした連歌師だけに限らず、一つの時代的な風調でもあった。以下、『菟玖波集』と『新撰菟玖波集』を利用して宗祇や心敬以外の時雨の句を見ていくことにする。

したはは袖の色に出なむ
時雨ゆく宿のむら萩うらがれて　後鳥羽院御製（三三〇～）

寂しくばただ寂びしかれ松の風
げにしぐれずば月もくもらじ　花園院御製（四六四～）

さだめなき世にぬるる袖かな
月になり又うき雲の村時雨　安部宗時（四八一～）（以上『菟玖波集』）

かねてさだめぬやとりをそとふ
時雨ふる秋のこかけのやすらひに　正三位顕郷（一〇一八～）

さだめなき身のゆく末のいかならん
山はしくれの雲のしたいほ　法橋兼載（一〇八二～）

うきてふる世をは心にまかせめや
月にしくるるあかつきの雲　十輪院入道前内大臣（一一六〇～）

帰るさはしくるる涙かきくれて
又あひみむもさためなの身や　深草右大臣（一六二七～）

心つくしのたひの行すゑ
やといては又やしくれんそらの雲　権大僧都心敬（二二二〇～）

ねさめつつ涙身にしむ袖のうへ
わが世をあきの山なしくれそ　権大僧都日興（二六七二～）

時雨てすくる夜こそなかけれ
さためなきことはり思ふ老が身に　神祇伯忠富（三一七七～）

（以上『新撰菟玖波集』）

このように、中世の連歌においては人生そのものを「旅」ととり、無常と見る傾向が一つのパターンとして定着し、それを表出する際に、時雨という定めない性質の季節現象は最も適切な素材として捉えられたのである。

時雨に寄せる人生感慨は和歌においては漠然としたはかなさを感じさせるものとして捉えられていたが、乱世の連歌師の、時雨にじかに濡れて旅する体験によって、無常という観念と確固として結ばれるようになるのである。ところが、彼らは身に沁みる初冬の時雨の冷えた季節感覚は中に沈潜させ、時雨の降る模様と世の中の営みと結ばせたという点において観念化した時雨の〈季節観〉を生み出したということも否めない事実であろう。すなわち、時雨を主題として詠むより世の観想そのものがより重要であったのである。

五　謡曲の「旅僧」と時雨

これまで述べた和歌や連歌の時雨は、謡曲においてその情趣が象徴的に表出され、芭蕉らに大きな影響を与えている。近世の人たちは古典にじかに接するよりは謡曲を通して学んだ知識をもって作品の素材としたことが多いことは周知の事実である。時雨の情趣が謡曲全体の雰囲気を支配しながら巧みに生かされている代表的なものとしては『紅葉狩』『一角仙人』、『江口』、『梅ケ枝』、『定家』などがあろう。

謡曲『紅葉狩』は『新古今集』の「秋・下」の「龍田姫いまはの比の秋風に時雨をいそぐ人の袖かな　摂政太政大臣」(五四四)の歌をもとに、紅葉が移ろっていくことに身の憂さを重ねているものである。『紅葉狩』の冒頭の部分を見てゆこう。

(シテ) 時雨を急ぐ紅葉狩、時雨を急ぐ紅葉狩、深き山路を尋ねん。
(シテ) (正面を向き) (サシ) これはこのあたりに住む女にて候。
(シテツレ) げにやながらへて憂き世に住むとても今ははや、誰白雲の八重葎、茂れる宿のさびしきに、人こそ見えね秋の来て、庭の白菊うつろふ色も、憂き身の類とあはれなり。
(シテ) あまりさびしき夕まぐれ (正面を向く)、しぐるる空を眺めつつ、四方の梢もなつかしさに (ツレと向かい合う) ……(中略)……
(ワキ) 面白や頃は長月二十日あまり、四方の梢も色々に、錦を彩る夕時雨、濡れてや鹿のひとり鳴く、声をしるべの狩場の末、げに面白き気色かな(35)

『新古今集』の歌をもとにした、傍線の「時雨を急ぐ紅葉狩」は「時雨を待ちかねる」という意ではなく、

「人の袖を紅涙で染めることを急ぐ」という意味で、時雨に紅葉の秋を惜しむ涙の意を重ねた。それはシテツレの台詞の「げにやながらへて憂き世に住むとても今ははや、誰白雲の八重葎、茂れる宿のさびしきに、……憂き身の類をあはれなり」というところによく現われる。「庭の白菊うつろふ色も」というのは『続後拾遺集』の「月ならで移ろふ色も見えぬかな霜より先の庭の白菊」（『続後拾遺集』三八一）の歌がもとになっている。そして「濡れてや鹿のひとり鳴く」は『新古今集』の「したもみぢかつ散る山の夕しぐれぬれてや鹿のひとりなくらむ」（四三七）の歌をもとにしたもので、時雨に散りゆく紅葉と鹿の声の侘しさを照応させたものである。

時雨どきの紅葉狩は「しぐれゆくかた野のはらの紅葉狩頼むかげなく吹くあらしかな」（『夫木和歌抄』六二三九）などの歌にも見られるように、時雨による移ろいを実感するものとして詠まれるのである。

謡曲の『一角仙人』においても、仙人の住む山へ分け入る部分でやはり紅葉の頃の時雨の情趣が描写される。

山遠くしては雲行客の跡を埋み、松寒うしては風旅人の夢をも破る仮寝かな露時雨、漏る山陰の下もみぢ、漏る山陰の下もみぢ、色そふ秋の風までも、身にしみまさる旅衣霧間を凌ぎ雲をわけ。たづきもしらぬ山中に、おぼつかなくも踏み迷ふ、道の行くゐはいかならん。(36)

これは、室町時代の歌謡集である『閑吟集』の詞章（一六三番）にも見えるもので、次第に秋の侘しい旅情を歌った小唄に発展していったものと見られる。

このように紅葉の頃の時雨の情趣を描写する謡曲においては、紅葉の華やかさの反面、時雨による移ろいやすさを暗示させ、どこか侘しい情趣を漂わせることが主な傾向として見られる。

今一つ、謡曲の時雨には、時雨の頃に流浪する「旅僧」の姿を通して、世のはかなさと一所不在の身の侘しさを表現したものが多く見られる。謡曲『江口』、『梅ケ枝』、『定家』などがそれである。これは直接芭蕉の時雨にも影響を及ぼすものとして興味深い。

江口の遊女と西行の逸話[37]をもとにした謡曲『江口』は、『新古今集』の次の歌がもとになっている。

天王寺にまうで侍りしに、にはかに雨ふりければ、江口にやどをかりけるに、かし侍らざりければよみ侍りける　　西行法師

世の中を厭ふまでこそ難からめかりの宿りををしむ君哉

（『新古今集』九七八）

これをもとに『江口』では時雨の宿を乞う旅僧（西行）が描かれるようになるが、その情趣は『江口』そのものよりも江戸時代の長唄『時雨西行』においてより具体化していく。

行方定めぬ雲水の雲水の、月諸共に西へ行く、西行法師は家を出で、一所不在の法の身に、吉野の花や更科の、月も心のまにまに、三十一文字の歌修行、廻る旅路も長月の、秋の昨日と過行きて、都を跡に時雨月の、淀の川船行末は、鵜殿の蘆のほの見えし、松の煙の波寄する江口の里の黄昏に、迷の色は捨てしかど濡るる忍びかね賎の軒端に佇みて、一夜の宿請ひければ、主と見えし遊女が、情渚の断に、波に漂ふ捨て小舟、何処へ取突く島もなく世の中を厭ふ迄こそ難からめ、仮の宿に、心留むなと思ふばかりに、それいとはずば此方へと言ふに嬉しく宿頼む、一樹木の蔭の雨宿り、一河の流のこの廓にお泊め申すも他生の縁、如何なる人の末なるかと、問われて包む由もなく、我も昔は弓取の俵藤太が九代の後葉、佐藤右兵衛憲清とて、鳥羽の帝の北面たりしが、飛花落葉の世を観じ、弓矢を捨てて墨染めなして法の旅に……（中略）……江口の里の雨宿り、空に時雨の故事を爰に写して謡ふ一節[38]。

「行方定めぬ雲水」即ち謡曲の旅僧が、時雨の雨宿りを通して世の無常の観相を実感することが表現されて

いる。

謡曲『定家』においては終始、時雨が全体の雰囲気を支配しており、旅僧が時雨の宿を乞うたところ、そこは実は定家が時雨どきによく歌を詠んだとされる「時雨の亭」であったという構想からなっている。定家の詠んだ和歌「偽りのなき世なりけり神無月誰がまことより時雨初めけん」が素材となっている。

（ワキ、ワキツレ）山より出る北時雨、山より出る北時雨、行方や定めなからん。

……（略）……

（ワキ）面白や頃は神無月十日あまり、木々の梢も冬枯れて、枝に残りの紅葉の色所々の有様までも都の気色はひとしほの、眺め殊なる夕かな。あら笑止や、俄に時雨が降り来りて候。これに由ありげなる宿りの候。立ち寄り時雨を晴らさばやと思ひ候。

（シテ）なうなう御僧、その宿りへは何とて立ち寄り給ひ候ぞ。

（ワキ）ただいまの時雨を晴らさんために立ち寄りてこそ候へ。さてここをいづくと申し候ぞ。

（シテ）それは時雨の亭とて由ある所なり……（略）……(39)

冬枯れのなかを旅する旅僧が俄に降りだす時雨によって仮の宿を乞うたところ、その宿が、ほかならぬ「時雨の亭」であって、定家の時雨の思いを聞かされる。時雨の情趣を基盤とした流麗な作品世界が展開されている。

時雨という語彙は見られないが、芭蕉の「旅人と我名呼ばれん初時雨」（『陸奥𥡴』(40)）の句の前書として使われている謡曲『梅ケ枝』も仮の雨宿りを乞う旅僧の話からできている。

（ワキツレ、ワキ次第）捨てても廻る世の中は。捨てても廻る世の中は。心の隔なりけり。是は甲斐の国身延山より出たる沙門にて候。我縁の衆生を済度せんと。多年の望にて候程に。此度思ひ立ち廻国に赴き候。

（ワキツレ、ワキ道行）何処にも住み果つべき雲水の。身は果知らぬ旅の空。月日程なく移り来て。処を問へば世を厭ふ。我が衣手や住の江の里にも早く着きにけり。

（ワキ詞）急ぎ候ふ程に。これは早津の国住吉に着きて候。あら笑止や。俄に村雨の降り候。これなる庵に宿を借らばやと思ひ候、いかに此屋の内へ案内申し候。


……（中略）……

（シテ）実にや雨降り日もくれ竹の。一夜を明かさせ給へとて。
（地下歌）はや此方へと夕霧の。葎の宿はうれたくとも。袖をかたしきて御泊あれや旅人。[41]

「捨てても廻る世の中は……」「何処にも住み果つべき雲水の……。身は果知らぬ旅の空」というのはそのまま、旅僧の心境でありながら、時雨の情趣そのものを指すもので、後の芭蕉に影響するようになる。即ち、そのような無所住の思いが、芭蕉の初期の時雨の旅の内発的な要因となったものであり、その表明として芭蕉はこの『梅ケ枝』の「はや此方へと夕霧の。葎の宿はうれたくとも。袖をかたしきて御泊あれや旅人。」という詞章をそのまま「旅人と我名呼ばれん初時雨」の句の前書として書き込むようになるのである。これに関しては第三章の「風狂と時雨の旅」において詳述することにする。

（1）橘正通が『規子内親王』の歌合の時、自らの歌と番わされた但馬の作の「浅茅生の露吹き結ぶこがらしに乱れても鳴く虫の声かな」の歌に対して、凩は冬の風なのに秋の風とするなら、冬の雨の時雨も秋の雨としてもいいのでは、としたところ、御簾の中から声があって凩が初秋のものとして詠まれた古歌があると指摘され、閉口したという逸話。
（2）『校本芭蕉全集』の頭注などをはじめとして、多くの注釈書において一句を秋の句としてとっている。古注においてもこの句の成立に触れているものは全て秋だとしている。

（3）『宇津保物語』（三）　日本古典文学大系　岩波書店　一九六二年　三九四頁

（4）『能因歌枕』日本歌学大系一巻　風間書房　一九六一年　八二頁

（5）『和歌無底抄』日本歌学大系四巻　二一四頁

（6）『筆のまよひ』日本歌学大系五巻　四二七頁

（7）『初学和歌式』一六九六（元禄九）年発行　一七七三（安永二）年再刻（京都書肆　菊屋七兵衛・升屋勘兵衛）巻三　一七丁表

（8）『八雲のしをり』日本歌学大系九巻　二七一頁

（9）勅撰集の「初時雨」の歌の分布（恋や雑、羇旅に入っているのは省いた。○は紅葉との関連で詠まれた句である）

『古今集』	一〇〇五	冬の長歌	○
『後撰集』	四四三	冬	
『後撰集』	三七五	秋	○
『後撰集』	四四七	冬	
『千載集』	三五三	秋	○
『新古今集』	五六二	冬	○
『新古今集』	五七〇	冬	
『新古今集』	五九〇	冬	
『新勅撰集』	三八五	冬	
『続後撰集』	四一七	秋	○
『続古今集』	五五八	冬	
『続古今集』	九九一	冬	
『続古今集』	五一〇	秋	○
『続拾遺集』	三八二	冬	
『新後撰集』	四二七	秋	○
『続千載集』	五七一	秋	○
『続後拾遺集』	三九三	秋	○
『風雅集』	六八一	秋	○
『新千載集』	五九九	冬	
『新千載集』	五九七	冬	○

『新千載集』	一八〇二	冬		
『新拾遺集』	五三七	秋	○	
『新拾遺集』	五七二	冬		
『新拾遺集』	五二八	秋	○	
『新拾遺集』	五五九	冬		
『新後拾遺集』	四七四	冬		
『新後拾遺集』	四四二	秋	○	
『新続古今集』	六一一	冬		
『新続古今集』	六一七	冬		
『新葉集』	三九〇	秋	○	
『新葉集』	四四四	冬	○	

このように「初時雨」は秋に分類されているのは十四首、冬に分類されているのは十七首であり、ほぼ同じ割合で表れる。そして、紅葉と詠まれている句は十七句で半分以上を占めている。

(10)『東日記』古典俳文学大系・談林俳諧集(一)　五七二頁

(11) 山本健吉『ことばの四季』文芸春秋社　昭和六三年　四五頁

(12) 山本健吉他監修『大歳時記』集英社　平成元年　二八二頁

(13) 紅葉を染める露は『万葉集』以来数多く見られる。その一部を挙げれば次のような歌があろう。

秋されば置く白露に我が門の浅茅が末葉色づきにけり（『万葉集』二一八六）

白露の色はひとつをいかにして秋のこのはをちぢにそむらむ（『古今集』二五七）

秋の野の錦のごとも見ゆる哉色なきつゆはそめじと思ふに（『後撰集』三六九）

白露はうへよりおくをいかなれば萩の下葉のまづもみづらん（『拾遺集』五一三）

猶、これに関する論文には最近、鈴木宏子氏の「『古今集』における〈景物の組合〉——花を隠す霞・紅葉を染める露——」（『国語と国文学』平成元年　一二月）がある。

(14) 藤原俊成『慈鎮和尚自歌合（十禅師跋）』日本歌学大系　二巻　三〇二頁

(15) 観世信光『紅葉狩』これに関しては後に謡曲と時雨において詳述することにする。

(16)『至宝抄』伊地知鐵男編『連歌論集』下　岩波文庫　二三五頁

(17) 同注(7)　十九丁裏
(18) 『土佐日記・かげろう日記・和泉式部日記・更級日記』岩波日本古典文学大系二〇巻　二八五頁
(19) 『うたたね』群書類従・正・紀行編一八輯　三三一巻　四五九頁
(20) 『十六夜日記』校注日本文学叢書一一巻　岩波書店　一九二三年　一～二頁
(21) 『とはずがたり』富倉徳次郎訳注　筑摩書房　一九六六年　二九六頁
(22) 『中務内侍日記』新校群書類従・日記・紀行編　三二四巻　五九二頁
(23) 『俳諧類船集索引』近世文芸叢刊・別巻一　野間光辰先生華甲記念会編　一九七三年　四七五頁
(24) 『俳諧小からかさ』近世文学資料類従　参考文献編一三
(25) 瞿麦会編『平安和歌歌題索引』一九八六年　二二四～二二五頁
(26) 上野洋三『芭蕉、旅へ』岩波書店　一九八六年　一一七頁
(27) 本歌集は長嘯子全集第四に所収されている。近世前半期の武人と庶民層の歌人の撰集として注目すべき歌集。
(28) 宗祇や心敬の旅は乱世に流浪しながら、一所に定着できず寓居するといった、まさに時代状況による「仮の宿」そのものの体験であったと言える。
(29) 『ひとりごと』続群書類従・第一七輯下・連歌部所収　一九五八年　一一二六～一一二七頁
(30) 荒木良雄『宗祇』創元社　一九四一年　三七一頁
(31) 江藤保定『宗祇の研究』風間書房　一九六七年　四五二頁
(32) 同右　二三六頁
(33) 伊地知鐵男『連歌の世界』吉川弘文館　一九六七年　二八七頁参照
(34) 『宗長手記』群書類従・正　三二六巻　三〇一頁
(35) 『紅葉狩』日本古典文学全集・謡曲集（二）小学館　一九七五年　四一九頁
(36) 『一角仙人』日本古典文学大系・謡曲集（下）岩波書店　一九六〇年　二五〇～二五一頁
(37) 『撰集抄』などに出る説話として、江口の遊女が西行法師の一夜の宿を拒んだということであるが、これが

の素材になっていく。

『古事談』、『撰集抄』などにおける神崎の遊女の長者が実は普賢菩薩であったという説話と結ばれて謡曲や長唄

(38)『新編江戸長唄集』日本歌謡集成・九　春秋社　一九二八年　四一四〜四一五頁
これは、作曲されたのは元治元年で後世のことであるが、全く謡曲『江口』をモデルにしているものであり、
時雨の情趣をよく表出しているので引用させていただいた。
(39)『定家』日本古典文学全集・謡曲集（一）　三〇三〜三〇四頁
(40)句の最初の形は『笈の小文』に載っているが、『梅ケ枝』の詞章が前書として使われているのは『陸奥衛』と、
芭蕉の真蹟である。
(41)『梅ケ枝』日本名著全集二九巻・謡曲三〇五番集　一九二八年　三〇八〜三〇九頁

第二章　貞門・談林俳諧と時雨

芭蕉の時雨に示された〈季節観〉を考察するためには、俳諧全体の流れにおいてどのような特性があるのかを知らなければならない。そのためには芭蕉が初期に属していた貞門・談林俳諧における時雨の詠まれ方を考察する必要がある。

芭蕉は貞享・元禄年間には「風狂」と「さび」を標榜する時雨の句を数多く詠んでいるが、初期の寛文・延宝年間には次のような時雨の句をも詠んでいる。

しぐれをやもどかしがりて松の雪　寛文六年（『続山井』）
行雲や犬の欠尿むらしぐれ　延宝五年（『六百番誹諧発句合』）
一時雨礫や降て小石川　延宝五年（『江戸広小路』）
いづく霽傘を手にさげて帰る僧　延宝八年（『東日記』）

芭蕉の俳諧活動の盛んであった時期の俳風とは異なる、いずれも貞門・談林的趣向の濃厚に見られる句である（より具体的な説明は芭蕉の章で行う）。このなかで、「いづく霽傘を手にさげて帰る僧」の句の場合は他の句とは違って時雨の佗しい情趣が描かれており、やがて芭蕉の世界としてみがかれていくが、「いづく霽」「傘を手にさげて」などの言葉の表現にまだ貞門・談林の傾向が窺える句である。

では、これらの芭蕉の句をも含めて、貞門・談林俳諧においては時雨がどのように詠まれていたのかを考察していくことにする。関連資料を、芭蕉がまだ貞門・談林俳諧に遊んでいた時期の天和三年までの俳書を利用して可能なかぎり調べた。周知のとおり、貞門・談林俳書はまだ翻刻されていないものが多く、まだ未翻刻のものは『近世文学資料類従』や、竹冷・洒竹文庫などのマイクロフィルムを利用した。それは本稿の凡例に示したとおりである。また、俳書を集めて句を抜粋している句集の『詞林金玉集』『桜川』などを利用した。『詞林金玉集』は寛永から延宝までの俳書九十七部から一万九千五百十九句の秀句を抜粋して四季別に分類している膨大な句集であり、『桜川』は内藤風虎編であり寛文年間の句を知る重要な資料である。（※『詞林金玉集』から参考した句で実物が見られなかったのは「詞」と記しておく。）

（一）　貞門・談林俳諧においては和歌や連歌において類型化している時雨の〈季節観〉に寄り掛かったパロディーが主流をなすが、和歌や連歌には見当らない新たな捉え方も見られるようになる。

まず、和歌や連歌の類型化した季節感のパロデイーを中心に述べていくことにする。季寄せの『山の井』（北村季吟　正保五年）においては季語の解説の際に、その多くを見立てにおいて説いている。例えば次のような語句が必ずといっていいほど用いられているのである。

……と見たて　　……となぞふ
……とみなし　　……にくらべ
……とうたがひ　　……にもいひたて
……ととりなし　　……によせ
……と思ひ　　……とあやしまれ

時雨のパロデイーの中で紅葉を染める時雨の類型は数においてそれほど多くはないが、次のような例句が見られる。

時雨来てかざす紅葉や朱から笠　重頼
酒や時雨のめば紅葉ぬ人もなし　貞徳
筆柿を染る時雨や硯水　長吉
川音の時雨や染る紅葉鮒　貞徳
むかし〳〵時雨や染し猿の尻　一正（以上、『犬子集』）
　むかし〳〵の暁風残月
猿の尻色付ぬらん露時雨　宗因（『西山宗因千句』）
時雨きや紅葉豆腐の薄醤油　疎元（『向之岡』）
常磐木の証拠を見する時雨哉　一十
めぐる酒は額を紅葉に時雨哉　休安
渋は時雨染る紙子はもみぢ哉　俊峰（以上『ゆめみ草』）
時雨して身や一しほり染小袖　吉安
言の葉を染る時雨の珍句哉　信徳（以上『遠近集』）
染やらぬ松や時雨のこい浅黄　貞晨
定家かつら染るや式子ない志ぐれ　外友（以上『口真似草』）

このように実際の紅葉ではない、色において類似したものを取り上げて、時雨が染めたものと見立てて表現している。ここでは「朱からかさ」や「酒に酔った顔」「筆柿」「紅葉鮒」「猿の尻」「染小袖」などが紅葉に見立てられており、和歌の時雨のパロディーであることが分かる。

和歌の紅葉の類型のパロディーとしてこのような句が見られるが、しかし、貞門・談林俳諧において何より最も頻繁に見られるのは時雨の「音」をパロディー化した、言わば「似物の時雨」のパターンである。和歌においても「時雨の音」の伝統で見たように「松風の時雨」、「木の葉の時雨」などの他の音を時雨の音に捉えて趣深く表現しているものが多いが、見たてを好む貞門・談林俳諧において特にこのような詠み方は非常に好まれ、「川音の時雨」「蝉時雨」「尿時雨」……などの言葉も定着していくようになる。俳諧作法書の『はなひ草』（野々口立圃　正保元年刊）には「似物のしぐれ又あるべし」とあり、「似物の時雨」という言葉自体も定着していることが分かる。勿論、「似物の時雨」には「袖の時雨」「泪の時雨」など、その情景の比喩もあるが、殆どのものが「音」を見立てた表現である。次にその例句を挙げておく。

よくきかん似物多き小夜時雨　光継（『玉海集』追加）
音ばかりふれる時雨やうその河　重友（『思出草』詞）
川音の時雨の亭や屋形船　未琢（『一字幽蘭集』）
ふりもせでうその川音しぐれ哉　成安（『境海草』）
川音は寝耳に水のしぐれかな　宋安（『遠近集』）
よく似たは親と木葉の時雨哉　慶載（『伊勢新発句集』詞）
耳ばかりぬるる木葉の時雨かな　作者不知（同）
夜る〳〵は時雨にばくる木の葉哉　長頭丸（『崑山集』）
松風の音はうそさびしくれ哉　幸重（『鄙彦集』詞）
松風のそらうそを吹くしくれかな　成安（『遠近集』）
耳ばかりぬるるは蝉の時雨哉　一入（『鸚鵡集』詞）

蓑虫や蝉の時雨の雨用意　　幸雑（『烏帽子箱』詞）

茶筅には松を時雨のこい茶哉　　伴只計（『時勢粧』）

このように「川音の時雨」「木の葉の時雨」「松風の時雨」「蝉の時雨」…など音を見立てたものが多く、又は茶筅の音を見立てたものなど、笑いをねらった面白い趣向の句が多い。そこで、「よくきかん似物多き小夜時雨」という句も詠まれているのである。

特に、素材の卑俗さから可笑しみが狙われ、時雨を尿（しと）に比喩した句の形がかなり見られる。いわゆる「尿時雨」という種類の「似物の時雨」である。

山うばが尿やしぐれの山めぐり　　貞徳（『犬子集』）

しししし若子の寝覚の時雨哉　　西鶴（『両吟一日千句』）

松ふくりつとふておつるしとしくれ　　正武（『雀子集』）

行雲や犬の欠尿むらしぐれ　　芭蕉（『六百番誹諧発句合』）

芭蕉の「行雲や犬の欠尿むらしぐれ」の句もこの脈絡に位置すると言える。貞徳の句は時雨が山を巡りながら降ってくる性質を山姥の尿と見立てており、西鶴の句は尿の音を物静かに降る時雨の音に比喩した奇抜な詠み方をしている。正武の場合には尿の模様を時雨に形容してはっきりと「尿時雨」という言葉も使っている。芭蕉の句は時雨が通りすぎながら降ってくる模様を犬が走りながら尿をする様に形容したもので、俳諧ならではの滑稽を表現しながら時雨の動きを面白く掴んでいる。

実際に時雨の降る音を、俳諧特有の表現を通して形容している句に次のような奇抜な句も見られる。

立板に水をなかすや横時雨　　素白（『沙金袋』）

破鍋や真木の下葉をもる時雨　　卜石（『江戸広小路』）

むりやりにしも紅葉する山　　道　寸（『続境海草』）
横紙をさきぬる音や時雨らん　　急　西（『大海集』詞）
煎し茶か老の目覚す小夜時雨

「紅葉の時雨」と「似物の時雨」の他によく見られる和歌的時雨のパロデイーは定家の「いつはりのなき世なりけり神無月誰がまことより時雨そめけん」（『拾遺愚草』二四〇八）の歌をもじった歌である。

時雨けりげに正直のかんな月　　宗　敏（『続山井』）
時雨しは誰が誠ぞやうそ寒さ　　如　貞（『崑山集』）
御存知のとをりいつはらぬ時雨哉　　平　吉（『捨子集』）
まことある御意のとをりの時雨哉　　梅　翁（『桜川』）

このような和歌のパロディーや、言語遊戯による時雨の句は季節感の面から見ると、時雨が季語として法則性は充たしているものの、句の重点はパロディーの方向や言葉の面白さの方に置かれて、時雨の持つ季節美感そのものは句に表れてこない。岡西惟中が『俳諧蒙求』（延宝三年）において「ただ言葉をかざりはなをさかせ古事ものがたりをもあらぬことに引たがへて翻案する」というような基本的な姿勢によるものである。パロディーの性格上、そのもとになった和歌が表現しようとする情趣と、パロディー化された句における趣向との距離が離れていればいるほど句は成功しているわけで、その点、本来の季語に有する季節情調とはますます遠く離れていったと言えよう。ところが、時雨の変化に富んだ降り方が言語遊戯の瓢逸な要素と想応し、面白く詠まれているのは、笑いの文学における時雨の情緒だと言えよう。

（二）　このように和歌のパロディーを中心に見てきたが、中には単なる言葉の遊戯のようなものも多く、次のような句が見られる。

横足にはしる時雨やかにな月　如貞（『崑山集』）
とこらにか秋を送りて北時雨　宗畔（『沙金袋』）
長刀かふりみふらずみさや時雨　正左（同）
やぶれ家はもってのほかの時雨哉　春吉（『遠近集』）
雨の足や一足ならでかたしくれ　政教（同）
蓑笠やうりみうらずみ村時雨　如貞（『続境海草』）

中でも次のような句は言語遊戯的な要素をも含みながら、時雨の軽快な動きと、貞門・談林の言葉の軽やかさとが照応して、貞門・談林の俳諧ならではの趣向が表現されているとも言えよう。

あれ見たかはや雲爰に北時雨　正明（『梓集《ちぎりきしゅう》』詞）
雨のあしへさらさツと時雨哉　貞富（『捨子集』）
里に用のありてやはしる村時雨　三保（『後撰犬筑波集』）
日の暮れてみちいそくとや夕時雨　同（同）
世界まはる一遍上人か一しくれ　正近（『沙金袋』）
ふりさうてふらぬは人やたましくれ　重天（『大海集』詞）

このような句からして、貞門・談林俳諧においても時雨が非常に好まれた理由は、貞門談林俳諧の狙う飄逸さからくる滑稽性と、時雨の持つ変わりやすく、人間をして慌ただしさを感じさせる要素に照応していたことにもよると考えられる。

これに関連して言葉の遊びの要素を持ちながら「さびし」と「時雨」とを合わせて「さびしぐれ」という

言葉が好んで詠まれた。

松風の音はうそさびしぐれ哉　幸重（『鄙諺集』詞）
独聞宿はあらさびしくれ哉　直章（『玉海集』追加　詞）
昔思ふ草の庵そさひしくれ　豊久（『大海集』詞）
山里は冬こそ一入さひしくれ　恵幸（『拾玉集』詞）

これらは俗語や言語遊戯の要素を交えながらも時雨の淋しさも表出している貞門・談林ならではの時雨の句であると言えよう。宗因は時雨の淋しき情趣を借りて、言語遊戯の中でも次のような実感のこもった心情を詠んでいる。

　ともる間に夕日かたぶく
もの〳〵物の淋しき一時雨　梅翁（『二葉集』）

(三)　貞門・談林俳諧においては和歌のパロデイーや、時雨の変化しやすい性質に合わせた言語遊戯的な句が主流をなすが、〈季節観〉の流れからしてより発展した境地を見せている句も少なくない。和歌や連歌には現われてこない、冷え〳〵とした時雨の感覚を俳諧的な新鮮さを以て表現している句に次のような句が見られる。

寒け立つ秋の時雨やふるだのき　長頭丸（『崑山集』）

これは同じ句形が『鷹筑波』にも載っており、珍重された句と見られる。このような時雨に濡れる動物を以て時雨の冷たい感覚を表現することは、芭蕉の「初時雨猿も…」の句をはじめとした蕉門の時雨にも繋がっていくのである。

時雨の定めない性質を貞門・談林の特長を生かしながら見事に表現するものに次のような句が見られる。

有為無常をしらせふりかよ村時雨　重　安（『遠近集』）

定めなきを定めとするやむらしぐれ　義　次（『宝蔵』）

ひさしくおとづれざりける方へつかはしける

顔も見せず月に無礼を時雨哉　梅　盛（『口真似草』）

月前時雨

月に何の因果ぞめくる村しくれ　貞　徳（『後撰犬筑波集』）

時雨の定めない性質を俗語を交えながら、しみじみとした実感を表現しているのである。

旅の時雨の句においても数においては極めて少ないが、次のような句が見られる。

旅の袖にかゝる難儀を時雨哉　慶徳寺（『ゆめみ草』）

つぶぬれや裸をむすんでかた時雨　宗　貞（『晴小袖』）

在京の時

旅はうや古き庵も床しくれ　政　次（『江州川並集』）

特に、政次の句に見られる旅の宿の寂寞な情趣は芭蕉に通ずるものがある。

(四)　次に、和歌には全くなかったが、貞門・談林俳諧において初めて見られ、それがのちの蕉門俳諧とも関連のある時雨の詠まれ方である。貞門・談林においては、従来の和歌的伝統と全く異なる時雨の色彩的なイメージにおいて、次のように「黒」とむすばれて描かれているものが多い。それは恐らく「玄冬」ということを意識しての詠みなのであろう。

冬の色のくろ雲出る時雨哉　何方子（『捨子集』）
入て日のからす羽色にしくれかな　山本花市（『後撰犬筑波集』）
黒雲に月をもそむる時雨かな　中村ちんりう（同）
屋根もらすそらもすすけてふる時雨　独　外（同）
黒雲は出る日にふたを時雨かな　亀　吸（『遠近集』）
黒髭や時雨ふりをく奈良油煙　焉　求（『俳諧雑巾』）
墨髭や時雨ふり置ならがたな　末　成（『談林功用群鑑』）

後の『猿蓑』を前後とした、蕉門の「さび」においては「黒」「老」が打ち出されるようになるが、既にこの貞門・談林俳諧において、冬の色としての「黒」が和歌的な時雨と異なる俳諧的な時雨の色として示されたことは非常に興味深いことである。

今一つ特記すべきことは、後の芭蕉の「時雨忌」とも関連して、貞門・談林俳諧においては時雨に寄せて追善の句を詠むのが一つの傾向としてあったことを知ることができる。例えば、次のような数多くの追善の句を見ることができる。

追善に申つかはし侍る
年をふる人のいのちもしぐれかな　明心居士（『雀子集』）
追善
両袖にあまりてなどか一時雨　天野弘之（『時勢粧』追加）
姉の一周忌に
空にしらぬ袖の時雨や七めぐり　康　吉（『続山井』）

父追善に

いつはらぬ袖の泪やかなしぐれ　梅　盛（『口真似草』）

高木玄斎母の追善にまかりければ
父母両筆の法華経をみせられけるに

ゑひもせずけふみる袖の時雨哉　長頭丸（『崑山集』）

宗祇十三年追善に

地獄へはおちぬ木の葉の時雨哉　長頭丸（同）

亡父追善

時雨の雨あらそふや我両袖　日野好元（『桜川』）

これらを見ると、芭蕉の「時雨忌」に見られるような、時雨を通して追善の句を詠むのは芭蕉の場合が初めてではなかったことが知らされる。それは伝統的な時雨の脈絡において時雨は涙のメタファーとして詠まれる場合が多かったためである。芭蕉の忌日が時雨忌とされたのは、時雨の降る時期に没したことと、数々の時雨の句を詠んだことも関連しているが、その背景にはこのように、時雨に寄せて追善の句を詠んでいる当時の一つの傾向というものがあったのである。

以上、貞門・談林俳諧における時雨の句を見てきたが、①類型化した時雨の〈季節観〉をもとにパロディーが好まれたこと、②時雨の変化に富む要素が言語遊戯の飄逸な要素と相応し、滑稽の面において優れた句が生まれているが、それらは季節情調とは離れたものが多いということ、③和歌的な時雨とは異なる冬の色としての「黒」の色彩が打ち出されていたこと、④「時雨忌」の先駆をなす追善の時雨の句が非常に多いことなどは、特記すべき事実として見ることができよう。

第三章　芭蕉における時雨の〈季節観〉

（芭蕉の時雨の概観）

俳諧、或いは俳諧の発句が独立してできた俳句が単なる可笑しさを狙う余興としてではなく、今日に至るまで、日本人の心を知る伝統文学としての位置を確保したのは、おそらく松尾芭蕉の存在がなければ不可能だったのであろう。初期の貞門・談林俳諧では、「俳諧」という言葉の意味が「滑稽」、「諧謔」という意を指しているように、和歌以来固定観念としてあった詩情を意外な方向に転換して、本来の詩情とその転じたものとの距離を楽しむことに主眼が置かれた。そこでは初期俳諧の目的とする「可笑しみ」というものは充足されるが、季語の持つ季節情調というものは全く影がなくなってしまう。俳諧が笑いだけを目的とするなら常に和歌や連歌が必ず前提に必要であるから、俳諧が一つの文学として心を表出するものになるには季語の役割を蘇らせなければならない。

我々は芭蕉の人と作品を象徴するとされる「時雨」という季語に生命が吹き込まれる過程を考察することによって、時雨の〈季節観〉が芭蕉の詩精神とどのように結ばれていくのか、また、和歌や連歌における伝統的な〈季節観〉がどのように反芻され、独自の世界が築かれていったのかを知ることができる。

では、芭蕉が一生涯を通して詠んでいる時雨の句を年代順に抽出してみることにする。

（＊印は時雨が季語にはなっていないが、重要な語彙として使われている句である。）

①時雨をやもどかしがりて松の雪　寛文六年（『続山井』）

②行雲や犬の欠尿むらしぐれ　延宝五年（『六百番誹諧発句合』）

③一時雨礫や降て小石川　延宝五年（『江戸広小路』）

④いづく霽傘を手にさげて帰る僧　延宝八年（『東日記』）

⑤世にふるもさらに宗祇のやどり哉　天和二年（『虚栗』）

⑥白芥子や時雨の花の咲きつらん　貞享元年（『鵲尾冠』）＊

⑦霧しぐれ富士を見ぬ日ぞ面白き　貞享元年（『甲子吟行』）＊

⑧此海に草鞋捨てん笠しぐれ　貞享元年（『熱田皺筥物語』）

⑨かさもなき我をしぐるるかこは何と　貞享元年（『栞草』）

⑩草枕犬も時雨るるかよるのこゑ　貞享元年（『甲子吟行』）

⑪旅人と我名よばれん初しぐれ　貞享四年（『笈の小文』）

⑫一尾根は時雨るる雲かふじのゆき　貞享四年（『泊船集』）＊

⑬山城へ井出の駕篭かるしぐれ哉　貞享四年（『焦尾琴』）

⑭茸がりやあぶない事に夕時雨　元禄二年（『芭蕉翁発句集』）＊

⑮初しぐれ猿も小蓑をほしげ也　元禄二年（『猿蓑』）

⑯人々をしぐれよやどは寒くとも　元禄二年（『芭蕉翁全伝』）

⑰しぐるるや田のあらかぶの黒むほど　元禄三年（『泊船集』）

⑱作りなす庭をいさむるしぐれかな　元禄四年（真蹟懐紙）

⑲宿かりて名を名乗らするしぐれ哉　元禄四年（真蹟懐紙）

⑳　馬かたはしらじしぐれの大井川　元禄四年（『泊船集』）

㉑　けふばかり人も年よれ初時雨　元禄五年（『韻塞』）

㉒　初時雨初の字を我時雨哉　元禄五年（『粟津原』）

㉓　新藁の出初てはやき時雨哉　元禄七年（『蕉翁全伝』）

まず、これらの句を一瞥して読み取れるのは、芭蕉の時雨の句は芭蕉が立机する前の寛文年間から没年の元禄七年まで広く分布しており、中でも芭蕉の俳諧活動が最も盛んであった貞享年間と元禄年間において詠まれた句が多いことである。貞享・元禄年間にかけて芭蕉が時雨を通して自らの思いを打ち出した句が多いためである。

右に挙げた時雨の脈絡において芭蕉の俳諧が最も円熟した時期に詠まれた時雨の句は⑮の『猿蓑』における「初しぐれ猿も小蓑をほしげ也」である。一句に示されている時雨の情趣はそれ以前の貞享年間のものとは一線を画するものがあった。それには『おくのほそ道』の行脚というものが介在しており、行脚以後の句風の大きな転換とも重なっている。一句に示された新境地を祝って「新風」を開く撰集の巻頭に飾られ、猿蓑という題のもとにもなったのである。この句を記念して門人たちの詠んだ十三の時雨の句が次のように『猿蓑』の巻頭にずらりと並べられている。

①　初時雨猿も小蓑をほしげ也　芭蕉

②　あれ聞けと時雨来る夜の鐘の声　其角

③　時雨きや並びかねたる〳〵ぶね　千那

④　幾人かしぐれかけぬく勢田の橋　丈艸

⑤　鑓持の猶振立つるしぐれ哉　正秀

⑥廣沢やひとり時雨るる沼太郎　史邦
⑦舟人にぬかれて乗し時雨かな　尚白
伊賀の境にて
⑧なつかしや奈良の隣の一時雨　曾良
⑨時雨るるや黒木積む屋の窓あかり　凡兆
⑩馬かりて竹田の里や行しぐれ　乙州
⑪だまされし星の光や小夜時雨　羽紅
⑫新田に稗殻煙るしぐれ哉　昌房
⑬いそがしや沖の時雨の真帆片帆　去来

これらは全て芭蕉の「初しぐれ猿も……」の句が詠まれた元禄二年から『猿蓑』が刊行された元禄四年までの間に詠まれている。ここに示された境地が「新風のはじめ」(『去来抄』)としての『猿蓑』を代表するものとなっていくのである。

生涯を通しての芭蕉の時雨の句と、『猿蓑』の蕉門の時雨の句においては、前章で考察した和歌的な時雨の類型である、紅葉を染める時雨、「袖の時雨」は全くその影を潜めている。貞門・談林俳諧においては、パロディーにおいてでもまだその痕跡が見られるものであったが、芭蕉の俳諧になると固定観念として類型化した捉え方はなされていないのである。

連句の付合において、「あみ楊枝きのふは峰の薄紅葉　春澄／四五文ほどが露しぐるらん　芭蕉」(『江戸十歌仙』延宝六年)が見られ、「紅葉—時雨」は意識されていたが、発句に詠まれたことは全くない。紅葉は序論で述べた良寛の「かたみとて何か残さん春は花夏時鳥秋は紅葉」の中で、日本の美を代表するものとして挙げられているものであり、日本の四季を代表する「五箇の景物」（早川丈石）の一つであった。しかし、紅葉の美は「和歌優美」と照応してその美は和歌において詠みつくされている感がある。それは蕉門の俳論書の『篇突』（李由・許六　元禄十一年刊）において「紅葉は歌の題にて近年俳諧の手柄見えず」[1]としているのとも関連があるのである。実際、東浦佳子氏の「芭蕉俳諧七部集における季語について」（『文学・語学』昭和三九年三月）によると、芭蕉俳諧七部集において最も頻出する季語二十一の中にも入っていないのである。[2]七部集に入っている紅葉の発句を見ると、『猿蓑』の二句、『阿羅野』の二句の四句しか見えない。このような要因にも関連して和歌や連歌において頻繁に詠まれている「紅葉―時雨」の類型は蕉門の俳諧においては現われてこないのである。

再度、東浦佳子氏の「芭蕉俳諧七部集における季語について」の論文を参照すると、七部集における最も頻出する季語の順は「花、月、雪、秋、時鳥、春、時雨、桜、柳、鴬、名月、秋風、涼し、……」[3]順になっている。ここで、雪月花、時鳥の四季を代表する季語と、秋、春、といった季節そのものの名を除けば、時雨が最も多いのである。それだけ、時雨は蕉門に珍重されていた。その時雨の句は、類型に捉われない、「をのずからなる風景」「松の事は松に習へ」が示すような、対象そのものの本質に即して詠もうとする姿勢に立脚するものであった。そして、やがて芭蕉俳諧の円熟期に示される時雨の「さび」に繋がっていく。ところが、それは突然得られた境地ではなく、永い間の伝統精神の模索の時期を経てのことであった。即ち、貞享年間「時雨の旅」を通して示された「風狂」の姿勢である。本稿では、風狂を中心とした芭蕉の初期の「時雨の旅」と、その結果として自然に導かれた晩年の時雨の「さび」に焦点を合わせて論じていくことにする。

第一節　「風狂」と時雨の旅

一　『旅路画巻』と『時雨夕日』の旅人

芭蕉が伝統精神を反芻し、自然の示す「造化」の美を感得するため志したのは「旅」ということであった。それは、連歌師の旅のような、時代的状況というものに押され、止むなく世を逃れて流浪することとは異なる「旅に生き旅に死せる」といった「日常化」した旅であった。連歌師の旅は戦乱の世を流浪しつつ、常に「安住」を願望し続けたが、芭蕉は安住できる世であったのにも拘らず、「そぞろ神の物につきて心をくるはせ、道祖神のまねきにあひて、取るもの手につかず」（『おくのほそ道』冒頭）が示すように、内発的に旅へと誘われたのである。それは常に詩精神の模索というものに繋がるものであった。旅を重ねる度に芭蕉の句風は円熟味を増していったのである。

時雨の〈季節観〉もその「旅」の構図において考えなければならない。そもそも、時雨の句自体も幾つかを除いては旅の道中や旅の宿において詠まれている。旅の情趣、旅の侘しさもその時雨の情調を借りて描写される。

序論でも述べたように（一六頁）、〈時雨の詩人〉とされる芭蕉は、自らを時雨の旅人を標榜していることは数々の事実から窺うことができる。それは次の一句に結晶している。

旅人と我名よばれん初しぐれ（『笈の小文』）

貞享四年十月『笈の小文』の旅に出る際、其角亭において餞別興行が行なわれ、発句として詠まれた句である。一句の世界は後述することにして、まずその表面的な意味を汲み取れば、自分はこれから時雨の中を旅立つのであるが、旅の先々で「旅人」という名で呼ばれたいとし、高揚した思いを「呼ばれん」という強い口調で表している。時雨の中を旅立つ人は、風狂の姿勢を示す芭蕉自らの自画像でもあった。それは芭蕉筆の画巻においても示されている（絵①）。

〈絵①〉芭蕉筆『旅路画巻』巻子、部分図(5)

絵①は芭蕉筆（彩色は濁子による）の『旅路画巻』(4)の第一図で、時雨の中を笠を被って旅立つ人物が描かれている。人物を右端に置き、旅の前途を長々と表現し、風を伴って降ってくる時雨の趣を巧みに表出している。この画が『旅路画巻』の最前に位置するのも、時雨の中の旅立ちの思いを示すためであろう。

この画巻の旅人のポーズと同じように描かれているもう一つの芭蕉筆の自画賛（絵②）がある。

これは『時雨夕日』自画賛と呼ばれるもので、上部に、「けふばかり人も年よれ初しぐれ」の句が書かれている。句は元禄五年、十月三日夜、彦根藩江戸屋敷内の許六亭で興行した五吟歌仙の発句である。句意に関しては、「老」との関連で後述することにし、ここでは画の人物に注目しよう。夕日が赤く照りながら、時雨が降ってくるなかを蓑を着て旅に出る人

〈絵②〉芭蕉筆『時雨夕日』(6)

物が描かれている。前掲の『旅路画巻』の人物のポーズと似ており、こういうことからして芭蕉の脳裏に、蓑や笠を被って時雨の中を旅する「時雨の旅人」のイメージが常にあったものと考えられる。

二　『笠はり』と宗祇の時雨

では、芭蕉が「時雨の旅」を積極的に標榜するようになったのはいつ頃であろうか。それは宗祇の時雨の伝統精神を学ぼうとしたことからであった。即ち、次の句においてである。

てづから雨の侘笠をはりて
世にふるもさらに宗祇のやどり哉（『虚栗』）

この句は天和二年に詠まれたもので、芭蕉の三十八、九歳頃の心の志向が表白されているものとして従来注目されてきた。一句は周知の通り、宗祇の「世にふるも更に時雨のやどりかな」（『新撰菟玖波集』）の「時雨」を「宗祇」に換骨奪胎したものである。この句の最も早い形は『枯枝・笠やどり』の自画賛においてであり、そこには「世にふるは」の形になっている。(7)

一句は芭蕉の自信作だったらしく、様々なところに所収され、『笠はり』、『渋笠銘並び序』などの詞書に当たる長文の文章がついており、一句を詠んだ時の心の状態を克明に示すものとして重要な価値を持つ。『雪満呂気』（曽良　安永四年刊）所収の文章を引用すると次のようである。

草の扉に待わびて、秋風のさびしき折〻、妙観が刀を借、竹取の巧を得て、竹をさき竹を枉《まげ》て、自笠作の翁と名乗る。巧拙ければ、日を盡して不成、こころ安からざれば日をふるに懶《ものう》し。朝に紙をもて張、夕べにほして又張る。澁と云ふ物にて色を染、いささかうるしをほどこして、堅からん事を要す。廿日過る程にこそややいできにけれ。笠の端の斜に裏を巻入、外に吹返して、ひとへに荷葉の半開るに似たり。規矩の正しきより中〻をかしき姿也。彼西行の侘笠か、坡翁雲天の笠か。

〈絵③〉「枯枝に・世にふるは」句文画賛(13)

いでや宮城野の露見にゆかん、呉天の雪に杖を拽ん。霰にいそぎ時雨を待て、そぞろにめでて、殊に興ず。興中俄に感る事あり。ふたたび宗祇の時雨にぬれて、自から筆をとりて笠のうちに書付侍りけらし。

「笠はり」一連の俳文

俳文の名称	種類及び所収本	成立時期
笠やどり	横物自画賛	天和元年
笠はり	真蹟懐紙	天和二年
かさの記	小泉本真蹟巻子	貞享四年
澁笠の銘並び序	和漢文操	元禄元年
笠はり	思亭	元禄元年
笠はり	雪満呂気	元禄元年

世にふるも更に宗祇のやどり哉　　桃青書[8]

『和漢文操』（支考　享保十二年刊）においては、傍線の部分が「ふたたび宗祇の時雨ならでもかりのやどりに袂をうるほして……」[9]となっている。この文章は芭蕉自身非常に好んでいたらしく、何回も書き替えられている。西村真砂子氏の「『笠はり』の世界」[10]や、赤羽学氏の「芭蕉の俳文『笠はり』の成立過程」[11]などの論文を参照し、「笠はり」一連の俳文を整理してみると次の表のようである。

このうち、天和元年の『笠やどり』は『枯枝からす・笠やどり』自画賛に書き入れているもので、岡田利兵衛氏によると[12]、成立としては最も早い時期のものと推定されている。この自画賛（絵③）には背景に水墨の山二つ、その奥に雪の山一つ、そして手前の土坡に二本の松の巨木を描き、その中に、素足で、笠を手に持って時雨模様の空を眺めている宗祇らしい僧形の人物が描かれている。この画はおそらく前掲のいわゆる時雨の旅人の画の発想のもとにもなったのではないかと推定される。

この自画賛の右半分には「枯枝に烏のとまりたるや秋の暮」（『東日記』延宝八年）が画とともに書かれており、それまでの貞享・談林調から脱皮して新たな句風を示したものとして注目されるが、それと並んでこの「宗祇のやどり」の句が書かれており、明らかに芭蕉の当時の心の座標というものが示されていると考えられる。

では、この『笠はり』の俳文の世界を前掲の『雪満呂気』所収の文章をもとに考えてみることにしよう。『笠はり』の俳文においてまず読み取れるのは自ら作った「笠」に対する心の弾みである。『雪満呂気』所収の文章では、「彼西行の佗笠か、坡翁雲天の笠か」と笠の風流を出しているが、右掲の自画賛においては長文の「笠の賛」[14]がついており、蘇東坡、杜甫、西行、宗祇に的が絞られ、その伝統精神を学ぼうという心躍りが窺える。

ここで「笠」は芭蕉が「風狂」に目覚める媒体として語られる。「笠」と「時雨」は蕉門において初めて縁語として使われたのではない。今、『詞林金玉集』を利用して貞門・談林俳諧における「笠―時雨」の縁語を持つ句を調べてみると二十一句に及ぶ。しかし、それは「笠もたぬ道はいそかはしくれ哉　重次」「蓑笠やうりみうらすみ村時雨　如貞」のような、時雨の変わりやすさと日常の道具としての笠の関連を面白く詠んだものばかりである。時雨の笠に「旅」のイメージを寄せているのは一句も見当らない。芭蕉が天和年間に時雨の笠を思いついたこと自体は、このような談林の言葉付けの傾向からかもしれない。ところが、芭蕉はその時雨の笠を旅人の象徴として打ち出し、そこに宗祇のイメージをオーバーラップさせた。「笠」は芭蕉の旅そのものの象徴であったのである。「命なりわずかの笠の下涼み」（『江戸広小路』延宝六年刊）の句を詠んだ芭蕉であった。また芭蕉の没後其角は「亡骸を笠にかくすや枯尾花」（『枯尾花』元禄七年刊）と詠んでおり、芭蕉の一生の生き方を「笠」で象徴している。

芭蕉は「時雨の旅」を脳裏に浮かべ、笠はりに興じ、自ら作ったものに対して「規矩の正しきより中々をかしき姿也」と弾む心を故事を引いて巧みに表現している。では、ここで「笠―時雨」を通して風狂の旅を象徴している一連の例句を、門弟の句をも合わせて見てゆこう。

侘々て笠に詩ヲ着ル朝時雨　千之
　呉の旅衣酒をかたしく　其角（『虚栗』天和三年刊）
此海に草鞋捨ん笠時雨　芭蕉（『皺筥物語』貞享元年刊）
かさもなき我をしぐるるかこは何と　芭蕉（『栞集』文化九年刊）
しばし宗祇の名を付し水　杜国

笠ぬぎて無理にもぬるる北時雨　荷兮（『冬の日』貞享元年刊）
初時雨笠より外のかたみなし　許子（『枯尾花』元禄七年刊）
我笠は秋にわかれてしぐれけり　支考（『越の名残』宝永六年刊）

芭蕉の行脚そのものを「時雨の笠」として象徴した門弟達の句も多数見られる。

園女亭
時雨てや花迄残るひの木笠　その女
宿なき蝶をとむる若草　翁（『笈日記』元禄八年刊）

笠とれば六十㒵のしぐれかな　その女（『陸奥衛』元禄十年刊）
うたひゆく時雨の笠かゆきの笠　翠桃（『句餞別』貞享四年成）

ある年の初しぐれを凌ぎ
予が茅舎に笠を脱ぎ給ひしころ
折〳〵に伊吹を見ては冬篭り
折〳〵の時雨伊吹はぬらせども　千川（『冬かつら』元禄十三年刊）
はせを翁悼
細工笠世〳〵の時雨に残るかな　杉風（『杉風句集』天明五年刊）

このように蕉門の俳人達においては「旅」と言えば「時雨―笠」というのを連想するのが暗黙の内に行なわれ、また芭蕉のイメージとして象徴されたのである。特に、「此海に草鞋捨ん笠時雨」の「笠時雨」という芭蕉独特の造語があるほど密接に繋がっている。それは、前掲の芭蕉の画において示された通りである。笠だけに限らず時雨を凌ぐ「蓑」の場合も同じである。後に時雨と「さび」の代名詞となる『猿蓑』の「初しぐれ猿も小蓑をほしげ也」の句も旅の構図において詠まれており、其角も『五元集』おいて「蓑を着て鷺こそ進め夕しぐれ」と詠んでいる。

このように、「時雨―笠」「時雨―蓑」は『類船集』に付合こそないが、――それは和歌的な伝統には見られず、連歌師達の旅において初めて現われるからでもあろう――旅人の象徴として定着していく。

こういう脈絡からして、笠を張っている芭蕉の脳裏に浮かぶことは時雨の時、その笠をさして旅に出る自らの旅姿であった。時雨の旅は既に淋しさの象徴ではなく、その淋しさや侘しさを興ずる心、即ち「興」の対象になっている。「霰に急ぎ時雨を待て、そぞろにめでて殊に興ず」という風狂の精神に置き換えられている。時雨を鑑賞する日本文学の流れにおいて、自らの内面の心情を吐露して嘆く対象としてではなく、ここにおいて一つの「情趣」として賞美されるようになる。その姿勢が結晶して現れたのが「宗祇のやどり」の句である。

では、「世にふるも更に宗祇のやどりかな」の句の世界を分析してゆこう。

和歌や連歌で「世にふる」というのは一つの常套文句として使われ、「降物」(雨や雪など)に世の感慨を託しているということに関して、一章において述べたことがあるが、それを念頭において和歌以来の「世にふる」時雨の系譜を辿ってみることにしよう。

＊「世にふる」時雨の系譜

世にふるは苦しきものを槙の屋にやすくも過る初しぐれ哉

二条院讃岐(『新古今集』)

世にふるもさらに時雨のやどり哉　　宗祇（『新撰菟玖波集』）

↓

世にふるはさらに時雨の雨合羽　　宗因（『西山宗因千句』）

↓

世にふるもさらに宗祇のやどり哉　　芭蕉（『虚栗』）

↓

蓑虫のぶらと世にふる時雨哉　　蕪村（『蓑虫説』）

↓

世にふるはさらにばせをの時雨哉　　士朗（『枇杷園随筆』）

ここで宗因の句の場合は言葉の遊びとして捉えられたものであり、士朗も全く芭蕉の句をまねてのことであるので、いずれも「時雨のやどり」「宗祇のやどり」が意識されていることを示すまでのことであろう。そして、蕪村の時雨は、従来の和歌や連歌や芭蕉の時雨が意識されてはいるものの、もはや時雨の持つ暗欝な色はなくなり、完全に異なるイメージの世界になっているため、それに関しては稿を改めて論じることにして、ここでは芭蕉に至るまでの脈絡を辿ってみることにする。

『芭蕉翁発句評林』（曙紫庵杉雨　宝暦八年）には一句に関して次のように述べられている。

愚考するに、笈日記には世の中とありこれ誤りなるべし。

新古今二條院讃岐

世にふるはくるしきものをまきの屋にやすくも過ぐる初時雨哉

これより宗祇の発句も出たるべし。しからば五文字世にふるなるべしや。わけて観念のうたなり。玄旨法印の説に、まきの屋とは結構なる家なり。されどその結構なる家にも時雨のふりかかる事は脱れがたしとなり。我世ふるは、いろいろとむづかしき事にて一生を送るなり。時雨は何となくやすやすと如何なる破に風の板屋もかまいなく降れば渡りやすしと也。猶可考。江口の里にて西行法師のかりのやどりの歌あり。世にふるめかしく残す武江の深川長慶寺に芭蕉門人杉風が此短冊を納めて石碑を建て短冊塚と名づく。左右に其角嵐雪の両誹仙を補佐して、三つの石碑とし、毎年十月十二日には好士の発句などを手向て世々誹恩の志あり。門人杉風が花鳥の風流なり。

杉の風静に世々のしぐれ哉　杉雨

此宗祇の時雨につけて、ばせをの句種々書違ひあり。予、二條院讃岐がうたを証歌として外をもとめず。猶可有也[15]。

ここに指摘される通り、宗祇の「世にふるは……」の句は二條院讃岐の「世にふるはくるしきものをまきのやにやすくも過ぐる初時雨哉」の歌をもとにして詠んだ句である。二條院讃岐の歌は引用文に述べられているように、この世に「ふる」ことは、「いろいろとむづかしき事」の多く、過ぎがたいのに、時雨は何とやすやすと通り過ぎるのであろうという「観念」の歌である。この歌では「世にふる」苦しさと槙の屋にやすやすと通り過ぎる初時雨の音とが対照的に歌われており、生活の苦しさ、侘しさのなかにも、時雨の音に心の安らぎを覚えている。宗祇の句になると、その二條院讃岐の歌の苦しさの感慨だけが継承されている。句意は、「世にふる」ことが苦しいことは勿論、その上に生そのものが時雨の宿りよりはかない仮の宿りだとし、思い詰めた人生感慨を述べている。

芭蕉は宗祇のそのような時雨の感慨を反芻し、自らの詩精神の基盤にしようとした。芭蕉没後、親友で隠逸閑雅な境に徹した素堂が詠んだ関連の句が、追善集の『枯尾花』（其角、元禄七年刊）と『冬かつら』（杉風、芭蕉七回忌の追善集　元禄十三年刊）に載っている。

①　深草の翁、宗祇居士を讃していはずや、友風月家旅泊と
　　芭蕉翁のおもむきに似たり
②　旅のつゐに宗祇の時雨哉（『枯尾花』[16]）
　　翁（芭蕉）の生涯風月をともなひ旅泊を家とし、宗祇にさ
　　も似たりとて身まかりし頃も、さらに時雨のやとりかなと
　　ふるめきて悼申侍りしか、今猶いひやまず
　　時雨の身いまは髭なき宗祇かな（『冬かつら[17]』）

①は、宗祇の時雨に濡れて旅に出て、終に時雨月の十月に旅に果てた芭蕉の一生を象徴しているのである。②もやはり芭蕉の風貌を宗祇のイメージによりかかって表現し、「髭なき宗祇」としているのである。宗祇の髭は「髭宗祇池に蓮あるこころ哉」（『炭俵』）などの用例も見られ、宗祇が美髭を生やしていたという伝説に基づくもので、「髭なき宗祇」は宗祇そのものでありながら、ただ髭がないだけであるとしている。これに関連して唐木順三氏が『芭蕉の本』で「髭宗祇の暗欝」「髭なき宗祇のかるみ[18]」としているのはやや詠み過ぎであろう。素堂がこの句において表現しようとしたのは、「かるみ」といったものではなく、宗祇と芭蕉を同次元においてその風貌を偲んでいるものと思われる。

ところで、宗祇の「時雨のやどり」と芭蕉の「宗祇のやどり」に関して言えば、明らかに両者の間には時代の変化があることは否めない。芭蕉の「宗祇のやどり」の句の場合も社会から自分をへだてて佗しい境涯を詠んでいることは確かである。しかし、この句においては「そぞろにめでて殊に興ずる」風狂の精神に置

き換えられている。つまり、はかない世をはかないまま認めて、そのような世の中であればこそ生きる楽しみもあるという闊達な人生観の表白がある。

これに関して江藤保定氏が『宗祇の研究』において宗祇と芭蕉の姿勢を対照しているのは非常に示唆的である。即ち、宗祇の無常観は「無常と常住を対置し、この世の無常を悲しむ消極的な無常観、観想的・形式的」であるとし、

> 「飛花落葉」の瞬間において永遠の命を「見とめ聞きとめ」、又、旅の苦行において「物の実」を見出して「悦び」とするという生動的積極的な無常肯定と超克が樹立されるに為は、芭蕉の自覚と体験を俟たねばならなかった。[19]

と述べている。そして、芭蕉の無常観は「はかなきものをはかなきままに我がいのちとして肯定する所に万象肯定の愛と悦び[20]」を感ずることにあったと指摘している。更に、宗祇の旅の無常への消極的諦念と静止安住への執着に比べて、芭蕉には旅の無常の積極的肯定と停滞を常に打ち破りゆく自由人の生成への歓喜が躍如としているとする。[21]その要因としては応仁動乱の世の憂鬱を誠実に生きぬいた人間と、元禄太平の世を孤寂三昧に遊戯した人間との時代的な形姿の相違によるものだとしている。[22]芭蕉と宗祇の時代的な相違とその文学姿勢の問題は、後の上田秋成の芭蕉嫌いの要因にもなっているが（『去年の枝折[23]』）、時代状況が自然の移り変りの感じ方を左右したことを示唆するのであろう。

時雨という一つの季節現象を捉えることにおいて、常に「生死の理を感ずる」べしとする宗祇の〈季節観〉と「乾坤の変は風雅のたね也」とする芭蕉の〈季節観〉とでは、文学観そのものに相違があるのではなかろうか。

三　「時雨の旅」の系譜

これまで宗祇の時雨の反芻を中心に、芭蕉が「時雨の旅」を思い立ったことを考察してきたが、ここでは芭蕉の全生涯にわたる「時雨の旅」の道筋を追っていくことにする。

芭蕉の文学姿勢の象徴となる時雨の旅は、伝統精神を反芻することを興ずる、芭蕉の「風狂」の現れであった。「風狂」とは一般的に「風雅に徹すること」(24)（『日本古典文学大辞典』）、「風雅風流を求める情がたかぶって常軌を逸するに至った状態」（阿部正美）とされている。「風狂」は美的理念というよりはその美の境地を求める精神や、姿勢を指している。『三冊子』(25)の「赤冊子」に、芭蕉の言葉として、「鞭にて酒屋をたたくといふ事は、風狂の詩人ならずばさもあるまじ」、「一句風狂人の悌也」(26)という句評における「風狂の詩人」「風狂人」も句作の姿勢を指した言葉である。

「風狂」の本来の意味と芭蕉における風狂については横沢三郎氏の「風狂」(27)や伊藤博之氏の「風狂の文学」(28)などの論文があり、本来、漢詩から由来する語義と、日本の一休和尚や増賀聖(29)から芭蕉に繋がる風狂人の脈絡などが中心に述べられている。その風狂の論において共通するのは「常軌を逸脱しながら風雅に徹すること」が基本的姿勢だとする。それは「現実的には不安定な彷徨者に随伴しがち」であるとし、芭蕉が士官懸命の道に成功していたならばそのような風狂の姿勢は見られないだろうとする。「彷徨者」といってもそこには「志願太高」の念が伴わなければ風狂にならず、常に「そぞろに興ずる心」が動因となり、「常軌逸脱」するような状態になることが基本だとする。(30)その点、『笠はり』の俳文において見たような「そぞろに興じて」「規矩のをかしきを却って喜ぶ」といった常軌を逸しているのはそのまま風狂の精神の基本になっているものだと言えよう。

芭蕉の「五月雨に鳰の浮巣を見にゆかん」の句の場合、和歌においても鳰の浮巣を詠んだ歌はあるが、実際にそれを見にゆこうとするのは常軌から逸脱した風狂なのである。この句は『笈日記』によると、「露沾公に申し侍る」と前書してあるように、貞享四年の旅立に際し、内藤露沾より贈られた餞別吟に対する暇乞いの句であった。やはり、一句はそれより始まる風狂の旅を象徴しているのである。[31]

このように風狂というのは美的概念というよりは「精神」や「姿勢」の問題であり、芭蕉の場合で言えば一種の詩的享受のポーズでもある。

では、この「風狂」の姿勢に支えられた芭蕉の「時雨の旅」を年代順に考察していくことにしよう。

旅亭桐葉の主、心ざしあさからざりければ、
しばらくとどまらむとせしほどに

此 海 に 草 鞋 捨 ん 笠 し ぐ れ（『皺筥物語』）

これは、『皺箱物語』に所収されているが、野ざらし紀行の旅の途中に巻かれた『熱田三歌仙』（暁台編貞享元年成）[32]の発句として詠まれたものである。一句は詞書にある通り桐葉（林氏　熱田の蕉門）の厚情に対する挨拶の吟であるが、「笠しぐれ」という言葉に自らの風狂の旅を象徴している。これと同じ貞享元年の時雨の句である。

みちのほとりにてしぐれにあひて

かさもなき我をしぐるるかこは何と（『栞集』）

これも、やはり『熱田三歌仙』のうちの一つの発句となったもので、時雨を興じている句である。定めない時雨ゆえ、旅の途中に急に降ってきて困っている気持ちを「我をしぐるるか」という誇張した言いぶりで興じている様を表現している。そぞろに興ずる心が軌を逸脱し、かえって時雨を喜ぶ心を表現している。一

句においては、従来の伝統的な時雨における暗欝さは影を潜めていると言えよう。

次は、「風狂」の姿勢が作品全体を支配している『冬の日』（一名『尾張五歌仙』、荷兮　貞享元年刊）の時雨の場合である。貞享元年冬、名古屋へ立ち寄り、その地の連中と一座興行の歌仙五巻及び表六句を興業しているが、各句の発句が全て冬の句で、冬の季節情緒と「風狂」の姿勢が見事に調和をなしている。その最初の歌仙が有名な「木枯し」の巻である（因みに三番目の歌仙は「つつみかねて月とり落す霽《しぐれ》かな　杜国」の時雨の句が発句になっている）。今、「木枯の巻」の発句を繙いてみよう。

笠は長途の雨にほころび、帋衣はとまりとまりのあらしにもめたり。侘つくしたるわび人、我さへあはれにおぼえける。むかし狂歌の才士、此国にたどりし事を、不図おもひ出て申し侍る。

狂句こがらしの身は竹齋に似たる哉　芭蕉

たそやとばしる笠の山茶花　重五

芭蕉は仮名草子『竹斎』の主人公竹斎に自らの姿を擬して風狂の姿を示している。竹斎は狂歌を詠みながら国々を漂白し、名古屋に来て医を業としたが、自ら「天下一の薮くすし」と称して、それこそ常軌を逸脱した「風狂の士」の象徴であった。『冬の日』の歌仙は名古屋で巻かれているから、その名古屋の縁の狂歌師に譬えて自らの思いを高潮した語調で詠んでいる。重五の脇はそのような風狂の旅の象徴としての「笠」を出してきたのである。

この「木枯の巻」の歌仙において最も注目すべき句は、名残の表の三、四句目である。

しばし宗祇の名を付し水　杜国

笠ぬぎて無理にもぬるる北時雨　荷兮

ここでの付筋（句を付けるときの条理）は言うまでもなく、前句の「宗祇」の名の関連で、芭蕉の天和二年の句「世にふるも更に宗祇のやどりかな」と、その源流である宗祇の句に連想が働き、古人の味わった時雨の情趣を積極的に味わおうと、笠を脱いでわざわざ濡れようとするのだという。

この句に関して曲斎の『七部婆心録』（万延元年刊）では風狂人の姿として次のように説いている。

（略）幸ひ降ってきた時雨に、ぬれずては白雲水の名句が出来ずとぬれでよき笠脱ぎし風狂人の様也。(33)

このような、時雨に対する思いが凝縮して時雨の旅人という姿勢を強く打ち出すようになったのが有名な貞享四年の「旅人と我名呼ばれん初時雨」の句である。これは、高藤武馬氏も『芭蕉連句鑑賞』において指摘しているように、(34)『笈の小文』の冒頭の芭蕉の詩魂を表白したともいうべき有名な「百骸九竅の中に物有。……夷狄を出、鳥獣に離れて、造化にしたがひ、造化にかへれとなり」の文章に続いて出されており、一句にはそれだけ芭蕉の思いが切実に詠み込まれているともいえよう。

それは、貞享四年十月十一日『笈の小文』の旅の出立の時、其角亭において行なわれた餞別吟の発句であった。

神無月の初、空定めなきけしき、身は風葉の行末なき心地して

旅人と我名よばれん初しぐれ　（芭　蕉）

又山茶花を宿々にして　（由　之）（『笈の小文』）

由之（岩城の蕉門　名は長太郎）の「又山茶花を宿々にして」の脇は前述の『冬の日』の「木枯の巻」の脇「たそやとばしる笠の山茶花」へ連想が働き、「又そのような風狂の旅を続けるのですね」と問いかけたのである。(35)

猶、この時に門人達によって芭蕉への餞別吟が詠まれ、『句餞別』（一名『伊賀餞別』貞享四年成、寛保四年刊）に載っている。その殆どが、芭蕉の風狂の旅を時雨に寄せて慕っているものである。

俳諧説いて関路を通るしぐれかな　曽良
来月は猶雪ふらん一しぐれ　ちり
ぬきんいでておくり申さんしぐれ哉　文鱗
うたひゆく時雨の笠かゆきの笠　翠桃
はこね山しぐれなき日を願ひ哉　由之
旅ごとに誠したへるしぐれかな　卜千
江戸桜心かよはんいくしぐれ　濁子
時雨〳〵に鎰かり置ん草の庵　挙白（以上『句餞別』）

この中で特に曽良の「俳諧説いて関路を通るしぐれかな」の句は芭蕉の旅そのものを時雨で象徴するものとして非常に意味深いものと言えよう。同じ句形が曽良の百回忌の記念集である『続雪まろげ』（素檗　文化四年刊）にも載っている。それには次のように前書が付されており、時雨の旅をより象徴的に示している。

翁をおくる時旅寐のこころを
俳諧説いて関路を通るしぐれかな　曽良（『続雪まろげ』[36]）

また、最後に挙げた挙白の「時雨〳〵に鎰かり置ん草の庵」は、旅立つ芭蕉に対して、草庵にて芭蕉の時雨の侘びを味わおうとすることで、これは後述する時雨の「さび」の問題と大きく関わってくる。では、このような、餞別の吟で送られた芭蕉の「旅人と我名呼ばれん初時雨」の句の世界を分析していこう。まず、一句に関する諸氏の解である。

①自分はこれより出立して今日より旅人となり、何の某とよばれず、行先々で只旅人と言はるる事であろうと興じた。（角田竹冷『芭蕉句集講義』[37]）

②時雨を「俳諧の風狂の世界の代名詞」としてとらえ、「旅人」を現実の日常的世界を離脱して「時雨」に象徴される風狂の世界の住人となることを意味する。（尾形仂『松尾芭蕉』[38]）

③ことしはじめての時雨に、樹々は鮮やかに紅葉して、その姿を変える。このわたくしも、なにやら落ち着けない気分に襲われる。わが身も旅人に様を変えて、この時雨の中に浮かれ出て行こう。とりわけ「はつしぐれ」にきわまって、草木の色相の転換が、鮮明に確認される、ということであろう。（上野洋三『芭蕉論』[39]）

竹冷の言うように、表面的には旅先において「何の某」と呼ばれず「おい、旅人」というふうに呼ばれたいと興じている。その興じる気持ちの根幹は、尾形氏の指摘するように「現実の日常的世界を離脱して時雨に象徴される風狂の世界の住人」となろうとすることである。これらの指摘にあるように神無月の定めない空模様に行末ない心地のするなかで風狂の旅を続けようとする姿勢を現したものである。しかし、悲壮感の漂うことはなく、むしろこれからの旅に対する期待感とともに強い意志のようなものが感じられる。

『三冊子』の「赤冊子」においてこの句は次のように解釈されている。

この句は師、武江に旅出の日の吟也。心のいさましきを句のふりにふり出して、呼れん初時雨とはいひしと也。いさましきこころを顕す所、謡のはしを前書にして、書のごとく章さして門人に送られし也。一風情有もの也。此珍しき作意に出る師の心の出所を味ふべし。[40]

「呼ばれん」というところに「心のいさましさ」が表出されているということである。

ところで、上野洋三氏の、時雨に「草木の色相の転換」から、「わたしも旅人に様を変えて」と解しているのは、和歌的な伝統に忠実な解ではあるが、芭蕉の時雨の脈絡からして、「時雨―紅葉」は殆ど登場してこないため、やや無理があるものと感じられる。それよりは時雨に有為転変の無常の伝統を汲み取って、そのような無常の時雨を味わうために旅に出るのだとすべきであろう。ここでは「優美の時雨」としての和歌的伝統よりは一節においてみたような「旅と時雨」における連歌師たちが味わった時雨の伝統の色を汲み取った方がよいと考えられる。

無常の色を持つ時雨の中を旅する旅人のイメージは、芭蕉が後に、この句の前書として謡曲の一節をそのまま使っていることからも窺うことができる。即ち、『千鳥掛』と真蹟画賛（東藤の画に賛を付したもの）には次のような謡曲『梅ヶ枝』の一節がついている。

はやこなたへといふ露の、むぐらの宿はうれたくとも
袖をかたしきて御とまりあれや旅人

謡曲の『梅ヶ枝』は本稿の前章において考察したが（一二八〜一二九頁）、その中の旅僧に自らの姿を擬しているのである。その文句においては「捨てても廻る世の中は。捨てても廻る世の中は、心の隔なりけり」「何処にも住み果つべき雲水の。何処にも住み果つべき雲水の。身は果知らぬ旅の空。月日程なく移り来て。処を問へば世を厭ふ。」というのが冒頭を飾り、まさに無常の旅を打ち出しているものである。そのような旅において突然の村雨によって仮の宿を取る場面で、芭蕉が前書とした「はや此方へと露の。葎の宿はうれたくとも。袖をかたしきて御泊あれや旅人」が出てくる。ここに示される旅僧の風情を慕って芭蕉は自らもそのような旅を続けるのだという姿勢を示しているのである。

時雨の旅僧が仮の宿を求めるのは、『梅ケ枝』ならずも、江口の遊女と西行の逸話をもとにした謡曲『江口』においても既によく知られている。それは後世の長唄『時雨西行』のもとにもなり、江戸時代においては旅僧の姿として一般的によく知られていたものと見られる。芭蕉は自らをそのような旅僧として打ち出して風狂の旅を続けたいという心の高揚を示すため、謡曲の文句をそのまま借りてきたのである。

門人たちはこの句に因んで芭蕉の思いを慕っている。『冬かつら』において濁子（大垣の蕉門）は長文の文章をしたため、(41)「旅人とたが呼かけん袖しぐれ」と詠んでいる。また、芭蕉の風狂の旅と時雨の心をよく理解した園女（そのめ、元禄三年入門）と、芭蕉が唱和した句に次のような発句と脇のみの句が見られる。

園女亭

暖簾の奥ものゆかし北の梅　はせを

かへし

時雨てや花まで残るひの木笠　その女

宿なき蝶をとむる若草　翁（『笈日記』）

園女の句は芭蕉の桧笠が時雨に濡れて、侘びたさまで花の季節まで残っているのを愛でた句であり、芭蕉はそれを受けて自らを蝶に、園女を若草に例えて、宿らせてもらうことの有り難さを詠んでいるのである。

これに関して『芭蕉翁発句評林集』には次のように説いている。

てふを雲水として若草をあるじの女とみるべし。（中略）西行などの江口のやどりも時雨の縁ありて殊更にこそ。女を若草にたとへしは、寐よげに見ゆる若草を人のむすばんと、色好みの中将の、妹を若草によまれしためしもあり。猶可尋也。翁も西行谷にて秋の頃狂詠に

芋あらふ女西行ならば歌よまん

かかる風流は俳諧なるべし(42)

つまり、園女と芭蕉の句の唱和に、謡曲『江口』の影響を指摘している。芭蕉の「宿なき蝶をとむる若草」という脇には明らかに『江口』が意識されているといってもいいのであろう。この句は園女の自撰句集の『菊の塵』の冒頭において「花までは時雨て残れ檜笠」の形で載っている。

（前略）おもふにわが此道に入しめ初めは、元禄二年の冬なり。あけの年如月、かの翁とここの人曽良なとひきゐきたらせしに、しかじかとつげりければ、翁よろこびていかならむここをつづりてよとおせりたるに

花までは時雨て残れ檜笠

といひ出ければ、やがて脇の句附てたうべて、さらに

のうれんの奥物ふかし北の梅

といふ発句ををさへきこえられしぞかし。されば此集はそれよりいままで、国々所々よりわが手に落し句ども、又はみづからのをも力のおよぶらむほどはえりてわけて書きのせて侍る。(43)（後略）

『笈日記』においては芭蕉の「暖簾の奥ものゆかし北の梅」の句のかえしとして「時雨てや…」の発句と脇を出しているが、『菊の塵』においてはかえしとして「暖簾の……」の句を出しており、逆になっている。恐らく園女撰の『菊の塵』に従った方がよかろう。(44)傍線の「元禄二年の冬」は芭蕉が『奥の細道』の行脚を終えて近江や伊賀の故郷において新たな俳風を模索していた時期であった。その芭蕉の旅を象徴して、時雨の檜笠を出しているのである。猶、この園女の『菊の塵』は、元禄七年（芭蕉没年）九月二十七日、園女が自亭に芭蕉を招き、芭蕉の「白菊の目に立てて見る塵もなし」という発句に脇を付けて歌仙を巻いたことを記念して自撰句集を刊行したものである。その名も芭蕉の句に因んで『菊の塵』とした。このように芭蕉を慕っていた園女が自撰句集を編むに際して芭蕉の一生を象徴する「時雨の笠」を出し、序を飾っていることは非常に重要な意味を持つものであろう。

このように芭蕉の時雨の旅は、連歌師や西行を念頭におき、また謡曲の旅僧の面影を持ちながら、常に風狂の姿勢の象徴として打ち出されているのである。そこには、時雨に濡れて旅することの象徴としての「時

雨の笠」があり、その時雨の旅の途中に暫時仮の宿を求める「時雨の宿」というのがある。これはやがて芭蕉の晩年における「島田の時雨」の世界へと繋がっていく。

「島田の時雨」は、元禄四年『奥の細道』の旅以来、二年余にわたる近畿漂白の生活が終わって、江戸に向かう途中時雨に濡れ、島田の宿に泊まった際に認めた俳文と発句である。句は、『続猿蓑』（沾圃ら　元禄十三年刊）に次のような前書とともに出ている。

元禄三年の冬、粟津の草庵より武江におもむくとて、

島田の駅、塚本が家にいたりて

宿かりて名をなのらするしぐれかな　　はせを

ここの元禄三年は『芭蕉翁発句集』（蝶夢編　安永三年刊）や『蕉翁全伝』（竹人著　宝暦一二年刊）などを基にした伝記考証によると、四年の誤りであることは諸氏によって既に指摘されているところである。宿の主人塚本孫兵衛は島田宿の宿駅を業としながら、俳諧を嗜み、俳号を「如舟」とする人であり、自らの宿に泊まった芭蕉に一句を乞うたことは当然の成り行きだったのであろう。この句を発句に、如舟、山呼が詠んだ連句の第三までが『雪幸集』（阿人・千布編　寛政三年刊）に掲載されている。

一句には次のように時雨の趣を興じて綴った真蹟が残されている。この真蹟は塚本家の伝来品で、筆意暢達で寂寥感のこもったもので、多数の時雨の作品のなかでも特に優品であるとされるものである。

時雨いと侘しげに降出侍るまま、旅の一夜を求て、炉に焼火して、ぬれたる袂をあぶり、湯を汲て、口をうるほすに、あるじ情有るもてなしに、暫時、客愁のおもひ慰むに似たり。暮て燈火の下にうちころび、矢立取出て物など書付るをみて、一会の印を残し侍れと、しきりに乞ければ、

宿かりて名を名乗らするしぐれ哉(1)（真蹟懐紙）

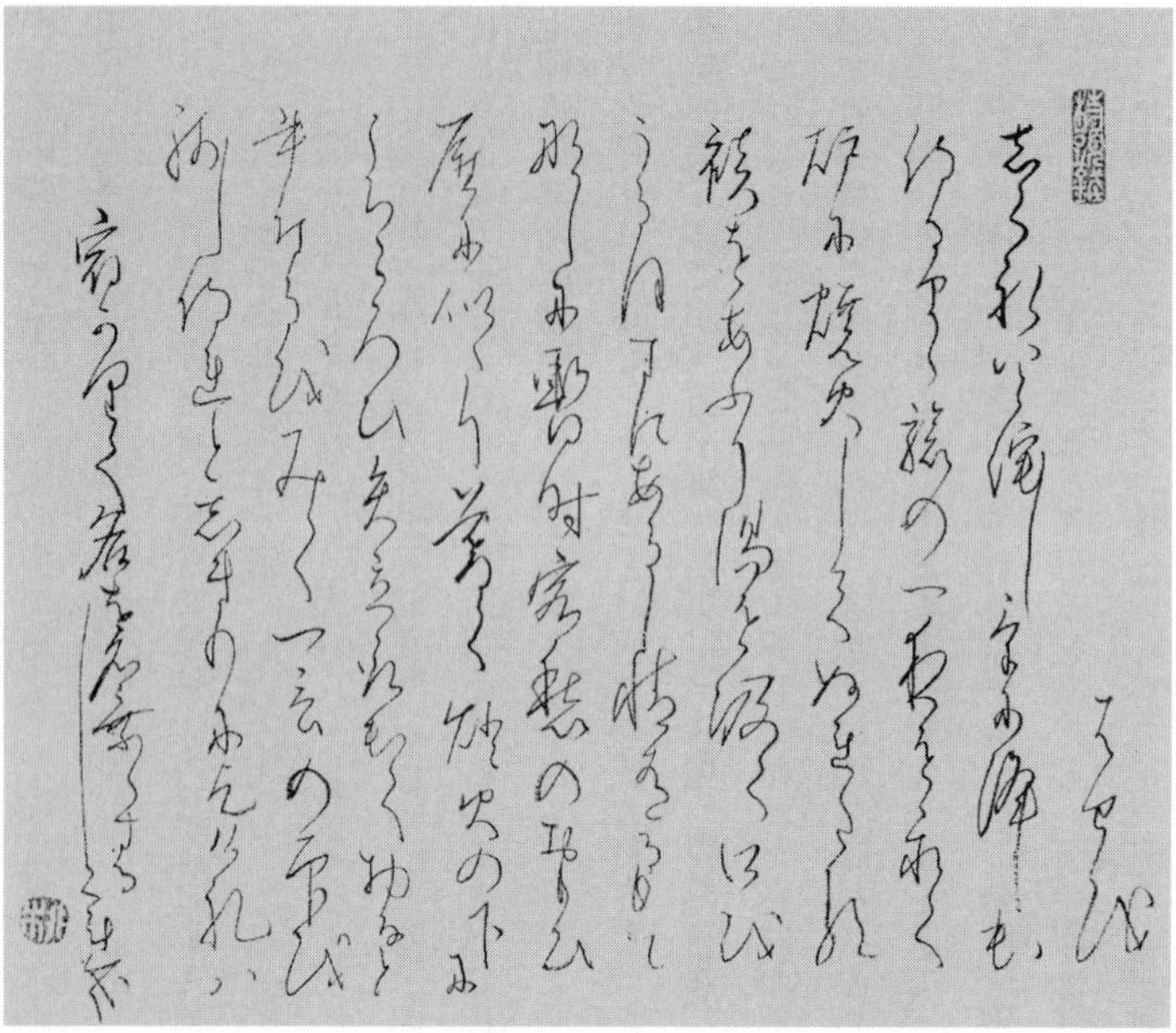

〈絵④〉「宿かりて」句文懐紙（『図説日本の古典14』「芭蕉・蕪村」集英社）1978年　5頁

ここにおいては、「時雨の宿」は無常の世の象徴としての「仮の宿」というのではなく時雨の本来のもつ寂寥感とそれによって設けられる旅宿の情趣というものがしんみりと漂っている。ここには近世という時代の移りがあるとともに、和歌の「旅宿時雨」に見られる旅の佗しさや、宗祇の時雨に見られるこの世の象徴としての「時雨の宿」ではなく、旅の宿で味わうしみじみとした時雨の情趣が主題になっている。

宿の主人の如舟と芭蕉とは初対面で、如舟はこの時をきっかけに蕉門に近付いた俳人だと考えられる(46)。芭蕉がこの宿に寄ることは予定されていたのであろう。ところが、芭蕉は旅路の時雨と、その時雨のために設けられる旅の宿の情趣を表現するため、例の芭蕉の得意とする「虚構(47)」を加味している。つまり、旅の途中に時雨に濡れそぼち、ようやく辿りついた旅の宿の趣と、その宿の主人を無知朴訥な人物と仕立て、彼に一句を乞われ、いよいよ旅路の情趣が深まる、というふうに文学的色彩を添えているのである。

〈絵⑤〉「旅人と」自画賛（『漂泊の詩人　芭蕉展』図録　日本経済新聞社　1981）

ここでは連歌師の旅において見られた観念的な無常の世に関する感慨とは異なった、時雨の佗しい情趣を身をもって体得し、その時雨の醸し出す、寂寥感を一つの情趣として味わっている芭蕉の姿勢が窺える。

　これに関連して従来、問題となる句の解釈のことも明らかになると考えられる。即ち、一句は上五が、①「宿かりて……」（真蹟懐紙、『続猿蓑』、『蕉翁句集』など）となっているものと、②「宿かして……」（『芭蕉庵小文庫』、『泊船集』、『西の詞集』など）となっているものの二つの形があり、古註の多くは②を取っているが、『七部集大鏡』（七部集の注釈書、何丸著、文政六年刊か）においては①「宿かりて」でなければ一句の趣向になりがたいとしている。実際、芭蕉自身の真蹟と、七部集の一つである『続猿蓑』において「宿かりて」の形になっているから、本来の形は「宿かりて……」であると見ていいだろう。後世の人によって「宿かして……」の形で捉えられたのはおそらく、「名を名乗らする」主体を宿の主人と見て、宿を貸す人と、客に名を名乗らせる人と同一人として理屈で首尾を合わせて考えたからであると思われる。

芭蕉が意図したところは、井本農一氏（日本古典文学全集『松尾芭蕉集』[48]）や岩田九郎氏（『芭蕉俳句大成』[49]）が説いているように、「名を名乗らする」主体は「時雨」そのものと取った方が、趣が生かされてくると考えられる。その際、名乗った人は芭蕉でも、宿の主人でもいいのであろう。つまり、そうさせたのは、常に或る種の趣を醸し出す時雨のなすわざなのである。一句の文の構造は「宿かりて名の名乗らする」までが「時雨」を修飾すると見た方が妥当であろう[50]。

芭蕉及び蕉門の時雨の句の詠み方において「笠もなき我を時雨るるかこは何と」「人々を時雨よ宿は寒くとも」「あれ聞けと時雨来る夜の鐘の声　其角」などのように、時雨が他者に働きかけるような発想で詠まれた痕跡は数多く見られる。一句においても時雨が、芭蕉或いは宿の主人に働きかけたと見た方がいいのであろう。こう解することによって、一句は、しみじみとした時雨の情趣が全体の雰囲気を支配し、人事と時雨が織り成した佳句となるのであろう。

蕉門の人々にとっては、このように、時雨が降るために設けられる旅の宿の味わいというのがよく素材として登場する。彼らにとっては、「時雨の宿」は世を観相する対象ではなかった。元禄時代の「日常化」した旅において、その旅の情趣を深くするものであった。中世の旅とは異なる時代の移りがあるとも言えよう。これに関連して『笈日記』の「さっぱりと人なき暮のさくら哉」の歌仙の箇所に次のような連句が見られる。

秋風さむく待てゐるらむ　　李晨
遊君の衣かゝえ行露しぐれ　　落梧
おほちやくになる旅のやすらひ　　蕉笠[51]

蕉立は落梧の「露しぐれ」の縁で「おほちやくになる旅のやすらひ」と詠んでいる。ここでは時雨の宿が

「おほちゃく」(横着)になりがちな「旅のやすらひ」となっている。

こういう脈絡において芭蕉の旅の時雨の構図は次のように結論づけられるのではなかろうか。

世にふるも更に宗祇のやどり哉　→　時雨の「観想」

↑

旅人と我名呼ばれん初時雨　→　時雨の「風狂」

↑

宿かりて名を名乗らするしぐれ哉　→　時雨の「情趣」

こうして時雨は仮の宿の「はかなさ」よりは、一つの「情趣」となっているのである。つまり、しみじみとした味わいのあるものとして捉えることができているのである。このような時雨の捉え方の脈絡においてこそ、次章で述べる時雨と「さび」という〈季節観〉も生まれてくるものと考えられる。

第二節　「さび」と時雨

(時雨における「さび」の要素)

芭蕉は伝統的な〈季節観〉を反芻することによって自らの詩精神を模索しようとし、それが「時雨の旅」という風狂の姿勢を通して現れたことを考察してきた。そのような旅の構図において芭蕉は次第に独自の世界を築いていくようになる。芭蕉の時雨の脈絡において、天和二年の「世にふるもさらに宗祇のやどり哉」は伝統的〈季節観〉にどっぷり浸っていた時期の句、貞享四年の「旅人と我名呼ばれん初しぐれ」は伝統に浸りながら自らの世界を模索していた時期の句、そして元禄二年の「初しぐれ猿も小蓑をほしげ也」の句の場合は独自の世界を切り開いた時期の句であった。「初しぐれ猿も……」の句は伝統への旅である元禄二年の『おくのほそ道』の旅が終わった年の冬の吟であった。

時雨に示された芭蕉独自の世界は、伝統的時雨の脈絡のように人間中心に観取して、ある観念を付与するのではなく、時雨そのものの持っている本質に徹してそれに内在する情趣を積極的に味わうことに基本的な姿勢があった。それは本稿の第一部の「本意」の問題に照らして考えると、人間が美的価値を付与した、時雨という詩材の存在の仕方としての「本意」ではなく、時雨の持つ本質としての「本意」を発見することであった。芭蕉たちが発見した時雨に内在する本質美は物寂びた情趣、つまり「さび」に繋がるものである。

従来、「時雨とさび」という問題に焦点を合わせて論じたものはあまり見当らない。ただ、『猿蓑』における「さび」の風調と、その『猿蓑』の中核をなしている巻頭の十三の時雨の句の関連において簡単に言及しているものは幾つか見られる。雲英末雄氏は「十三の時雨の句の中にはさまざまなしぐれの世界が描かれ展開しているが、一貫して流れているのはしぐれのもつ〈さび〉の世界である。[52]」としており、尾形仂氏は『大歳時記』において『猿蓑』の時雨には「風狂の喜びを押し沈めた閑寂に興ずる心、さびの美意識」が示されているると指摘している。[53]では、どの面が「さび」と言えるのかをこれまで論じてきた時雨の脈絡と考え合わせ、具体的に分析していくことにする。

江戸時代においては『俳仙窟』（涼袋　宝暦七年刊：船が俳仙窟に迷い込み、芭蕉らの古俳人と問答をして出たところ伏見桃林であったという筋）に次のように記されている。

いつの時雨の夕ならむ。此宗瑞（宗瑞モ武ニ住ス）と膝を組て、蕉門の意旨を探らんやと云に、同ずる者共に五輩、額を合せて集を撰み、（五色墨ノ集アリ。）聊、東関の風流をして、蕉門の寂には入しむれども、終に竿頭に一歩も進めず。[54]

つまり「時雨の夕」に「蕉門のさびに入らしむれども」とあり、時雨の「さび」を通して蕉門を意識していることが分かる。このように、「時雨とさび」の問題は一見当たり前のこととして受け取られ、問題視された形跡はあまり見られない。

しかし、これまで考察してきた時雨の脈絡において明らかなように、時雨の「さび」というのは蕉門において初めて強調され、蕉門の「さび」そのものが時雨の情趣を通して代表されているなら、「時雨」という風土現象の属性と「さび」の美とされるものとはどの要素が照応しているのか吟味してみるのは芭蕉俳諧の神髄につながることでもあろう。ここでは、元禄年間の芭蕉の時雨の句や門人の句を分析しながら、「時雨」と「さび」の接点を考察していくことにする。

「さび」は従来、多くの先覚によって様々に論じられながらも猶問題が提起されつつあるが、その様々な説の最大公約数的な語義は「閑寂枯淡な趣」ということになっていた。「さび」は芭蕉によって初めて唱えられた美ではなく、和歌や連歌における、俊成、心敬らによって意識されていたが、一つの美的理念として打ち出されたのは芭蕉の俳諧においてであるということは否めない事実であろう。

芭蕉の「さび」論は蕉門の根本的な本質論として扱われてきたが、芭蕉自らが「さび」という言葉を使った痕跡はあまり見当たらない。言葉の用例は、岡崎義恵氏は『去来抄』の「さび色よくあらわれ、悦候」の一例しかないとしているが、復本一郎氏は「芭蕉雑記ーさびに関する二、三」(55)においてそれを否定し、更に二、三例を挙げている。いずれにしろ、その三、四例においても芭蕉が「さび」が何かということを具体的に述べたことはない。芭蕉の「さび」は去来、許六、支考らの門弟達が整理したものが現在まで論じられているところが多いのである。特に去来の「さび」論は後年、俳論の『左比志遠理《さびしをり》』(白雄、安永五年刊)といった本が出版されるに至って蕉門俳諧の本質理念とみなされることになった。ところが、現代に至っても、「さび」が芭蕉俳諧の本質理念であるか或いは単なる「表現美」に過ぎないのかは大きな論点になっている。では、従来の諸氏の「さび」論を見ながら時雨の「さび」の問題にどのように接近すればいいのかその方法を探ることにしよう。

（１）「充足されない」世界の美　→「貧寒」とした時雨

岡崎義恵氏は「〈わび〉と〈さび〉」（『美の伝統』所収）において、「〈わび・さび〉が美的安住の境地としての意味を確保したのは蕉門においてのことである」とし、又、「わび」に「諦念の情が加はり、わびの境地に安住せむとする情が萌してゐる」、「さび」に「静に苦悩そのものの中に沈潜して苦悩を苦悩のままで享けいれ味はひつつある」としている。(56)

また、井本農一氏は「俳句本質論」において「さび」を次のように説いている。

乏しいけれどもある意味では豊かであり、冷たいけれども一種の暖かさがあり、淋しいけれども完全な孤独ではなく暗いけれども反って明るい。といふやうな境地である。(57)

井出恒雄氏は「日本人の貧困と〈わび〉・〈さび〉」において、「人生の無常を悟って無一物主義に徹するところに〈わび〉・〈さび〉があるのではなく、逆にその無一物主義に徹することのできないままそこにわずかながら人間的欲望の存在を許す、そこにわび、さびがある」とし、次のように述べている。

わび・さびは過去の日本人の貧困の所産であるとはいうものの、それは貧困の中にあってみずから諦める思想は過去の日本の支配階級の欲するとおりに育成されていたとはいうものの、その中でも人間が人間であろうと欲する気持はほそぼそとながら育って行ったということである。どのような時代、どのような社会環境のもとでも、日本人はその欲するところのものを欲し続けてきた。封建仏教の無一物主義の圧力のしたで辛うじて最低限の人間的欲求が許容された（そういう形でしか許容されなかった）のがわび、さびである(58)。

井出氏の場合は貧困に甘んじることではなく、最低限に許容された欲求に「わび」「さび」が求められるとし、前述の両氏とはやや意見を異にするが、いずれにしろ三氏の「さび」理解においては、「さび」の美の生まれる「環境」を強調している。その共通するところは言わば充足されない世界というのが想定されていると考えられる。「さび」はその充足されない世界を苦悩して暗欝に沈潜するのではなく、岡崎義恵氏のいう「苦悩を苦悩のまま生きる」、井本農一氏の「乏しいけれどもある意味では豊かであり……暗いけれども反って明るい……」、そして井出恒雄氏の「最低限の人間的欲求が許容された」ものというのが示唆するように、その充足されない状態において、その中で滲み出る趣を味わうことに「さび」が生まれるとする。これは蕉門の「さび」が徹底した「わび」の現実に基づいた美学であるということも関連しているのであろう。

これに関連して芭蕉の元禄二年の「人々をしぐれよ宿は寒くとも」（『芭蕉翁全伝』）などの場合は、そのような「さび」の世界が時雨を通して表現されていると言えよう。時雨の醸し出す「貧寒」とした状況、即ち、充足されない侘しい世界を味わおうとする蕉門の「さび」が表れた句である。ここで我々は「時雨とさび」の問題の接近方法において時雨の持つ趣を味わおうとする文学的姿勢の問題を一つ提起することができよう。

（2）「さび」の時間性→時雨の「冬ざれ」「黒」「老」

次にはそのような状態や姿勢を通して味わえる「本質」美の問題である。

穎原退蔵氏は「さび」を動詞の「さぶ」の名詞形とし、「さぶは物の老い古びる義であり、又荒涼閑寂の状を呈する事にも言はれる」として、それらの要素に伴う情趣に対するある美的感情だとしている。そして芭

蕉の「さび」は「俳諧における通俗卑近性の華やかさ・をかしさを、その姿・言葉から心にまで深めた」ものとしている。(59)

「さび」論の整理に尽力した復本一郎氏は「渋さ」と「さびしさ」との複合美が一句の色として形象化したものが「さび」であるとしている。(60)

これに関連して大西克礼氏が「さびの研究」(『風雅論』所収)において次のような語義を通して「さび」を説いているのは、非常に示唆的であると考えられる。

第一義　「寂」「寥」「閑」

第二義　「宿」「老」「古」

第三義　「然帯」(61)

時雨の「さび」もこの大西氏の説によって適切に説明可能であると考えられる。時雨の描写としてよく登場する第一義、「寂」「寥」「閑」と、第二義の「宿」「老」「古」などは常に時雨の情趣として描かれるからである。とりわけ、第二義の「宿」「老」「古」などは「錆」「枯朽」などとも合わせて「さび」の時間性の問題と大きく関わってくる。

特に、『倭訓栞』に「宿」を「さび」と読ませるのは「さび」の時間性と関連がある。

宿、(略)四つハ再して、ただ古ひたる事に宿ノ字をよめるハ老宿の意銹より出たる詞なるべし　さびたる猿の声、浪人のさびたるなといふ是なり

更に『和訓栞』には「翁さび」について次のように出ている。

巻十八(万葉集)に翁佐備勢牟(おきなさびせむ)といへるは、老心の進みせんといふにて、常に或は愁へ、或ハいかる時、心の和さむべき進み事するに同じ。

これは、古来「老」というのと「心がなごむ」ことと関連させて考えられ、それが「さび」という言葉で言われていたことが分かる。そして、『書言字考節用集』に「宿色（サビイロ）」の注として次のようになっている。

> 宿色《サビイロ》　漆器所謂

長い時間の製造過程を経た漆器が自然に宿す色によって、漆器の本質がもたらす一種の趣、それが「さび」の色なのである。これと関連して、堀信夫氏は「老」と「宿」と「さび」の時間性について指摘している。

それは「老、宿の味わいの集積するに足る時間の流れの中で、無限に自己自身にかかわって孤独に徹した人が、その極点から周囲を振り返って見る時、物みなすべてが虚仮の相を剥がされ、その本質的なものを顕現させて来るようになる」というのである。もちろん、その「さび」にとめどもなくただひたむきに進む勢いを与えるものはほかならぬ真の自己自身（実存）に到達しようとする、そぞろなる「わび」の働きである。[62]

このように、「宿」の語義においては「さび」の時間性を示唆するものがあり、その時間性によって増してくる趣を示す適切なものと考えられる。それは堀信夫氏の言う「本質的なものの顕現」に繋がる。

このような「時間性」の問題を松田修氏は「さび色の世界——風狂の超克」において「伝統性」の問題に関連づけながら、『おくのほそ道』の旅に関して次のように説いている。

> 故人＝古人との脈絡の発見と確認の旅、いわば時間の旅、タイムマシーンに乗っての旅であった。「古人の跡」を求めることが、物理的な旅であるとすると、「古人の求めたる所を求め」ることが、「さび」の旅、「旅行の錆」なのである。元禄三年を中心に、芭蕉の芸術と生涯において、時間の意味がにわかに重くなる。[63]

更に、氏は「さび」の時間性からして『猿蓑』の「さび」を必然的なものだとしている。

このようなことばの本質において、過去の文学的、芸術的総遺産を継承し再生産しようとする『猿蓑』の基本的美意識となったのは当然であろう(64)。

以上のような諸氏の説から時雨の「さび」に関する非常に示唆的な言を発見することができる。時間性の問題と、その時間によって顕現される物事の本質、そして伝統への時間の旅の結果として現れた『猿蓑』の問題は、時雨の「さび」を説く鍵となるからである。

時間の追跡において増してきた趣、それによって顕現された本質的な色を、蕉門は時雨の情趣を通して表現している。それは従来の時雨のような、人間の生のメタファーとしての存在の在り方が付与されたのではなく、時雨に潜む本質が露呈されたものである。

参考として『芭蕉葉ぶね』（鴬笠著　文化十四年刊）の次の記述を見よう。

①　句の光りあると、はなばなしきとあり。是を高調と思ひ、句のにぶきとぬるきとあり、これを下調とおもへるとありと見ゆ。……にぶく、ぬるき、光り、はなばなしき此四つのものはともに句のやまひにて、當流にはわけて嫌ふ事なり。先光をぬく事、中段已上の人は第一の修業ぞかし。上手の句に光りはなきもの也。にぶき・ぬるき・はなばなしきも相同じ。句の清水のごときは凄く風味なし、垢あるはきたなくつたなし。おぼろにうち匂ひたるこそ、ゆかしくもなつかしくもはべる(65)。（『芭蕉葉ぶね』）

②　句はさびたるをよしとす。さび過たるは骸骨を見るがごとし。皮肉をうしなふべからず(66)。（同）

「にぶく、ぬるき、光り、はなばなしき」の四つは「さび」に反するものとして句の「やまひ」とされるということである。「おぼろにうち匂ひたるこそ、ゆかしくもなつかしくもはべる」ということに「さび」の指向性を読み取ることができるのである。猶、蕉風の俳諧伝書『祖翁口訣』(成立と作者未詳)という書を通して「さび」の本質を説く重要な示唆を得ることができる。

他門の句は彩色の如し、我門の句は墨絵のごとくすべし。折に触れては彩色なきにしもあらず、心他門にかはりて寂びしをりを第一とす。(67)

「我門の句は墨絵のごとくすべし」ということから、「さび」の指向性を窺うことができるのである。名匠が描いた優れた水墨画において、様々な自然の色が溶け込み、その中に内在する時間の推移が感じ取れるように、蕉門の「さび」の指向性もこのような水墨画が追求した究極的な本質美ではなかったのだろうか。「さび」の色は時間の堆積によって趣を増してきた色であるが、憂欝な情調を帯びるものではなく、一つの円熟した色として示されるのである。それは次のような蕉門が追求した時雨の色彩感と軌を一にするものであると考えられる。

一つは、『猿蓑』の巻頭の十三の句に示される、自然の推移を感じさせる「冬ざれ」の景、そして歌仙において「鳶の羽も刷ぬはつしぐれ」の去来の発句に芭蕉が「一ふき風に木の葉しづまる」の脇を付けているのは、蕭条とした「冬ざれ」の景を見事に描きだした水墨画を彷彿させるのである。このような「冬ざれ」の「閑寂」を通して時雨の「さび」が顕現する。

二つ目には、「しぐるるや田のあら株の黒むほど」などの句に示される「黒」のイメージである。そのような時雨の「黒」は決して憂欝な情調を醸し出すものではなく、自然の推移に伴う時間の流れと、それによって増してきた一種の趣を指すものである。伝統的な捉え方においては、紅葉の色を浮き立たせるために取り添えられる景物としての役割を時雨の色が担ってきたわけであるが、蕉門の時雨において時雨そのものの本質的な色が顕現し、それは時間の推移を内在した「黒ずむ」ような色として代表されたのである。

そして、それを味わう心の状態は「老」で表される。つまり、芭蕉の晩年（元禄五年）の「けふばかり人も年寄れ初時雨」の句において提示された「時雨と老」の問題である。この「老」は人生を嘆くようすがとしての「老」ではなく、時雨のしみじみとした味わいを理解できる円熟した心の状態として打ち出される。長い人生を生きて、物事の本質を読み取って味わうことのできる心、ということである。やはり時間性と物事の本質の問題が提示されるのである。これに感化された芭蕉晩年の門人の許六は、「世の中に老の来る日や初時雨」などの句を詠むとともに、「老―さび」論を積極的に論じるようになる。これらの時雨の本質としての「さび」は『猿蓑』を前後として唱えられたのである。そしてそれは時雨そのものの時間性をも表現しながら、伝統世界を継承しつつ、新たな美を生み出そうとする『猿蓑』の基本的な風調とも照応していたのである。

こうして「時雨」と「さび」の問題においては最初に提起した「貧寒」として充足されない状態を味わおうとする姿勢の問題と関連して、時雨の時間性の問題と関連させて本質的な色として顕現している、②「冬ざれ」と時雨、①「貧寒」と時雨、そして、③「黒」「老」と時雨との三つに分けて論じていくことにする。

一　「貧寒」と時雨

時雨の醸し出す「貧寒」とした世界を味わおうとするのは芭蕉の「人々を時雨よ宿は寒くとも」の句に結晶していると言えるが、芭蕉のそのような姿勢を理解し、門人も「時雨々々に鎰かり置かん草の庵　挙白」「もらぬほどけふは時雨よ草の庵　斜嶺」などの句を詠んでいる。では、これらを分析する前に、芭蕉の初期の俳諧における痕跡を辿ってみよう。芭蕉がまだ貞門・談林の風調を脱皮していない時期の延宝年間においても時雨の「さび」が意識されていたことは次の句合の判詞を通して窺うことができる。其角の句五〇句を左右二十五番に合わせて並べ、芭蕉の判詞を添えている『田舎の句合』（其角編　延宝八年）の十九番である。

　左

時雨痩枩私の物干にと書リ　農夫

　右勝

凩となりぬ蝸牛の空セ貝　野人

『和歌三躰』に「穐冬の哥は細くからびて」と云り。痩枩の霽（しぐれ）もさびしく蝸牛のうつせ貝もさびたり。されどもかれが角の上にあらそはんときは、右いささかまさりなんや。[68]

ここに言う『和歌三躰』というのは、建仁二年三月二十一日の『三躰和歌』（和歌所で催された六首歌会）を指し、次のように書かれている。

春・夏　此二はふとくおほきによむべし。
秋・冬　此二はからびほそくよむべし。
恋・旅　此二はことに艶によむべし。[69]

ここの秋冬の歌は「からびほそくよむべし」ということを芭蕉が『田舎の句合』において引用したのである。『三躰和歌』に実際時雨の歌は次のような歌が載せられている。

詠めつついくたび袖にくもるらむ時雨にふくる有明の月　家隆

軒ちかき松をはらふか秋の風月は時雨の空もかはらで　寂連

『三躰和歌』のこのような歌などを念頭において、芭蕉は秋冬の歌の在り方というものをイメージしていたのであろう。それは、華やかさのない荒涼と寂びた風物を描きだすことであった。『田舎の句合』においてはまだ含蓄のある「さび」の意識は芽生えていないが、芭蕉の後の秋冬の歌に見られる「さび」の境地の萌芽のようなものが認められる。

芭蕉の時雨の「さび」はしばしば述べてきたように、伝統性を重視する「旅」の構図において展開されていく。前章において、旅における時雨を見てきたが、それはすべて芭蕉の姿勢及び文学のポーズを表したもので、そのように自ら積極的に或る境地を模索することによって、しみじみとした時雨の情趣を掴むようになり、やがて「さび」に繋がっていく。旅宿の時雨の夜の「さび」を示してくれるものに次の句があろう。

草枕犬も時雨るか夜のこゑ（『甲子吟行』）

この句は『甲子吟行』（『野ざらし紀行』貞享元年〜翌四月）の旅中、名古屋に入る途中で詠んだ句である。旅宿での寂寞な情趣は時雨によって一層深められている。あたりがひっそりとして時雨の音に混じって犬の遠吠えのみが聞こえ、草枕の寂寥感が深まる。「犬も時雨るるか」という表現には、犬の声がとぎれとぎれに聞こえることに時雨が降ったり止んだりすることを重ねた表現である。そして「……も……か」には後の「猿も小蓑をほしげ也」の「…もほしげ」のような表現と通じるような物と我とが「さび」を分かち合う姿勢が窺える。古注の『笈の底』（信胤　寛政七年刊）には次のように説かれており、「さび」の境地を掴んでいる。

此吟も旅寝の夜半の物静成る侘を云出たる也。今案、犬も時雨と云詞珍敷して俳諧と云べし。殊に犬もの母（も）の字に余情有り。此母（も）の字に我が時雨る事は顕れて名誉と云べし。遠里などに犬の何かひたと吼る霜の声枕に聞く旅寝の風情、殊に更行村時雨の寂寞可思合の吟也。(70)

「寒寂」とした旅寝の夜の時雨の「さび」は、古人が味わった時雨の夜の感慨が反芻されることによって一層深まる。和歌における「旅宿時雨」や、連歌の『至宝抄』に「板屋の軒、篠の庵など音あらまほしき体」とされているように、時雨の音によって身を侘びることであった。芭蕉はそれらを反芻しつつ時雨の趣をしみじみと味わっている。

猶、『芭蕉句選年考』（石河積翠、寛政年間成）などでは『新古今集』の「下もみぢかつ散る山の夕時雨濡れてや鹿のひとり鳴くらん　家隆」の歌が意識されているとする。時雨に濡れる「鹿」の俳諧化としての「犬」、という着想の基になった可能性はあろう。ところで、この歌は頭の中で風景を描いた観念性の濃い歌である。趣としては、芭蕉が常に意識していた西行や、連歌師の旅における時雨の夜の物寂びた「音」が脳裏にあったものと見た方がいいと考えられる。即ち、西行の「ねざめする人の心をわびしめてしぐるるおとはかなしかりけり」（『山家集』）などが反芻されているのであろう。このような芭蕉の思いを汲んで、芭蕉没後、親友の素堂は「あはれさや時雨るる比の山家集」（『陸奥衛』）と詠んでいるのではなかろうか。そして連歌師の旅における「秋は時雨冬は霜夜にも伏わひて」「もらぬいは屋のしくれたにうし／露のまに夢なと今朝は覚ぬらん」（『下草』）などのような境地が意識されていると思われる。

このような、古人が味わった旅宿の時雨の思いから「さび」の持つ時間性が喚起されつつ、時雨の音を民家の「犬」の遠吠えの中に聞きつけたところに俳趣があると言える。これと同じような趣向のもので後程の『炭俵』の野坡の句に「旅ねのころ／小夜霽《さよしぐれ》となりの臼は挽やみぬ」というのが見られる。この句においても和歌の「ひとりねをいまはなにかなぐさめんとなりのふえもふきやみぬなり　顕昭」（六百番歌合　一〇八一）における笛の音を臼に引き替え、時雨の「さび」を表出している。

このように蕉門においては、時雨は「貧寒」とした夜の「さび」を醸し出す、最適の素材として用いられた。西行や宗祇などの連歌師においては嘆きの「わび」であったが芭蕉においてはその時雨のわびしい境地が積極的に肯定され、一つの情趣として享受されているのである。

このような芭蕉の時雨の境地を門弟ともに味わおうとしたことは、次のような餞別吟において窺うことができる。

時雨々々に鎰（かぎ）かり置かん草の庵　　挙白
炬燵の柴に侘を次人（つぐひと）　　翁（『句餞別』）

この句は貞享四年『笈の小文』「旅人と我名呼ばれん初しぐれ」を詠んで首途した芭蕉に対する送別会における餞別吟である。右の発句を詠んだ挙白は江戸住の蕉門で、芭蕉の『おくのほそ道』の旅に際しても「武隈の松見せ申せ遅桜」という餞別吟を送り、芭蕉の句作の姿勢をよく理解した人である。

これに関して石兮の『芭蕉翁付合集評註』（文化二年）では次のように解している。

発句、君は庵をすてて出行き給ふとも、門の鎰をばわれにかし置き給へ。時雨降る度々には君が留守にゆきて、清貧をたのしまむと佗人をうらやみたるに、

脇、さればよわれは出でゆくとも貧しき炬燵に柴をたきて、時雨をたのしみ給へといふ心なり。(71)

猶、曲斎の『貞享式海印録』（安政六年）では次のように「さび」の句として解する。

留守の庵をからば時雨の度々行きて「さび」を楽しまむといふ句なるを草庵と云ふ姿を立て炭もなき火燵なれば柴を焚きて先人の侘をつがんといふ心をよせたり。……又柴と云ふ故に枯木立の庵に時雨の寂深し。若しも炭とせば時雨の姿を失はむ(72)（『芭蕉翁付合集評註』）

「枯木立の庵に時雨の寂深し」と草庵における時雨の「さび」を指摘している。

ここの時雨の「さび」を通して推察できる重要な事実は芭蕉の「さび」は「わび」の生活によって支えられていることである。右の挙白と芭蕉の句の唱和も草庵の「わび」によって「さび」を享受することを暗黙の内に理解し合っていることを示唆する。「貧寒」とした状態から醸し出される「さび」の情趣に対する師弟の理解は、如行（大垣藩士、蕉門俳人）と芭蕉の、「霜寒き旅ねに蚊やをきせ申し　如行／古人かやうの夜の木がらし　翁」の唱和からも窺える。これに関して『三冊子』に次のような記述が見られる。

霜寒き旅ねに蚊やをきせ申し　（如行）
古人かやうの夜の木がらし　（翁）

この脇、凩のさびしき夜、古人かやうの夜有べしといふ句也。付心は、その旅ね心高くみて、心を以て付たる句也[73]。

旅寝に、夜具が足りないため、蚊帳で補うという発句に、芭蕉は古人もこのような境地で「わび」を味わったのであろうと脇を付けているのである。これに関して、曲斎は『貞享式海印録』において次のように「さび」の句として説いている。

緞子の夜着に温めて、一夜の化なる夢見せむよりも蚊帳寒がらせて古人も旅にやせし、夜の凩の寂（サビ）をしらしめむと、わざと計らひたる様を付たり……[74]

充足されない世界を肯定すること、それに甘んじて興じること、いわば「わび」の生活態度が「さび」の精神の基盤にはあるのである。草薙正夫氏は『限界状況における文学――芭蕉におけるさび』において、芭蕉の「さび」は限界状況において生まれたとしているように[75]、このように徹底的に貧を佗びることによって「さび」が生まれたことは示唆的なものであると言えよう。復本一郎氏は、従来の「わび」「さび」論を整理しながら、『芭蕉におけるさびの構造』において「さび」は「わび」の生活によって支えられているとしている。そして、芭蕉及び蕉門の姿勢を次のように指摘している。

「さび」に関して饒舌な門弟達が「わび」に関して寡黙であり、「さび」に関して寡黙な芭蕉が「わび」に関してはすこぶる饒舌である。この関係は、芭蕉における「わび」と「さび」との関係を象徴的に明示するものであろう。「わび」はより多くの生活理念であり、「さび」はより多くの文学の領域のものであった。「わび」の生活を基調として「さび」の美が展開されているのである[76]。

「わび」の生活に徹し、それを積極的に肯定し、享受することによって、「さび」の美学を打ち出していった芭蕉の姿勢に対し、日常の「わび」の実生活よりは、「さび」論に饒舌であった門弟の場合をよく示唆している。芭蕉は「さび」という言葉はあまり使っていないが、「わび」や「わぶ」という言葉を四十五回ほど使っている。その多くが草庵と旅に関するものである。この草庵と旅における侘しい現実、侘しい自らの姿を興じることによって、「さび」の世界を描いていったのである。そして、「わび」の現実は「時雨」によって表されたのである。

参考として、時雨の「わび」の要素に関連して、茶人の武野紹鴎の「紹鴎侘の文」の中に次のようなことが書かれている。

侘と云ふこと葉は、故人も色々に歌にも詠じけれ共、ちかくは正直に慎み深くおごらぬさまを侘と云ふ。一年のうちにも十月こそ侘なれ、定家卿の歌にも

いつはりのなき世なりけり神無月誰がまことより時雨そめけん

と、よみけるも定家卿なればなり。誰が誠よりとは心言葉も不及処をさすがに定家卿に御入候。ものごとの上にもれぬ所なり(77)。

ここで、定家の歌を例に一年のうちに十月を最も侘しい時期だとしている。このように時雨の時期を最も「侘」しいとしていることは、示唆的なものがあろう。

芭蕉においてこのような時雨を積極的に楽しもうとすることから、「さび」の美が円熟した境地として示されているのは、次の句においてであろう。

配力亭にて

人々をしぐれよ宿は寒くとも（『芭蕉翁全伝』）

この句は元禄二年冬の作である。この年の秋、奥羽の行脚を大垣で結び、『おくのほそ道』に「伊勢の遷宮おがまんと」予定していたとおり、伊勢の遷宮を拝んだ後、故郷伊賀に帰り、その冬に配力（伊賀蕉門　杉野氏　伊賀藤堂藩士）亭の会で詠んだ句である。この年の晩秋には、伊賀峠を越えて帰郷する時に「初時雨猿も小蓑をほしげ也」の吟があったのである。時雨のものさびた境地を積極的に楽しもうとする姿勢の現れである。一句に関して『芭蕉句集新講』（服部畊石　一九三二年）と、岩田九郎氏の『芭蕉俳句大成』においては次のように「さび」を楽しむ句として説いている。

・配力亭に何人か集つてゐたのであらう。よしや宿は寒くとも、この侘び人たちのつどひに情趣を添ふる為めに、しぐれよ、と希つたのである。寂びを愛し、時雨の趣を味わう芭蕉の心持ちがよく現われている。(78)

・一句の意は、今宵配力亭で親しい人々と会合をしているが、ここに集まった人々はみな風雅の友で静かな寂びの味を知る人ばかりである。それゆえにたとえ宿は寒くなろうともこの集まりの人々へ一と時雨降ってくれよ、そして更にそのさびた味わいを一層深めてほしいものだというのである。寂びを愛し、時雨の趣を味わう芭蕉の心もちがおのずから句に表れている。「人々を」の「を」をという助詞が、実によく感じを表している。時雨のさびしさが人々を包むように表現されているのでまことに円熟した技法というべきである。またこの句によってここに集まる人々の風雅な心をも十分に理解している趣が見えて、なごやかな気分が感じられる。(79)

この両氏の指摘するように、「さび」を愛し、時雨の趣を重んずる芭蕉の心持ちがよく表現されていると言えよう。岩田氏は「人々をしぐれよ」の助詞「を」を「人々を包むように表現されている」「円熟した技法」だとしている。「時雨る」というのは、自動詞（ラ、下二段）であるが、わざと他動詞的に使って詩的効果を狙っている。この技法は言うまでもなく「島田の時雨」の例でも指摘したように（一七二頁）、蕉門の得意とする、時雨が人間に働きかけて、ある種の趣を醸し出すという表現技法の一つなのである。

一句においては「さび」を存分に味わおうとする姿勢から「呼び掛け」の形式として表現されている。これは元禄四年「うき我をさびしがらせよ閑古鳥」（『嵯峨日記』）の句における趣向と同じであると言えよう。このような趣向になったのは芭蕉の脳裏に『閑吟集』の、「せめてしぐれよかし、ひとり板屋のさびしきに」[80]の文句が思い浮かんだためかもしれない。謡曲『松風』の「その上この須磨の浦に心あらん人はわざとも侘びて」の「わざとも侘びて」[81]というのも「人々をしぐれよ」と呼び掛ける芭蕉の姿勢に通じるものがあると言えよう。

このような芭蕉の「時雨のさび」を楽しむ幽居を願う心を汲んで、『炭俵』において次のような門人の句が見られる。

芭蕉翁を我が茅屋にまねきて
もらぬほどけふは時雨よ草の庵　　斜嶺（『炭俵』）

この句は元禄四年冬の吟と推定されている句である。元禄八年の芭蕉の百箇日の追善の集『後の旅』（如行編）によると、次のように出されている。斜嶺、如行、芭蕉、荊口、文鳥、此筋、左柳、怒風、残香、千川が連衆となった半歌仙である。

元禄四年の初冬、の茅屋に芭蕉翁をまねきて
もらぬほどけふは時雨よ草の庵　　斜嶺
火を打つ声にふゆのうぐひす　　如行

前書の「元禄四年初冬」は『猿蓑』の刊行を終えた時期で、元禄二年から四年の間に芭蕉は六句に及ぶ時

雨の佳句を詠んでおり、また、門人の時雨の句とともに『猿蓑』の巻頭で、円熟した時雨の「さび」の美学を披露した後のことであった。そのような時雨に代表される芭蕉の世界を理解していたため、斜嶺は芭蕉を自分の草庵に招いた時、最大のもてなしは「時雨」であると見たのであろう。そこで、芭蕉の口調を借りて「時雨よ」と呼び掛け、草庵における情趣を醸し出してくれ、と表現している。

「もらぬほど」の表現は『七部集大鏡』によると西行の逸話の面影によるとされる。

愚考、撰集抄に曰く、西行上人江口の里を過り給ひしに、むら時雨のはげしくて人の門に立休らひ、内の方を見入り給ふに、主の尼しぐれのもりけるをわびて板一枚さげて走りまはりければ。「しづかふせやをふきぞわつらふ。彼の尼取あへず。「月はもれ雨はとまれとおもふにはと附け侍り。上人打めでて、其夜一宿して連歌し給ふとなり。今宵のまらうどのもてなしなれば、少しはしぐれよとねがふ俤なり。(82)

やはり謡曲『江口』の基盤にもなった『撰集抄』に出てくる、西行上人が時雨の時、宿を乞うたところ、主の尼が時雨が漏るのをわびていたという説話を思い出し、「けふはもらぬほど」降ってくれと表現したとする。「時雨」に関しては何かと古人の味わった侘しい境涯が反芻されることの一環であるとも言えよう。

以上、時雨の「貧寒」とした侘しい境涯が興じられている句を中心に見てきた。そのような芭蕉の姿勢を敬慕して、芭蕉没後、門人の杉風は追善句として次の句を詠んでいる。

翁の象を画て

侘られし俤画くしぐれ哉　　杉風(『杉風句集』)

一生を「貧寒」とした時雨の「わび」に徹して生きた芭蕉の面影が、「時雨」の趣を借りて追慕されている。生涯における時雨の「貧寒」とした世界を積極的に味わおうとする、このような姿勢が基盤になって、芭蕉の俳風を象徴する時雨の「さび」が円熟していくのである。

二　「冬ざれ」と時雨

（一）　芭蕉俳諧においても、或いは日本文学の流れにおいても、時雨の「さび」を論じる時、最も注目されるのは『猿蓑』の時雨であろう。『猿蓑』の時雨に関しては従来、漠然と「さび」を顕していると言われてきたが、その「さび」が時雨の季節情緒とどのように関わってくるかを明確に示した人はいない。そこで、これまで述べてきた時雨の脈絡を念頭に置きながら、『猿蓑』の巻頭の時雨の句や「初時雨」の巻の去来の発句等を中心として「さび」の境地を考察してみよう。

『猿蓑』の巻頭の十三の時雨の句（一四八～一四九頁に全体の句を示しておいた）は、殆どの場合が初冬の「景物」における時雨の句である。景物の句ではないのは、時雨の音を捉えた其角の「あれ聞けと時雨来る夜の鐘の声」の句しかない。それ以外は「冬ざれ」に降ってくる時雨の蕭条とした趣を描いた景物の句なのである。

では、まず『猿蓑』の巻頭を飾っている芭蕉の時雨の句と、それと対応している歌仙の巻頭を飾っている去来の句、またこの二つの句と趣を同じくしている史邦の句から初冬の風物における時雨の「さび」を考察してみることにしよう。

初しぐれ猿も小蓑をほしげ也　　芭蕉
鳶の羽も刷《カヒツクロヒ》ぬはつしぐれ　　去来
廣沢やひとり時雨るる沼太郎　　史邦

いずれも、荒涼とした「冬ざれ」の中に、時雨に濡れそぼっているある客体（ここでは動物）を出すことによって、時雨の「感触」に基づいた「さび」を表出している。

では、まず芭蕉の「初しぐれ猿も小蓑をほしげ也」の句から考察を始めていくことにする。『猿蓑』におけるこの句の位置というのは、既に様々に論じられているところであり、本稿においても第三部において『猿蓑』の構成の問題と合わせて述べることにして、ここでは一句における「さび」の問題に焦点を合わせて論じていくことにしよう。

俳論書の『俳諧一串抄』（六平斎亦夢　天保元年刊）には次のように述べられている。

今、此時雨の句に強て魂をいはば山路の時雨はいかなるものとへる人に答て猿も小蓑をほしげなりといふ。きく人さて〳〵寒く佗しき物と合点する心が即に句の魂なり……（略）……殊には此猿の小蓑いとをかしく且寂ありてもっとも感情ある句なれば、其角も仮に幻術を賞し、此序の荘厳とはしたる者ならん(83)

そして、『猿蓑さかし』と『芭蕉発句集蒙引』にもそれぞれ次のように記されている。

猿の巌下につぐミそぼぬれたるさま眼前に見へて、時雨の寂しみ何所となくさむき迄人の心を動かすハ、ほしけ也といふ五文字の現力にして手つまの妙手といふべし。(84)（『猿蓑さかし』）

伊賀越しての吟也。翁も蓑を着給ひけん、かれが岩鼻ぬれすくみて見居たる風情眼中にあるが如し。寂しみは更に初の字の意遁さざる所あり。(85)（『芭蕉発句集蒙引』）

では、一体我々はこの句からどの面において「さび」を汲み取ることができるのであろうか。それは従来の伝統的な時雨の脈絡においては考えられない、初冬の寒寂な風景と、そのなかで濡れそぼっている一頭の小猿の姿においてである。芭蕉の真蹟色紙にはこの句の前に次のような前書が書かれている。

あつかりし夏も過、悲しかりし秋もくれて山家に初冬をむ

はつしぐれさるも子みのをほしげ也　　はせを(86)
かへて

つまり、芭蕉は前書を通して、蕭條たる初冬の風物を前提に出している。これは本稿の時雨の「季」（七八～八六頁）においても論じたように、俳諧においては「初時雨」と言えば冬の季として定着しており、それに従って初冬の時節の寂寞とした感覚がより鮮明になってくるのである。

この句は荻野清氏らによって初冬に詠んだ句ではなく、秋、即ち九月の下旬に詠まれたことが考証されている。(87)「虚構」を通してより高度な詩的世界を築こうとする芭蕉の姿勢はここにおいても示されているわけであるが、ここで芭蕉が初冬の吟としたのは、蕭條とした景に初時雨に濡れそぼっている小猿のイメージをより鮮明にしようとしたためではなかろうか。冬になってぱらぱらと降りはじめ、冷たい雨粒の感触を喚起する初時雨なのである。

芭蕉は物寂びた時雨の色を小猿との取合せを通してより効果的に生かしている。では、ここで「時雨―猿」の問題を時雨の伝統に照らしてより深く考えてみることにしよう。

時雨の伝統において動物との取合せにおいては、『万葉集』以来「鹿」が最も一般的であった。(88)それは、時雨に濡れながら鳴いている「鹿の声」に心情を託して哀愁の念を詠む「和歌優美」の領域の詠み方で、歌の数はそれほど多くはないものの、類型化した時雨の詠み方の一つであった。芭蕉がその鹿と時雨の取合せで句を詠んだなら、「さび」にはならないのであろう。一句の第一の手柄は時雨に「猿」を持ってきたところにあった。では、「時雨―猿」の連想は伝統的な時雨においては全くなかったのであろうか。意外にも『類船集』の猿の項に時雨の付合が見られる。

［猿］西川、山のかひ、巌、岩間、深山、峯の庵、木の実、夜の雨、木の葉、衣うるほす涙、ねられぬ柴

の戸、時雨、柴栗、かけはし、時鳥、とち、柿、轡、戸、七ツ時、眼、はさぐ心、大豆、ならの枯葉、霜夜、……[89]

この付合の根拠を探るために和歌や連歌の用例を探ったが、考察の範囲では次の一首しか見当らない。

しぐれ行く秋のこずゑの木の葉猿　我もの顔にをしみてぞ啼　　為　家（『為家集』）

これと同形の歌が『夫木和歌集』にも所収されている。また、談林俳諧の作法・付合集の『雲喰ひ』（西国編、延宝八年刊）の「ましら」の項に同じ歌が載っている一方、『俚言集覧』でも用例として出してあることから、近世にかなり知られていた歌と見られる。

この歌において時雨と取合せられる「木の葉猿」というのは、『和訓栞』によれば「猿のさハがしきをいふよし宗祇の説也。木の葉天狗ともいへり」とあり、木の葉の間に見え隠れて木伝う猿を指すものである。もう一つの意味は、猿そのものではなく、「神無月坂本あたりに来て見ればちり〳〵になる木の葉猿かな」（『玉吟抄』）の歌のように木の葉が散るのを猿が身軽に飛ぶさまに比喩したものである。引用歌の場合は啼いている猿であるからおそらく、前者の「木の葉の間に見え隠れて木伝う」本当の猿のことであろう。但し後者のように、木の葉が降るのを「木の葉猿」というなら、それは「木の葉時雨」ともいうことから推察して、「猿」と「時雨」の連想は働きやすかった可能性も考えられる。

俳諧においても「時雨―猿」の手がかりを示す一句が見られる。貞門俳諧集『小町踊』（野々口立圃編　寛文五年）において、やはり「木の葉猿」と「時雨」の取合せで詠まれている。

時雨にもぬれぬや山の木葉猿　　清下

この句は芭蕉の「猿も小蓑を……」の句と発想において非常に似ている。『小町踊』のこの句を芭蕉が読んだかどうかは全く想像しかねるが、いずれにしろ時雨に濡れる猿というのは詩材としてあったことは重要な事実であろう。

貞門・談林俳諧における他の猿の句は次のような和歌のパロディーにおいてである。

むかし〳〵時雨や染し猿の尻（『犬子集』）

猿の尻色付ぬらん露時雨（『西山宗因千句』）

和歌において類型化している時雨が紅葉を染めるという発想をパロディー化して時雨が紅葉ならぬ「猿の尻」を染めたのだとしたのである。

このように「時雨─猿」はごく稀な用例ではあるが、時雨の脈絡においてその形跡を見いだすことができる。芭蕉の詩嚢の中にこのようなことが発想としてあった可能性が大きい。それを基盤にしながら、眼前の、時雨に濡れそぼつ猿の姿を物寂びた情趣を表出する好素材として打ち出したのであろう。

一句における今一つの手柄は、乾裕幸氏の「芭蕉の猿」(90)や今栄蔵氏他の『芭蕉入門』(91)にも述べられているように、「猿」の伝統的な詠まれ方としての啼いている猿ではなく、啼かない猿を持ってきたことである。猿の哀切な叫び声を表現したなら、従来の類型的な発想による「悲哀」の色が強すぎてしみじみとした「さび」の情趣は表現できないはずだからである。

そもそも猿（雅語「ましら」）は和歌においては稀にしか見られない。俳諧においては漢詩の影響からよく詠まれるようにはなるが、季語にはなっていない。ところで、漢詩においても、和歌においても決まって啼いている猿というのが捉えられている。

『古今集』においては次の歌が一首見られる。

法皇にし河におはしましたりける日、さる山のかひにさけぶ

といふ題にてよませたまうける

わびしらにましらななきそあしひきの　山のかひあるけふにやはあらぬ

みつね（『古今集』一〇六七）

この歌は詞書から分かるように題詠である。同形の歌が『古今六帖』や『和漢朗詠集』に見られる。『夫木和歌抄』まで時代が下ると猿の歌は「雑」の部に二十七首も並べられているが、八代集においては『古今集』の右の歌しか見当らない。古今集の右の歌の上五の「わびしらにましらなく」というのは一つの類型的な歌のパターンになっていく。八代集以外の歌には、雨に濡れそぼつ猿の歌も稀に見られる。

わびしらにましらだになく夜の雨に人のこころをおもひこそやれ

（『建礼門院右京大夫集』三三六）

旅衣いとどひがたき夜の雨に山のはとほくましらなくなり

（『新続古今集』九三〇）

特に『新続古今集』の歌の場合は雨の夜の旅愁を深まらせるものとして猿の声を持ってきたところに、芭蕉の句と通ずるものがあろう。ところが、哀切な啼き声を持ってきたことに変わりはない。

漢詩においては「猿」の詩は多く見られ、秋の代表的な題になっている。山本健吉氏は『言葉の四季』において、「妻恋う鹿の声」は和歌の題であり、「哀猿の叫び声」は詩の題であり、卑俗滑稽な「猫の声」は俳諧の季題[92]であると指摘しているように、猿の声は漢詩においては代表的な詩材であった。そして、旅人の旅愁を表現するものとしてよく登場する。『和漢朗詠集』の巻下には「猿」の項があり、八首の漢詩が見られる。

・三声猿後垂郷涙
　一葉舟中載病身（白楽天）

（訳）猿が悲しげにしきりに鳴いているのを聞くにつけ、古郷が恋しくなり涙が垂れる。私は一艘の小舟に病身をゆだね、旅をしている。

・胡鴈一声　秋破商客之夢
巴猿三叫　暁霑行人之裳（江相公）

（訳）北方の胡の地方から渡ってきた雁の一声が、秋空に響き、行商人の旅路の夢を破る。巴峡（はきょう）の猿の悲しく鳴く盛んな声は旅人の衣を涙で霑す。

漢詩の猿はこのように「三声」や「三叫」と哀切に啼くことが類型化し、客人の涙を誘うものとして捉えられる。

こうして、和漢を問わず猿を詠む伝統はその叫び声に哀愁の涙を注ぐことであった。

芭蕉においても『猿蓑』以前の猿は全て啼いている猿である。乾裕幸氏は「芭蕉の猿[93]」において、『猿蓑』以前の猿は、「猿を聞く人捨子に秋の風いかに」に意識されている『世説新語』（宋の劉義慶著）の説話に見られる「骨肉の化身」として現われるとする。『世説新語』には奪われたわが子を想う悲しみのあまり母猿の腸が寸々に断ち切られた話があり、『類船集』の猿の箇所にも「猿の子をかなしむ」というのが見られる。そして、氏は次の用例を挙げている。

・　後任女きぬたぅらぅら　　其角
山ふかみ乳を呑猿の声かなし　　コ斎（『初懐紙評註』）

・猿の声、鳥の啼にも腸を破るばかり（『枇杷園随筆』にのる芭蕉の言）

氏はこれらの猿の前例と比べ、『猿蓑』の〈猿〉は芭蕉の〈猿〉の歴史において、すぐれて特殊かつ斬新な〈猿〉であった[94]」、その猿は「小蓑を纏うて「初時雨」の詩的伝統に濡れる旅人……（略）……旅の詩人に変身する」という。

俳諧においても芭蕉前後の「時雨―猿」においては幾つかの用例が見られ、いずれも時雨の冷たい雨粒に驚く猿の声を面白く表現したものばかりである。

『猿蓑』より少し前に刊行された『卯辰集』（元禄四年五月刊）において次のような句が見られる。

奥山は猿一声にしぐれけり　幽子

更に、『猿蓑』より後の句ではあるが、宝永元年の『渡鳥集』（卯七・去来共編）に次のような同じ趣向の句が見られる。

猿の声きゃといふたがしぐるるか　万呼

時雨が降りだし、その冷たい雨粒にあたって声を挙げている猿を詠んでいる句である。ここでは従来の哀愁の色の「猿の声」ではなく、卑俗な猿の姿を持ってきたところに俳諧があるのであるが、やはり「猿の声」である。

このような猿の脈絡に照らしてみると、芭蕉の「初時雨」の句は類型的な哀猿の啼き声ではなく、声のない小猿が荒涼とした「冬ざれ」の風物の中で時雨に濡れそぼっている姿を通してしみじみとした時雨の「さび」を表出しようとした意図が窺えるのである。「啼かない猿」という自覚は皆が意識していたため、芭蕉没後の追善の句に、「初時雨小蓑の猿もけふはなけ　希志」（『冬かつら』）のような句も詠まれるようになるのである。

現代の注釈には猿は一人離れている場合はなく、必ず群れをなして移動するので一句を虚構とするのもあるが、漢詩以来「孤猿」の発想はさほど珍しいものではなく、もし猿の習性に反して芭蕉がわざとそのような境地を描き出したとすれば、それはひとり寂しく濡れる一頭の猿を表現することによって「さび」を強調しようとしたとも取れるのである。にぎやかに声を出して走り回っている猿の群れは「さび」にならない筈だからである。

猶、伝統的時雨においては、時雨の動きを眺めて観念を述べるものが多かったが、芭蕉の句においては「濡れる」時雨を表現している。一句においても「笠脱いで自ら濡るる北時雨」に示されている蕉門の時雨の脈絡において詠まれているのである。特に時雨に濡れている或る客体（有情物）に、自らの心を寄せる手法は蕉門においては非常に好まれた。『猿蓑』の巻頭の「廣沢や一人時雨るる沼太郎　史邦」の句や、「初時雨」の歌仙の発句「鳶の羽も刷ぬ初時雨　去来」、また『正風彦根躰』（正徳二年刊）における「濡れわたる鶴の背中や初時雨　許六」の句などはまさに同じ手法の句であると言えよう。

こうして、時雨に濡れている声なき小猿の侘しさというのを中心に一句を見てきたが、その構想においてややもすると陰欝になりがちでありながら、むしろ喜びの心や一抹の暖かみが感じられるのは「初時雨」が持つ新鮮な刺激と「小蓑をほしげなり」という表現の効果であると思われる。俳句において多くの場合「初」の字のつく季語は季節情調の賞翫の心を持って表現される[95]。一句にも「初時雨」に季節の訪れに対する新鮮な驚きが示される。「初時雨」を賞玩するのは、今栄蔵氏他の『芭蕉入門』において「さびしいわびしいものを逆に喜ぶ風狂の心[96]」と指摘しているのと通じる。この説を待たなくても芭蕉の元禄五年の句「初時雨初の字を我が時雨哉」（『粟津原』）において「初時雨」の心を以て挨拶の吟に代えていることからみても明かであろう。また、一句において暖かみを添えるものは、「ほしげ也」の手柄である。『猿蓑さかし』において「ほしけ也の五文字に魂の入たる也」とされているのもここに起因しているのである。それは貞享元年の、「草枕犬もしぐるるか夜の声」の句における「犬も時雨るるか」の表現と通い合うものがあり、完全な孤独ではなく、「さび」の趣を分かち合う姿勢が示されているのである。

次はこの「初しぐれ猿も……」の句と対応している『猿蓑』の歌仙の巻の発句、去来の句の問題である。

鳶の羽も刷《カヒツクロヒ》ぬはつしぐれ　去来

この句と巻頭の「初しぐれ猿も小蓑を……」の対応関係は構成の問題と合わせて後述することにしてここでは一句の世界に関して論じることにする。一句は芭蕉の句の世界と同じ境地を詠んでおり、やはり「冬ざれ」の「閑寂」を時雨の情趣を通して表現することによって、「さび」の世界を表出している。各古注にも次のように「さび」として捉えられている。

・祖翁の狙(猿)の小蓑にならへる姿なる歟。寂莫たる岩上梢などのさま余情にあり。是寂字の神を入れたる也。(『十寸鏡』)(97)

・はら〳〵と今ふり出たる風情を形容し得たり。さび・ほそみはいふも更に、姿先の道理懸合の按排、玩味すべし。(『古集之弁』)(98)

・しかるに時雨のさむみにつれて、けふは其形も格別にとりしまりて、とゝのへるやう也といへる義にして、その思ふ所に時雨のさむき淋しみは余情にあるべし。(『猿蓑さかし』)(99)

猿の句もこの鳶の句も、荒涼とした景物に合わせて、「猿」や「鳶」が身をすくめている様子を詠んでいる。「冬ざれ」の風物は芭蕉の脇によってみごとに顕現される。

鳶の羽も刷《カヒツクロヒ》ぬはつしぐれ　去来
一ふき風に木の葉しづまる　芭蕉

これは『赤冊子』において「逆付」(前句の事柄よりも時間で言うと前のことになる付け方)とか、太田水穂が『芭蕉連句の根本解説』(100)において「起情」(前句に隠されている情を起してつける句付の一種)の句だとしているように、前句が展開されるその前の景物を描写している。芭蕉の脇においては初冬の寂寞とした風情が展開され去来の発句の「さび」色が生きてくる。

これは芭蕉の句と、句の趣向の面においてあまりにも類似しているというきらいがあるが、逆に去来に関して言えば芭蕉の句の「さび」の境地を最もよく理解しての吟であるとも言えよう。「初時雨」を通して表現しようとしたものを暗黙の内に互いに了解して、それぞれ発句の巻頭と歌仙の巻頭を飾っていることは『猿蓑』において非常に重要な意味を持つものであると言えよう。芭蕉が当時追求していた「さび」の理解が門弟達に広く及んでいたことをよく物語っているとも言える。

次に巻頭の六番めに伍している史邦の句である。

廣沢やひとり時雨るる沼太郎　　史邦

廣沢（落西嵯峨にある池）は、古来観月の名勝としても知られてきたが、普段は水の少なく、『類船集』において「廣沢─住人もなき」とあるように、広々としていながら荒廃とした感じを与える池である。『類船集』の付合はおそらく、『後拾遺集』の「すむ人もなきやまざとのあきのよは月の光もさびしかりけり」（二五八）がもとになっているのであろう。その廣沢の、荒涼で広々とした初冬の景物の中に、沼太郎（菱喰い、鴻雁の一種）がひとり、時雨に濡れそぼっている情趣を詠んでいるのである。

句の構図は前述の芭蕉の「初しぐれ猿も…」の句と去来の「鳶の羽も…」の句と同じように、時雨に濡れている有情物に心を移す作者がいるということである。「時雨るる」という表現は「時雨に濡れる」の意に解してよかろう。本来「時雨るる」という表現は「時雨の雨が降る」の意であるが、それを「……が時雨るる」「……を時雨るる」と、ある主体や客体を入れて表現するのはそもそも芭蕉の句においてよく行なわれた手法であった。「草枕犬も時雨るるか夜の声」や「笠もなき我を時雨るるかこは何と」「人々を時雨れよ宿は寒くとも」などの表現がそれである。恐らく、これは蕉門の独特の使い方として、時雨を身近な感覚的なものとして体感している証拠にもなるのであろう。

そうしてこの句は初冬の洛外の淋しく荒廃した感じと時雨にひとり濡れる沼太郎の体感で「さび」の世界を表しているのである。その点、古註の『猿蓑箋註』において「広沢にひとりとつづけたる、冬ざれの閑寂を見るべし」[101]としているのは短いながら的確な解だと言えよう。

以上、『猿蓑』の三つの句を中心に、「冬ざれ」の「閑寂」における時雨を論じてきた。そこには作者の感覚の媒体としての卑近な動物が持ち出され、和歌や、連歌的時雨の脈絡においては見られない、俳諧独自の生きた季節情緒が描き出されている。そこで趣向の似ているこれら三句は、初冬の風景を打ち出し、蕉門の円熟美としての「さび」を表出する佳句として珍重され、『猿蓑』の巻頭を飾るようになったのであろう。

(二)『猿蓑』の巻頭の時雨においてはこれまで述べたようなしっとりとした「静」の句と、時雨の変化に富んだ動きを興じたいわゆる「動」の句とが調和をなした形で、一つの「さび」の世界を織り成している。なかでも、次の句は今眼前に降りはじめた時雨の趣を興じている句である。

時雨きや並びかねたる魦ぶね　千那
鑓持の猶振立つるしぐれ哉　正秀
舟人にぬかれて乗し時雨かな　尚白
だまされし星の光や小夜時雨　羽紅
いそがしや沖の時雨の真帆片帆　去来

これらの句に示されている時雨の境地とも関連して、『猿蓑』が刊行された元禄四年の冬の芭蕉の句に、次の句が見られる。

しよう。

庭興即事

作りなす庭をいさむる時雨哉（芭蕉真蹟）

『猿蓑』において示された時雨の世界と通い合っている句である。これからは、このような「冬ざれ」の景物の中においても、今降りだした時雨によってもたらされる変化の美を興じた句を中心に述べていくことにしよう。

まず、『猿蓑』の巻頭の時雨に関していえば、時雨の変化に富んだ趣を、全て日常卑近な人事の上で捉えている句である。あたりの景物が荒涼としてきた初冬の時節に、突然予期せぬ時雨によって、右往左往している「鮖（いさざ）ぶね」（千那）、大名行列の奴の姿（正秀）、船頭に時雨は降らぬだろうと言われて船に乗ったが、当然の時雨にまごついている姿（尚白）、そして、星の夜を信じていたのに俄に降りだす時雨（羽紅）、時雨が慌ただしく通りすぎる中を乱れ走る船の遠景（去来）など、全て、時雨という自然現象のもたらす変化を詠んでいるのである。伝統的な時雨の脈絡においては、このような時雨の「定めない」動きというのは必ず「はかない世の中」のメタファーとして提示され、世を観念しながら人生の苦渋の色を出すことが正統な詠まれ方であった。ところが、ここでは、日常的な人間の営みのなかの時雨を捉えて、その趣を興じている作者の姿勢が示されており、「俳諧自由」（『去来抄』）ならではの時雨の趣であるとも言えよう。

このうち、尚白の「舟人にぬかれて乗し時雨かな」や、羽紅の「だまされし星の光や小夜時雨」、去来の「いそがしや沖の時雨の真帆片帆」（真帆は風を正面から受けるようにはった帆、片帆は風を斜めに受けるようにはった帆）の句の場合は時雨の動きを面白く生かした句ではあるが、可笑しさに重点が置かれて、初冬という時節を喚起する季節感は乏しいことは否めないであろう。特に、去来の句に関しては去来自身「猿蓑は新風の始、時雨はこの集の美目なるに此句仕そこなひはべる[102]」と回想しており、謙遜もあろうが「いそがしや」

の説明的な要素において時雨そのものの情趣は十分表されていない感がある。

　それに比べて、千那の「時雨きや並びかねたる魦ぶね」や、正秀の「鑓持の猶振立つるしぐれ哉」は、時雨の眼前の動きを詠んだ嘱目の吟ではありながら、時雨の持つ蕭条とした季節感を余情にきかせている秀句と言える。千那の句に関して『猿蓑爪じるし』（杜勒　天明七年）においては「漕つれたる舟どもの並びかねけん。湖水のしぐれ折からの時雨またたぐひなかるべし[103]」とされるように、湖水の蕭条と荒れてきた時雨の遠景を読者に想像させ、季節感を喚起しているのである。去来の句と千那の句は同じ琵琶湖の遠景である点において発想においては似ているが、去来の場合、「いそがしや」の主観的な表現によって、時雨の情趣が十分生かされていないが、千那は「魦ぶね」の乱れという眼前の風景を主観を交えずに表現することによって、時雨の勢いなどは余韻として言外に表現している。『猿蓑さがし』において「遠雨の眺望言外に見へたり。……時雨の降来たる村雲のさま迄思ひつづけらる[104]」と、一句の世界が的確に指摘されている。

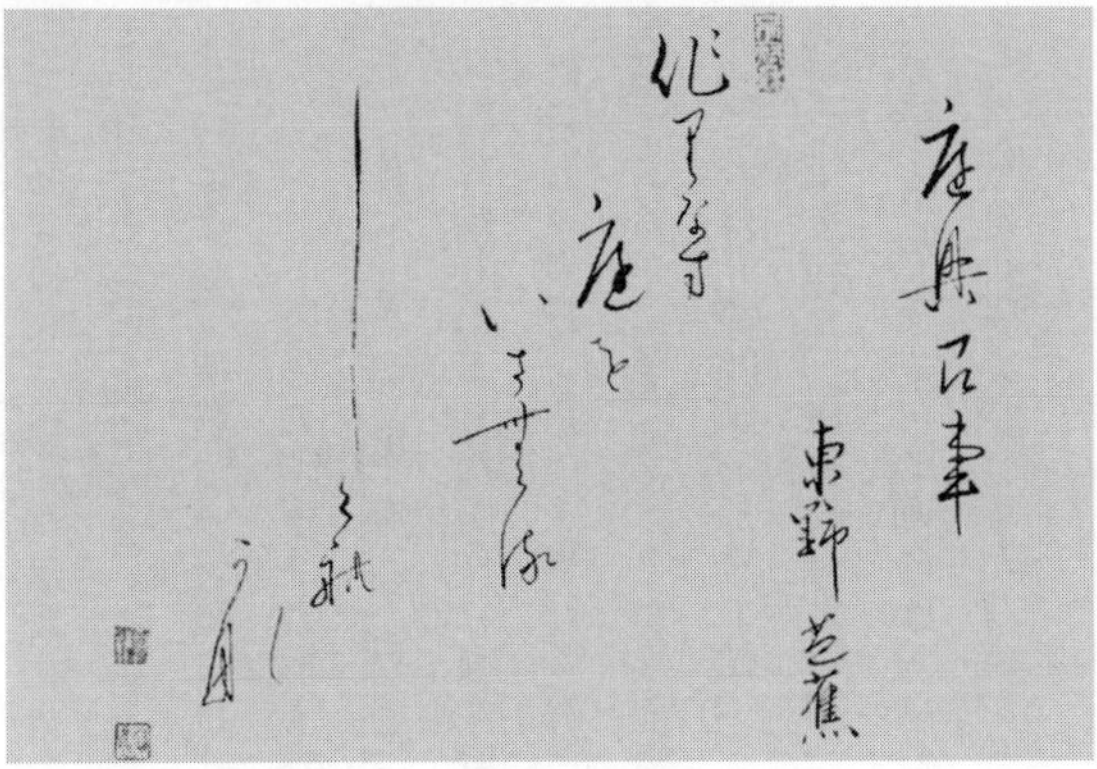

〈絵⑥〉 **芭蕉筆「庭興即事」懐紙**（『図説日本の古典14　芭蕉・蕪村』集英社）

　また、正秀の「鑓持の猶振立つるしぐれ哉」は芭蕉によって「時雨の鑓持の句驚入、此集（『猿蓑』）のかざりとよろこび申候[105]」と絶賛された句である。一句は大名行列の鑓持の奴の姿において時雨の情趣を捉えており、従来のように時雨に苦渋の色を見いだすのではなく、その趣を楽しんでいる作者の目があるのである。『猿蓑さかし』において「猶振たつるといふ所、猶の字塊也[106]」としているように、「猶」の表現には冷たい時雨にもめげず「鎌髭の奴がむらしぐれのむかふ風にいかめしくきをい立たる」(同)風情が言い表わされている。

このような『猿蓑』の巻頭における時雨の趣きの延長線上に芭蕉の次の句がある。

　　みのの国垂井の宿規外が許に冬篭して

　作り木の庭をいさめるしぐれ哉　（『蕉翁句集』）

一句は絵⑥のような「作りなす庭をいさむるしぐれ哉」という句形の芭蕉真蹟が残っている。俳号も「東野芭蕉」と書いて趣を生かし、「しくれ」の「し」の字が時雨の勢いを感じさせる見事な筆跡の真蹟である。「庭興即事」という前書にはまさに今降りだした時雨の眼前の景を興じている趣が表現されている。これは元禄四年一〇月上旬、『猿蓑』の刊行の直後の吟である。近江から江戸に帰る途中、美濃垂井の本龍寺で筆を執り、住職の規外に贈ったものである。『国の華』（支考　宝永元年刊）によると、この句が詠まれた事情と芭蕉と規外の両吟が見られる。

芭蕉翁行脚の時、予が草戸を叩きて作りなす庭に時雨を吟じ、洗ひ揚げたる冬葱の寒さを見侍る折からに、

　木嵐に手やあてて見む一重壁　　規外

　四日五日の時雨霜月　　翁（『国の華』）[107]

これによると、芭蕉はこの年の冬、「葱白く洗ひたてたる寒さ哉」の句とともに「作りなす……」の句を詠んでおり、更に規外との発句と脇（時雨の句）を詠んでいる。いずれも「冬ざれ」の景物における「さび」の境地を詠んでいる。

一句の「いさめる」という語の解釈は二通りあって、一つは「はずむ」「勢い込む」という意に取るもので

あり、今一つは「慰める」「鎮める」という意に取るものである。まず、前者と取る場合をみていこう。内藤鳴雪『芭蕉俳句評釈』(明治三七年)には次のように解釈されている。

作り木は木に手を入れて枝ぶりなど人工を加えた木で、其の木のある庭を時雨がして其為め庭が勇ましく思はれる、既に冬で寂びてゐるのを却つて時雨が勇ましく見せるといふので、多分常盤木の庭でもあって、雨の為め更に青々として見られたから、斯様に興じたのであらうか。(108)

ここでは、人工を加えた庭を時雨が降ることによってもっと勇ましく見られるという意に取っている。

次に、「いさめる」を「鎮める」と取る場合で、古注の『過去種』(鴎沙　安永五年)と岩田九郎氏の『芭蕉俳句大成』においてそれぞれ次のように解釈されている。

・当吟、作木の粧ひは冬げしきながら、時雨の降すさびし潤ふさまのせらるるよりいさめるとは曰ひしならし。(『過去種』)(109)

・一句の意は、庭の木々はよく手入れしてきちんと出来ている。そこに時雨がきて、そのきちんとしすぎて、うるおいの少ないところに、なごやかなさびのある趣にしてくれた。(『芭蕉俳句大成』)(110)

即ち、きちんとし過ぎている庭に、潤いを与えて「さび」の境地を深めたということである。『過去種』や、『芭蕉俳句大成』の解も説得力のある解であるが、これまで述べてきた時雨の動きを捉えた蕉門の時雨の脈絡で考えれば、やはり前者と取った方がいいのであろう。「鑓持の猶振立つるしぐれ哉」の句を非常に称賛した芭蕉であった。時雨に猶、勢いこむ奴の姿のように、時雨のため一層勇ましくして趣を増してきたところを詠んだものである。更に、一句と一緒に詠まれている「葱白く洗ひたてたる寒さ哉」の句における勢いや、「し」の字の筆跡から窺える趣とも通じているのである。整然と作り過ぎている庭の景は「さび」にならない。整い過ぎた秩序感を与えず、風雨ともにくる時雨によって荒れさびた「冬ざれ」の景に変えられ、そこに趣を増してきたところに「さび」の情趣を掴んでいるのではなかろうか。

三　「黒」「老」と時雨

（一）「さび」に内在する時間性とも関連して、蕉門の円熟期の時雨の色彩的なイメージは、「黒」と「老」で代表される。それは苦渋の色、暗欝な色として出されるのではなく、最も円熟した境地を代表するものとして示されるのである。では、言葉の痕跡を頼りに、時雨の「黒」「老」の要素と「さび」の関連を追っていくことにする。

『猿蓑』の撰者のひとりでありながら、自らの句作活動においても『猿蓑』期を絶頂として才能を発揮した凡兆の句である。

時雨るるや黒木積む屋の窓あかり　凡兆

凡兆は客観的写生の句を好んだということは周知の事実であり、一句も凡兆の個性を窺える句として注目されてきた。一句は黒ずむような幽暗な色彩感と照応する時雨の季節感を表現したものである。

一句における「黒木」は森田蘭氏の考証によると「洛北大原村に産する薪の一種、生木を切り、竈に入れて燻らせ水分を蒸発させて燃えやすいようにしたもの」[11]である。一句では黒木の物寂びた色と時雨が調和をなし、「さび」の世界を表出しているのである。

「黒木」と「時雨」は『猿蓑』以前にも詠まれた形跡を見ることができる。つまり、元禄二年十月四日、才麿や言水、湖春などによって興行された『俳諧仮橋』（元禄二年十二月刊、井筒屋庄兵衛版）における次のような句が見られる。

言水亭興行

時雨初黒木になるは何〳〵ぞ　才麿
只身をすくむ山川の鴦　言水
目しるしの峰出る日は冬至にて　湖春(112)

才麿の発句の「時雨初」の「初（ソメ）」は、時雨が「降リソメル」の「初める」と、時雨が「木ヲソメル」の「染める」を掛けて詠んだものである。つまり、初時雨が降るのと、その初時雨が木を黒く染めて「黒木」になることを掛けている。和歌では流麗な紅葉を染める初時雨であるが、ここでは黒木を染めるというところに素材の俳諧化があろう。

『猿蓑』の凡兆の句では、時雨に黒木を取合せて「さび」色を出しているが、この才麿の句においても黒木を取合せながら、時雨によって段々と黒ずんでいく時間性までも表現しているのである。また、本稿の「貞門・談林俳諧と時雨」の項においても「黒」と時雨の取合せは多数見られるものであった（一四二〜一四三頁）。それが直ちに「さび」に繋がるかどうかは別として、「和歌優美」とは異なる俳諧における時雨の色として表現されていた。猶、右の『俳諧仮橋』における、言水の脇「只身をすくむ山川の鴦」は、いかにも芭蕉の「初しぐれ猿も……」の句と去来の「鳶の羽も……」を連想させる感がある。即ち、前句の時雨を受けて、時雨の冷たい雨粒に打たれて身をすくめている鴛鴦の姿を掴んでいる。この『俳諧仮橋』が興行されたのが元禄二年であるということは、やはり当時の時雨のイメージは蕉門だけに限らず、大阪俳檀にも見られるということは特記すべきことであろう(113)。

芭蕉はこのような俳諧的な時雨の色としての「黒」を、「さび」色として円熟させた。『猿蓑』の刊行が進められている当時の、元禄三年の芭蕉の次の句がある。

旧里の道すがら

しぐるるや田のあらかぶの黒むほど（『泊船集』）

一句に関して岩田九郎氏は『芭蕉俳句大成』において、「日々に淋しく冬らしくなってゆく田圃みちに時雨がまたふりそそぐ景色に目をとめたもので、もう芭蕉のさびの境地が動かぬものとなっている(114)」としているように、芭蕉の「さび」が初冬の田圃の景における時雨の色彩感を通して表現されている。

一句はまさに時雨の降っている風景を描いた水墨画を連想させるもので、初冬の、収穫の後の刈株だけが残っている田園の風物を通して物寂びた時雨の色を表現している。「旧里の道すがら」という前書から伊賀へ帰る道中の吟であることが分かる。

従来の景物の時雨の取合せは専ら紅葉ばかりであったが、ここでは田圃道の切株に目をつけているところがいかにも俳諧的な捉え方と言えるものであり、寂寞とした初冬の感覚的な要素と、時雨の瑞々しい感覚、そして、「ほど」という言葉には陰欝としたイメージは和らげられ、時雨の降りながら通りすぎる軽快な雨足までが表現されているのである。時雨が切株の色を黒々と物寂びた色に染めていく時間性が表現される。

杜哉の『芭蕉翁発句集蒙引』には一句に関して、「青きものみな枯尽くして、刈田にひたと時雨るる風情初冬の寂寞いふべからず(115)」と、「初冬」の寂寞と表現している。和歌や連歌の伝統において見られる紅葉の時雨や木の葉の時雨などの景物の時雨は主に秋の時雨の景であり、初冬の風物ではなかった。ここでは、完全に初冬の寂寞とした風物として句の世界が展開され「さび」色を一層鮮明にする。

「黒む」という表現は雨に朽ちるという陰欝な感覚を呼び覚ますものではない。これに関しては近代の諸注に指摘されている通りである。つまり竹冷は『芭蕉句集講義』において次のように述べている。

瓢緑曰、あら株とは稲を刈り取ったあとの株で、屢々時雨したので、其刈株が黒ずんだといふので、時雨故に朽つるとせず、黒むと形容したのである(116)。

そして尾形氏は「五月雨ならば腐るとよむところを、しぐれだからこそ「黒む」と言った点を玩味すべきだろう。「黒む」という表現の中には、枯れ色に乾燥した初冬の風物を一瞬の雨脚にみずみずしい濡れ色に染めて走り過ぎてゆく、しぐれの軽快な降り方に対する的確な把握がある」[117]としている。両氏も言うように、陰欝な色としての「黒」ではなく、しっとりとした「濡れ色」としての「黒」でありながら、時間の推移によって全ての自然の色を溶かし込む「黒」である。一句に関して上野洋三氏も『芭蕉論』において、「〈さび〉とは、一般的にいっても〈時間〉的なるものの〈空間〉的な表象をいうと思われるが、一句はその意味でも恰好の例であろう。」[118]と、時間性と「さび」との関連の中で説いている。

蕉門の時雨の句のなかでは、このような物寂びた色と時雨を照応させた句は数多く見付けることができる。

　炭売やいかに時雨るる皃の形　　小春（『鷹獅子集』）

　黒みけり沖の時雨の行どころ　　丈艸（『丈艸句集』）

小春は金沢の蕉門で、『おくのほそ道』に「小春が小家に泊まる」という記述もあり、その時の芭蕉との連句、表四句が[119]「翁を一夜とどめて」という前書とともに『ゆめのあと』（車大編　寛政九年刊）に所収されている。小春の句は炭売の黒い顔と、時雨の物寂びた感覚を照応させた句である。丈艸の句の場合は時雨が沖のところに過ぎていって黒く見える遠景を詠んだものであるが、やはり「黒」に時雨の色彩感を発見したことは間違いないと言えよう。

丈艸は更に、次のような時雨の句を詠み、芭蕉の「さび」を理解していたことをより明確に窺うことができる。

　石経の墨を添えけり初しぐれ　　丈艸（『喪の名残』）

芭蕉の忌日の追善の句である。

やはり芭蕉における時雨の「さび」を象徴しての吟である。一句を詠んだ丈艸は師芭蕉の没後、無名庵で師の喪に服していた時、その恩に謝せんことを願い、法華経の要品を小石に書いて「石経」をつくった。その石経を、時雨が日々黒々と濡らしていくのを「墨を添えけり」と表現し、いかにも物寂びた風情を出しているのである。やはり、「時雨るるや田のあらかぶの黒むほど」の句の場合のような「さび」の「時間性」までも感じられる。丈艸は『猿蓑』においては跋を書いており、蕉門の中でも芭蕉の「さび」を最もよく理解していたとされる人であるが[120]、それはこのような句においても窺うことができるのである。

（二）　以上、黒ずむような物寂びた色と時雨の季節感が照応して「さび」の世界を醸し出しているのを中心に見てきた。そのような「黒」のイメージとも関連して、「時雨るるや田のあらかぶの黒むほど」の句に見られるような、俳諧における時雨の「さび」色は、田家における風物において捉えたものが多い。和歌的な時雨の色彩とは違って、人間の生活が営まれる田家における時雨の風情を捉えている。

『猿蓑』の巻頭の時雨において十二番目に出されている昌房の時雨の句である。

新田に稗殻煙るしぐれかな　　昌房

「新田」「稗殻」「煙る」などは伝統的な時雨の脈絡においては見いだせない素材の取合せである。これは日常卑近なものを捉える俳諧ならではの時雨の趣でありながら、また初冬の刈り入れ後田園の景において時雨の趣を捉える、蕉門の得意とした句の境地であった。一句について『猿蓑さかし』において「田家村しぐれの閑寂也」[121]としているのは、短いながら一句の世界を的確に掴んでいると言えよう。また、『猿蓑爪じるし』と『猿蓑箋注』においてはそれぞれ次のように述べられている。

・刈捨たる稗殻のふりミふらずみうち煙るさま、稗殻にて能くしぐれの景色をいひなせり（『猿蓑爪じるし』）[122]

・枯果たる稗がらを焼捨る初冬のけしき、新田に稗又あるべからず（『猿蓑箋注』）[123]

「新田」に「稗穀」は初冬ならではの風情であり、そこに時雨が降ったりやんだりして、枯れた稗が煙っている風情を指摘している。「稗穀にて能くしぐれの景色をいひなせり」「新田に稗又あるべからず」とこの句の手柄を賞している。

時雨の句ではないが、『猿蓑』刊行の年の、元禄四年の冬の吟に「菊の後大根の外さらになし」（『陸奥鵆』）という句が見られるが、これに関して、『芭蕉翁発句集蒙引』では次のように、時雨の情趣を借りて説いている。

菊の後大根の外さらになし

野畑もかれて時雨する比大根のミ青々と見つへき風情なるをいへり。冬景のさびいふへからず、雅俗のかけ感すべし。(下略)[124]

つまり、「野畑もかれて時雨する比」大根だけが青いということであるが、そのような折の風情を「冬景のさび」と表現しているのである。このように俳諧においては荒涼とした田園風景に時雨の情趣を発見するのである。田園風景の時雨を詠んだものには、これらより先立って『虚栗』（天和三年刊）において嵐雪の次の句が見られる。

松風の里は籾するしぐれかな　　嵐雪

そして、何よりも芭蕉の最晩年の元禄七年の吟である『芭蕉翁全伝』次の句があろう。

新藁の出初めて早き時雨かな　　芭蕉

これに関して杜哉の『芭蕉翁発句集蒙引』には次のようにその「さび」の境地をよく掴んでいる。

新藁の出初むる比早くもしくれて寂しミを奏するとの感ならん。晩秋の吟なるべし。藁は賎屋をふくも

のにて時雨に因ミあり。此かけ合、古轍を追ハす且俗中のさびをいへり[125]

一句を「俗中のさび」と取っている。「晩秋の吟なるべし」というのは、『芭蕉翁全伝』などによると、一句は元禄七年九月に伊賀の猿雖宅で詠まれたという事実が明らかになっており[126]、諸注においてすべて「秋」、つまり晩秋として捉えていることによる。時雨は「冬」の季語でありながら、ここでは事実上「秋」としなければならないところに、また時雨の「季」の問題が喚起されるわけであるが、いずれにしろ、晩秋から初冬にかけての季節の推移の相を、田園風景において捉え、「さび」を表しているのは疑いない。

潁原退蔵氏は『芭蕉俳句新講』で一句を次のように解釈している。

稲も刈り終へて、新藁が出初める頃になると、早くも時雨が訪れて来る。「早き」といふに季節のあわただしい移りを嘆ずる情がある。新藁のほのかな香ひに浸む時雨の趣は、まことに農家の晩秋をしみじみと味はせる[127]。

氏の指摘するように田園の新藁に降りかかる時雨の風情から「農家の晩秋のしみじみとした」情趣が味わされ、時節の移り変りの感慨による「時間性」の自覚とともに、「さび」に繋がっていくのである。

このように、蕉門において追求した時雨の色彩的感覚は、「黒」ずむような色、そして晩秋から初冬にかけた刈り入れ後の田園の荒涼とした冬ざれ色において発見したものであった。このような物寂びた時雨の色彩感は、和歌的伝統の「紅葉と時雨」では表現できない、人間の営みにおける時間の流れを感じさせるとともに、全ての自然の色を溶かしこむような水墨画のような深みを持つものであったと言えよう。

(三)　いよいよ芭蕉晩年の時雨の句である。前述したように大西克礼氏は「さび」の語義の一つとして「老」を挙げていたが(一八二頁)、芭蕉が晩年に到達した時雨の「さび」においては円熟した心の色としての「老」

が打ち出される。元禄五年の次の句にそれは象徴的に示される。

けふ斗《ばかり》人もとしよれ初しぐれ（『続猿蓑』）

つまり、時雨の情趣を味わうために今日だけ年老いた気持ちになれ、と若者達に呼び掛けている。一句は芭蕉の四十九歳の時、即ち没する二年前の吟である。芭蕉はかなり前から「翁」と呼ばれるにふさわしく老衰していた。一句と同じ元禄五年の吟に「炉開きや左官老い行く鬢の霜」（『韻塞』）があるが、これは冬支度の季節を背景に左官の鬢の霜で老い行くことの寂寥感を象徴しており、「老」が切実に意識されていたことが分かる。勿論、「けふ斗……」の句において肉体的な老衰は別段問題にならないことであるが、時雨のしみじみとした情趣は年老いてから味わうことができるものだとしている。それはこれまで述べたような『猿蓑』をはじめとした芭蕉の晩年の時雨の句からも容易に窺うことができる。

自分が味わっている時雨の物寂びた風情を、当座に集った若い者皆も味わってほしいということである。これに関して上野洋三氏は『芭蕉論』において「〈人〉が変化して自然に従え、というのであり、表現は表現として一層文字通り〈造化随順〉である」としている。[128] 芭蕉のあの「松の事は松に習へ」の論において説いている。「物」と「我」とが一つになった時、自然に「句になる」という考え方と同じ次元の論であろう。

一句は『韻塞』（李由・許六　元禄九年）には「元禄壬申冬十月三日　許六亭興行」という前書が付されている。当時、許六は江戸に滞在していたから、井伊家の屋敷内の許六の宅で句会を催していたが、その席で詠まれた芭蕉の句である。この句を発句にして、芭蕉、許六、洒堂、岱水、嵐蘭の五吟歌仙が行なわれ、許六の脇は、「野は仕付たる麦のあら土」で、やはり田家の時雨の景に転じている。

当時の許六は三六歳の若さであった。許六は蕉門十哲の一人でもあるが、他の門弟とは違って、かなり後から入門（元禄五年八月）した人であり、芭蕉の最晩年の門人である。許六は『猿蓑』が刊行される当時もまだ門人ではなかった。当然、『猿蓑』には句は入集されていない。しかし、『猿蓑』を愛読して、元禄五年八月江戸在勤中、桃隣の先導で深川の芭蕉を尋ねて入門したのである。ちょうどその年の冬、許六亭に招かれた時、芭蕉のこの「けふばかり……」の吟があったのである。

つまり、許六は芭蕉の「さび」が最も円熟した時期に遭遇していたのである。のちほど許六は「老―さび」の論を力説するようになるが、これはおそらくこの時の芭蕉の句において感化されたことがきっかけになったものと考えられる。

この句は本稿の「風狂と時雨の旅」の項（一五一～一五三頁）に挙げたように、芭蕉筆の真蹟画賛が残っており、そこには蓑を被って時雨の中を旅立つ人物（おそらく芭蕉自らの投影であろう）を描き、上部に当句を書き入れている。やはり、そのような時雨に濡れる旅を通して、感得した時雨の情趣であることを意味する。

東海呑吐の『芭蕉句解』（明和六年）にはこの句に関して次のように述べられている。

夕立は若き人の勢ふ所也。春雨は中人のたのしみふかく、時雨は老いたる人の炉火さしそへて閑談よし。茶は猶しぐれの時を専とす。けふ斗は初の字に応ぜり。(129)

つまり、様々な雨の中でも時雨は老境のしみじみとした趣に似合わしく、また「わび・さび」を理念とする茶は時雨の風情が似合うというふうに説いている。

『芭蕉新巻』（蒲盧庵蚕臥　寛政五年）にもほぼ同じような内容が書かれている。

春曙のどやかに、秋の夕日花やかにも似ず。冬ざれの荒れわたりたるに、時雨そむる風色老らくの身にはいかばかり壮観ならん。(130)

即ち、時雨の時の冬ざれの荒れわたりたる季節感は老らくの身に深く感じられるものだとしている。

この句に対する各新注も「さび」の句として捉えている。

時雨の趣は寂びたすがたである。いわば老境の人の心にしみじみと味われる趣である。一句の意は、きょう今年はじめての時雨が降ってきた。まことにいつものように物さびた風情である。席には若い人々もいるが、今日ばかりは年よった気持ちになってこの時雨の本当の趣を味わってくれよ、というのである。時雨のさびた趣を自分が味わうだけでなく人々と共に味わいたいとのあたたかい心もちの現われている句である。（『芭蕉俳句大成』[131]）

時雨の寂しさは枯淡の境地に達した老いの心にふさわしい。折から降りだした初時雨に、若い人々よ、今日ばかりは年寄の心境になって、この寂びた情趣をしみじみと味わってほしい。（新潮日本古典集成『芭蕉句集』[132]）

このように、一句は時雨の物寂びた情趣と老の心境との照応を詠んでいるものであり、それは「さび」という美によって繋がっているものであった。

では、ここで、「時雨—老—さび」の脈絡をより詳しく見ていくことにしよう。おそらく芭蕉のこの一句をきっかけに蕉門においては「老—さび」の論が活発に行なわれ、また「時雨—老」の句が数々見られるようになったと考えられる。

去来は『去来抄』の「修行」編において次のように「さび」を説いている。

野明曰、句のさびはいなかる物なるにや。去来曰、さびは句の色也。閑寂なる句をいふにあらず。仮令ば、老人の甲冑をたいし、戦場に働き、錦繡をかざり御宴に侍りても老の姿有るが如し。賑やかなる句にも静なる句にも有るものなり。今、一句をあぐ。

花守や白き頭をつき合せ　　去来

先師曰、さび色よくあらわれ悦候と也[133]（『去来抄』）

この文章の解釈においては様々に論じられるところであるが、華やかな中に老の姿があることを「さび」として例句を挙げていることからして、少なくとも「老―さび」はよく通い合うものとして捉えられていることは事実である。「老―さび」に関して許六と去来の手紙の応答は有名である。その一部を繙いてみよう。

（略）また予が年やう〳〵四十二、血気いまだおとろへず、尤句のふり花やかに見ゆらん。しかれども老の来るにしたがひ、さび、しほりたる句、おのづからもとめずして出べし。(134)

（許六の「贈落柹舎去来書」、元禄十年）

前述したような芭蕉の「けふばかり……」の時雨の句が詠まれた時、当座にいて感銘を受けた許六の「さび」論である。ここで見るように、許六において「さび」とは、「老」の来るにしたがっておのずから分かってくるものとなっている。これに関して復本一郎氏も次のように述べている。

許六は「さび」を肉体的「老」とのかかわりの中にとらえるのである。しかして、四十二歳（芭蕉が『野ざらし紀行』の旅を終えた年令である）の許六において「さび」とは、「老の来るにしたがひ（中略）おのづからもとめずして出べし」ということになるのである。かく理解する時、「詞をかざり、さび・しほりを作」る必要が毛頭ないことは、許六の言を、待つまでもないのである。(135)

氏の指摘するように、許六は肉体的「老」との関わりを強調した点に問題点はあるが、これによって、蕉門の「さび」論における「老」論は活発に行なわれたのである。許六に対して去来は次のような答弁をしている。

阿兄の言、愛すべし。然ども、阿兄漸く老の名を得たまへり。その句にさび・しほり有らんに、人応ぜずといふべからず。雅兄の作、已に蕉門に秀でたり。句、さび・しほりをおもはんに、人すぎたりとせじ。(136)（元禄十年十二月付「答許子問難弁」去来の応答）

許六の「老のくるにしたがひ（中略）おのづからもとめずして出べし」という言葉に対して去来の「阿兄漸く老の名を得たまへり」「雅兄の作、已に蕉門に秀でたり」などと答弁するに至って、彼らにとって「老―さび」の関係は動かぬものとなってきたのである。

支考の『梟日記』（元禄十二年）には次のような句の評が見られる。

蓑里號

笠縫の里は古歌の名所なるに、蓑といふものは野夫のたもとをかさねて俳諧のたよりあるもの也。若き人といへとこのみちのさびなからんや。

秋ならて五月もさむし鷺の簑(137)

つまり当時「老―さび」の論が固定観念としてあって、老の境地で「さび」を理解するということは承知の上で、若い人でも「さび」が理解できた場合をあげているのである。そして支考は許六を中心に、「老」は即ち「さび」というのがあまりにももてはやされていたので、それに反発してのことでもあった。いずれにしろ「老―さび」は当時、重要な問題として論じられてきたことは事実なのである。

では、このような「老―さび」を効果的に詠み表わすものとして展開された「時雨―老」の関連を考察してみよう。

次の『俳諧葱摺《しのぶずり》』（元禄二年以後刊）にみられる時雨は、必ずしも老を円熟の境地として肯定しているわけではなく、むしろ時雨に触発されて老けていく気持ちを嘆く句であるが、いずれにしろ「時雨―老」が表されているので興味深い。

さなきだに我が鬢白し弥《いや》霽《しぐれ》　友月（『俳諧葱摺』元禄二年）

ただでも鬢が白くなり、老を感じる身であるのに時雨が降って、ますます老を実感するということである。

弥霽は段々強くなる時雨（『雲喰い』に「やよしぐれ　次第〳〵に強くふるなり」とある）をさす言葉で、そこに「嫌」の「いや」をかけているのである。

「さび」の境地を老を以て力説していた許六は時雨を老いた境地の「さび」を理解するいい題材とし、次のような句を詠んでいる。芭蕉の「けふばかり…」の句で呼び掛けたことに対する答えにも似たような句である。

世の中に老の来る日やはつしぐれ　　許　六（『五老文集』元禄六年　許六稿）

これは『五老文集』に載ってはいるが、句の詠まれた年代は未詳とされている。ところが、芭蕉の「けふばかり……」の句の関連からすると、「けふばかり……」が元禄五年に詠まれており、『五老文集』が元禄六年に成立していることから推定して、恐らく元禄五年と六年の間に詠まれているのであろう。許六は「時雨―老」の句から蕉門に近付いたといっても過言ではないと考えられる。

そして、前節の「風狂と時雨の旅」において述べたように、芭蕉の時雨によせた思いのよき理解者でもあった園女も次のような句を詠んでいる。

笠とれば六十顔の時雨かな　　その女（『陸奥鵆』元禄十年）

芭蕉自らも次のような付句を通して又「老―時雨」をもとに付句をしている。芭蕉一代の連句を年代順に配列している菅沼奇淵編の『芭蕉袖草紙』（文化六年刊）の「いざよひは」の歌仙に次のような連句が見られる。

冬のみなとにこのしろを釣　　濁　子
初時雨六里の松を伝ひ来て　　芭　蕉
老がわらぢのいつ脱げたやら　　芭　蕉

ここでは「時雨」と「老」が付合になっている。

そもそも「時雨―老」は題材としては俳諧だけではなく、和歌や連歌においてもよく詠まれたものであった。ところが、和歌や連歌においては老境のさびしさというのが全面に打ち出されているのである。そこで、時雨は決まって、「老の涙」のメタファーになっていた。

冬を浅みまだき時雨と思ひしを堪えざりけりな老の涙も　清原元輔（『新古今集』五八七）

むかしおもふ老の涙にそふ物は我が身と秋のしぐれなりけり　円光院（『続千載集』一九五五）

連歌の場合も同じである。本稿の「連歌師の旅と時雨」（一一三―一二四頁）において見たような次の句などがそれである。

　ちしほになるや涙なるらん
神無月老のねざめもしぐるなり（『菟玖波集』四六八～）

　老をなせめそかからさらめや
秋は時雨冬は霜夜に伏わひて（『下草』四二九～）

　時雨てすくる夜こそなかけれ
さためなきことはり思ふ老が身に（『新撰菟玖波集』三一七七）

このように、従来の伝統的な時雨においては「老―時雨」は老境の哀れを歎くよすがとして示されているのである。芭蕉はそのような古人の思いをも反芻しながら、それを肯定し、その情趣を味わおうとしたのである。

「時雨―老」が「さび」の円熟した境地として肯定されたのは芭蕉の俳諧における特徴であると言えよう。しみじみとした情趣を深く味わえる心境、即ち、物と我とが一体となった円熟した境地として打ち出している点において、芭蕉が到達した究極の境地とも言えるのであろう。

こうして、時雨の伝統的な〈季節観〉の脈絡を考察した上で、芭蕉の全生涯における時雨を分析してきた。芭蕉の貞享・元禄の年間の「風狂と時雨」においては伝統的な時雨の境地を積極的に反芻することによって「時雨の旅」を標榜したことを論じた。その「時雨の旅」の構図において、やがて自分独自の世界を次第に築いていったのである。それは、伝統的な〈季節観〉における時雨の美的な在り方として紅葉と時雨や、人間存在のメタファーとしての捉え方ではなく、時雨そのものを主題にし、その中に本質的に内在している趣を積極的に味わい、それと心の色を融和させていくことであった。まずは、その境地に積極的に浸ろうとする、「貧寒」とした時雨を興じる姿勢として現れ、その姿勢によって時雨に内在する趣、「冬ざれ」の閑寂、「黒」、「老」を発見していったのである。それは、自然と人間の営みにおける季節の推移の相、つまり、時間の堆積によっておのずから増してきた円熟した「さび」の境地として示されるようになったのである。

（1）李由・許六『篇突』日本俳書大系九巻・蕉門俳話文集（上）一一〇頁
（2）東浦佳子「芭蕉俳諧七部集における季語について」（『文学・語学』一九六四年三月）七〇頁
（3）同右
（4）『旅路画巻』は芭蕉没後に琴風が入手して、落款がないため、素堂が証人となって、成立の事情を跋に記したとする。つまり、芭蕉は立圃筆の『盲人図』や其角筆『乞食図』に感動を受け、「三界を笠にいただきて風月をともなひ吟行せし図を此の後に備へん」と淡墨で描き、濁子に彩色させ、あとから句文を書き込むつもりでそのままにしておいた画だという（『図説日本の古典』集英社　一九七八年　六頁参照）。

（5）芭蕉筆『旅路画巻』柿衛文庫蔵　白石悌三他編『図説日本の古典』一四「芭蕉・蕪村」集英社　一九七八年六頁

（6）芭蕉筆『時雨夕日』大阪正木博物館蔵　出典は注（5）に同じ。

（7）「世にふるも」と「世にふるは」の問題に関して山本健吉氏が、『和漢文操』に「世にふるは」となっているのを挙げて推敲の結果か誤ったものなのか分からないとして「世にふるも」に暗鬱、湿潤の音調は宗祇の感傷にふさわしく「世にふるは」豁然とした明快さは芭蕉の滑稽にふさわしい（山本健吉『芭蕉――その鑑賞と批評3』新潮社　一九五六年　四二頁）としているが、最も早い時期の句が「世にふるも」になっているため、猶真偽は分からない。

（8）曽良『雪満呂気』所収　校本芭蕉全集・俳文編　五三二頁

（9）支考『和漢文操』所収　校本芭蕉全集・俳文編　五三四～五三五頁

（10）西村真砂子「『笠はり』の世界」（『国文学』一九六八年九月）を主に参考して整理した。

（11）赤羽学「芭蕉の俳文『笠はり』の成立過程」（『俳文芸』一九七八年一〇月）

（12）前注(5)『図説日本の古典』一四～一五頁

（13）同右

（14）坡翁雲天の笠の下には　江海の蓑を振り無為のちまたに　雨やどりし給ふめる西行の侘笠　哀に遣シ鴬のぬふてふ梅の　花笠は老をかくして妹かあたりのしのひ笠行過ぎ兼て　笠やどりひち笠の雨に打そほつ覧、みかさと申せ蓮の葉の笠　いさきよし　此笠は是艶ならす　美ならすひとへに山田守案山子の風に破られ雨にいためるかことし　笠のあるしも又風流を待て情尽る而已

（15）曙紫庵杉雨『芭蕉翁発句評林集』俳諧叢書・俳諧注釈書　二七頁

（16）其角『枯尾花』日本俳書大系・蕉門俳諧前集　六二三頁

（17）杉風『冬かづら』俳諧文庫・蕉門十哲集所収の句形によった。

（18）井本農一編『芭蕉の本』六巻　角川書店　一九七〇年　二〇頁

(19) 江藤保定『宗祇の研究』風間書房　一九二七年　二三七頁
(20) 同右
(21) 同右　二六一頁
(22) 同右　五〇三頁
(23) 上田秋成は『去年の枝折』において、宗祇のような戦乱の世における無常の感慨は当然のもので、芭蕉は太平の世であるにも拘らず、浮かれ歩いた「ゆめ間学ぶまじき人」だと嫌っている（『上田秋成全集』一巻　国書刊行会　一九二四年　一六五頁）。
(24) 阿部正美「『冬の日』の風調」国士館短期大紀要一号　一九七五年一二月　四九頁
(25) 『三冊子』校本芭蕉全集・俳論編　二一〇頁
(26) 同右　二〇二頁
(27) 横沢三郎「風狂」（『連歌俳諧研究』二二号、一九六一年一二月）
(28) 伊藤博之「風狂の文学」（『日本文学』一九六五年九月）
(29) 増賀上人の風狂については『撰集抄』などにその逸話が見られ、芭蕉は増賀の風狂を慕って、「裸にはまだ衣更着の寒さ哉」（『笈の小文』）の句を詠んでいる。それは増賀上人が伊勢神宮に詣でた時、名利を捨てよという示現を蒙り、衣を乞食に脱ぎくれて裸で下りてきたという『撰集抄』の故事を踏まえたものである。
(30) 同注(28)　六～九頁
(31) 『芭蕉の本』（二巻）角川書店　一九七〇年　五〇頁
(32) 芭蕉が熱田の連衆と巻いた歌仙、長い間『冬の日』と『春の日』に押されて世に埋もれていたのが後の安永年間に上梓された。
(33) 曲斎『七部婆心録』俳諧叢書・俳諧注釈集（上）三九三頁
(34) 高藤武馬『芭蕉連句鑑賞』筑摩書房　一九七一年　一二四頁
(35) 『続猿蓑』にこの時の世吉の一巻を収めてある。

十月十一日餞別吟

旅人と我名呼ばれん初霽　　芭蕉

亦さざん花を宿々にして　　由之

以下、其角、枳風、文鱗、仙化、魚児、観水、全峰、嵐雪、挙白が連衆である。

(36) 翻刻は『河合曽良追善集収録』(信濃民友社　一九五九年)に掲載

(37) 角田竹冷『芭蕉句集講義』博文館　一九一五年一二月(岩田九郎の『芭蕉俳句大成』七三三頁から再引用)

(38) 尾形仂『松尾芭蕉』日本詩人選一七巻　築摩書房　一九七一年三月　九頁

(39) 上野洋三『芭蕉論』筑摩書房　一九八六年一〇月　一五頁・四三頁

(40) 『三冊子』校本芭蕉全集・俳論編　一八五頁

(41) 杉風の『冬かづら』(元禄十三年刊)に次のような追善の文が入っている。

此一ふしにはほどもゆづらぬたうとき翁あり。思ひきや石上(いそのかみ)ふる初時雨のすさみは旅立空の気色して、今はの、袖にかかるべき涙とは、其事、彼事いふほどにこそ。又はつしぐれふりゆく年のけふをいへば、神無月の十日あまり二日、かの名残も翁の七草めぐり物いみとにぞ。本より学びし人々いみじき供養など、ここかしこあまた手向草の繁きことの葉に露をむすび蓮台の花の開くる御法にぞ添侍。予も又年比のむつび情のまじはり他にことなれば、此会目になすべきよすがの物もなければ、むかし翁の東国のかた見にいひ置し初しぐれのながれを胸痛く思ひ出て、猶此ころの時雨も時雨時をしるといふために便て、其人にもふたたびあふままの心からふるきしぐれのかなしきままで、おなじことばのゆかりをうつしてのこしぬ。

旅人と我名よばれん初しぐれ

旅人とたが呼びかけん袖しぐれ　　濁子(『俳諧文庫・蕉門十哲集』所収)

(42) 曙紫庵杉雨『芭蕉翁発句評林集』俳諧叢書・俳諧注釈集　五〜六頁

(43) 『菊の塵』勝峰晋風　閨秀俳家全集　聚英閣　一九二二年　三〇〜三一頁

(44) 芭蕉と園女自身の唱和であるから、支考の『笈日記』より、園女自らが撰した『菊の塵』がより信憑性があろう。
(45)　同注(5)　五頁
(46)　大磯義雄「芭蕉と塚本如舟」(『国語国文学報』四)によると、この時、芭蕉と如舟は初対面であると考証している(次は元禄七年五月十五日)。芭蕉は初対面の如舟のもてなしと句を乞うた心に興じているのである。
(47)　芭蕉が一つの完成した作品世界を築くために、事実どおりではない虚構を加味して書き上げたものが多いことは既に様々に指摘されているところである。特に、一つの完成した作品としての『おくのほそ道』と、備忘録としての記録である『曽良旅日記』とを対照すれば事実に大きな差があることは周知の事実である。
(48)　井本農一『松尾芭蕉集』日本古典文学全集四一　小学館　五二八〜五二九頁
(49)　岩田九郎『芭蕉俳句大成』明治書院　一九六七年　一二八〇頁
(50)　猶、これについては永田友市氏の「芭蕉の時雨の句――宿かりて名をなのらする時雨哉」(『国文学』昭和四二年四月　一三二〜一三四頁)の論文において否定されているが、氏は「宿かして……」を「宿かりて……」と改稿したと見る点など従いにくい点が多い。
(51)　この三人は『瓜畠集』に芭蕉との歌仙が見られる。『瓜畠集』は『笈日記』に「是は落梧のぬし、かねて撰集の事思ひたたれけるに、その志ならずして、すたれむ事をおしみてその方の人〳〵此部の末に撰出し侍る」とあり、岐阜部の後に載せられている。
(52)　雲英末雄「『猿蓑』の撰集――その理想と現実」(『国文学』一九七九年一〇月)一二七頁
(53)　『大歳時記』集英社　一九八九年　二八二頁
(54)　『俳仙窟』日本俳書大系・中興俳話文集　一一八頁
(55)　復本一郎「芭蕉雑記――さびに関する二、三」(『文芸と批評』第二巻十号、一九六八年一〇月)
この論文において岡崎氏の挙げた用例の他に次の三例を挙げている。
①　花　盛　四　方　の　芝　居　や　秋　の　暮
上野・谷中にうちむれて、花の盛、芝居物さびたる太夫・坐本の、花も紅葉もなき風情、誠に秋の夕暮は理り

と覚えて、珍重不斜といへども云々。（『十八番発句合』）

②　左
時雨瘦忝私の物干にと書り　　農夫
　　右勝
凩となりぬ蝸牛の空セ貝　　野人

『和歌三躰』に、「秋冬の哥は細くからびて」と云り。瘦忝の霽もさびしく蝸牛のうつせ貝もさびたり。されども、われが角の上にあらそはんときは右いささかまさりなんや。（『田舎の句合』）

③　月さびよ明智が妻の咄せん（『俳諧勧進牒』）

(56) 岡崎義恵「〈わび〉と〈さび〉」（『美の伝統』弘文堂書房　一九四〇年）
(57) 井本農一「俳句本質論」（『俳文芸の論』明治書院　一九五三年一月）
(58) 井出恒雄「日本人の貧困とわび・さび」（『文芸と思想』二六　一九七八年二月）
(59) 潁原退蔵「さび・しをり・細み」（『俳諧精神の探求』秋田屋　一九四七年）
(60) 復本一郎『芭蕉における「さび」の構造』塙書房　一九七八年
(61) 大西克礼「さびの研究」（『風雅論』岩波書店　一九四〇年）一四一頁以降
(62) 堀信夫「わびとさび」（『芭蕉』鑑賞日本古典文学二八巻　角川書店　一九七五年）四八一頁
(63) 松田修「さび色の世界――風狂の超克」（『国文学』一九七九年一〇月）一二〇頁
(64) 同右　一二二頁
(65) 鶯笠『芭蕉葉ぶね』日本俳書大系・近世俳話句集　一五五頁
(66) 同右　一五六頁
(67) 作者未詳『祖翁口訣』勝峰晋風編『芭蕉一葉集』一九二五年　紅玉堂　五一三頁
(68) 其角『田舎の句合』校本芭蕉全集・俳論編　三七一頁
(69) 『三躰和歌』歌学大系三巻　一九四一年　二六九～二七二頁

(70) 信胤『笈の底』（未刊国文学古注釈大系　帝国教育会出版部　一九三四年）
(71) 石兮『芭蕉翁付合集評註』俳諧叢書・俳諧注釈集下　五六一～五六二頁
(72) 曲齊『貞享式海印録』俳諧叢書・俳論作法集　九一頁
(73) 『三冊子』校本芭蕉全集・俳論編　二〇〇頁
(74) 同注(72)　八七頁
(75) 草薙正夫「限界状況における文学――芭蕉におけるさび」（『文学』一九六九年一月）
(76) 復本一郎『芭蕉におけるさびの構造』塙書房　一九七八年　一二頁
(77) 武野紹鷗「紹鷗侘の文」（新修茶道全集　八巻　創元社　一九五二年）一二四頁
(78) 服部畊石『芭蕉句集新講』一九三三年（岩田九郎『芭蕉俳句大成』明治書院　一九六七年　一〇四三頁から引用）
(79) 岩田九郎(同右)　一〇四二頁
(80) 『閑吟集』日本古典文学全集二五巻　小学館　四四一頁
(81) 『松風』日本古典文学全集三三巻　小学館　三六九頁
(82) 『七部集大鑑』俳諧叢書・俳諧注釈書(上)　三五三頁
(83) 六平斎亦夢『俳諧一串抄』俳諧文庫・俳諧論集　一九〇一年　一七四頁
(84) 村松友次編『猿蓑さかし』一九七六年　笠間選書　二四頁
(85) 『芭蕉翁発句集蒙引』は杜哉の自筆稿本と、鈴木家に伝わる稿本の二つがあるが、ここでは前者による。猶、前者は東大の竹冷文庫所蔵である。
(86) 真蹟色紙、金沢の板垣氏所蔵
(87) 荻野清『猿蓑俳句研究』赤尾照文堂　一九七〇年　一三頁
(88) 『万葉集』以来の「時雨―鹿」の歌を幾つか抽出して見ると次のようである。
さを鹿の心相思ふ秋萩の時雨の降るに散らくし惜しも（『万葉集』二〇九四）

神無月時雨しぬらしくずのはのうらこがるねに鹿もなくなり（『拾遺集』二一八）
したもみぢかつ散る山の夕しぐれぬれてや鹿のひとりなくらむ（『新古今集』四三七）
鹿のねをくあくる山かけ
秋の夜を猶のこれとやしくるらん（『新撰菟玖波集』一〇二二）
・『類船集』には「時雨」と「鹿」、時雨の付合に「鹿の啼」がある。
[時雨]雲、霧、露、霜、雪、月、山風、木枯、峰の入日、紅葉、寒き柴の戸、鹿の啼、北の峰、窓とつる、冬立そら、袖の涙、松風、木葉散音、川音、滝の音、蝉の声、千本のあたり、なら坂、神無月、いつはりのなき世、

(89) 野間光辰監修『俳諧類船集総索引　付合語編』近世文芸叢刊　別巻一　一九頁
(90) 乾裕幸「芭蕉の猿」（潁原退蔵著作集　月報第三号　一九七九年所収）三頁
(91) 今栄蔵他『芭蕉入門』有斐閣　一九七九年　二三八頁
(92) 山本健吉『言葉の四季』文芸春秋　一九七八年　六六頁
(93) 同注(90)　三頁
(94) 同右
(95) 同注(91)　二三八頁
(96) 俳諧には特に夥しい数の「初」物の季語があり、それは新鮮な感覚に訴えながら、季節感を鮮明にするものとして扱われている。
(97) 雲英末雄編『芭蕉連句古注集猿蓑編』汲古書院　一九八七年　七頁
(98) 同右　五頁
(99) 同右　六頁
(100) 太田水穂『芭蕉連句の根本解説』名著刊行会　一九六六年　一八一〜一八二頁
(101) 石川真弘翻刻『猿蓑箋註』（『大谷女子大学紀要』一三号　一九七八年一一月）三五頁

(102)『去来抄』校本芭蕉全集・俳論編　角川書店　一九六六年　八一頁
　これに関しては『猿蓑』の構成の問題と合わせて、五章においてより詳しく述べることにする。
(103)洒竹文庫蔵『猿蓑爪じるし』天明七年　書肆京都橋屋治兵衛・洞津山形屋傳右衛門　二丁表
(104)『猿蓑さがし』笠間選書　一九七六年　二六頁
(105)五月二十三日付「正秀宛芭蕉書簡」校本芭蕉全集・書簡編　一四九頁
(106)同注(104)
(107)支考『国の華』古典俳文学大系・蕉門俳諧集（二）　四八一頁
(108)内藤鳴雪『芭蕉俳句評釈』一九〇四年（本書は岩田九郎『芭蕉俳句大成』から再引用）
(109)『芭蕉翁句解過去種』一筆坊鴎沙　一七七六年（引用は同右）
(110)岩田九郎『芭蕉俳句大成』明治書院　一九六七年　七九四頁
(111)森田蘭『猿蓑発句鑑賞』永田書房　一九七九年　一七頁
(112)雲英末雄先生の持っておられる紙焼きの『俳諧仮橋』（一六八九年）を利用させていただいた。
(113)本稿においては和歌と連歌的伝統が芭蕉にどのように表れているのかを中心に見る縦の考察に重点をおいて、同時代の元禄大阪俳壇や、京都俳壇などの横の分析は今後の機会に譲らせていただいた。
(114)岩田九郎『芭蕉俳句大成』明治書院　一九六七年　六〇四頁
(115)同注(85)
(116)同注(37)
(117)尾形仂『松尾芭蕉』筑摩書房　一九八〇年　一八頁
(118)上野洋三『芭蕉論』筑摩書房　一九八六年　五七頁
(119)
　　翁を一夜とどめて
　寝る迄の名残也けり秋の蚊屋　　小春
あたら月夜の庇さし切　　芭蕉（『ゆめのあと』）

(120) 丈艸の句は微温的なものが多いとされるが、それでいて芭蕉の寂びを伝えた一人者と推賞されるのは、その教養と素質によるものとされる。「郭公鳴くや湖水のささ濁り」「木枕の垢や伊吹に残る雪」は「さび」を顕した代表作である。猶、丈艸に関しては『猿蓑』の箇所でより詳しく分析することにする。

(121) 同注(104)　三〇頁

(122) 同注(103)

(123) 同注(101)　三六頁

(124) 同注(85)

(125) 同右

(126) 『芭蕉翁全伝』における記事を見ると、

（前略）

行秋や手をひろげたる栗のいが

猿雖宅

新藁の出そめてはやき時雨かな

其とし伊賀にて名残の画賛は

白露もこぼさぬ萩のうねりかな

九月八日旅立。九日。

菊の香や奈良に古き仏達（『芭蕉全集』日本名著全集　九〇三頁）

とあり、「新藁の…」の吟があった後に「九月八日旅立」とあるから、少なくともその九月八日以前に詠まれていることが分かるのである。

(127) 潁原退蔵『芭蕉俳句新講』潁原退蔵著作集七巻（中央公論社　一九八二年）一一七頁

(128) 同注(118)　一三頁

(129) 東海呑吐『芭蕉句解』一七六九（明和六）年（引用は岩田九郎の『芭蕉俳句大成』による。）

(130) 蒲薫庵蚕臥『芭蕉新巻』(『要説芭蕉新巻』金沢工業大学旦月会翻刻　一九八一年)
(131) 同注(114)　四〇二頁
(132) 新潮日本古典集成『芭蕉句集』新潮社　一九八二年　二七〇頁
(133) 『去来抄』校本芭蕉全集・俳論編　一四八頁
(134) 『俳諧問答　青根ケ峰』古典俳文学大系・蕉門俳論俳文集　一〇三頁
(135) 復本一郎『芭蕉におけるさびの構造』塙選書　一九八三年　七六頁
(136) 同注(134)　一〇八頁
(137) 支考『梟日記』日本俳書大系・芭蕉俳諧後集　七四頁

第三部　『猿蓑』と俳諧的〈季節観〉

はじめに

『猿蓑』は〈季節観〉の伝統と創造という問題に焦点を合わせて考える時、大きな転換を示す蕉門の撰集と言える。それは、蕉風俳諧の展開においても、或いは日本文学の底流をなす〈季節観〉の流れにおいても画期的な新たな方向を示すものであった。これからは第一部で考察してきた「季語」の本意の問題と、第二部における時雨という季語に示された〈季節観〉の受容と脱皮の問題とを考え合わせながら、それらに示された芭蕉の季節の捉え方が実践的に現われていると見られる『猿蓑』の〈季節観〉を考察することにする。『猿蓑』の中心をなす時雨の句に関しては既に考察してきたが、その時雨は集において全体的な〈季節観〉を代表しながら、『猿蓑』という撰集の成立の問題、また構成の問題とも大きく係わってくる。特に構成の問題においては和歌や連歌における季節順による部立の仕方をも画期的に破るという現象も起こるようになる。

従来『猿蓑』に関する研究は主に『猿蓑』の巻五の四歌仙の解釈と撰集論に集中していた。ここでは、蕉風における『猿蓑』の意義をも考えながら、成立、構成の問題、そして季語の分析などを通して芭蕉が追求した〈季節観〉の根本を考察していくことにする。

第一章　『猿蓑』の様相と〈季節観〉

第一節　蕉風の聖典

『猿蓑』が計画されたのは元禄三年の夏と見られる。その頃芭蕉の出京を懇望する手紙が、去来と凡兆から届けられ、芭蕉は六月上旬、滞在中の幻住庵から京の凡兆宅に移り、十数日も逗留している。同年六月三十日付の曲水宛書簡に見られる「去来と昼夜申し談じ候」という記事は、『猿蓑』の編集の事が主に論議されたことを示すものと考えられる。それより一年余りの後、元禄四年七月三日（『阿誰軒俳諧書籍目録』）に『猿蓑』が刊行されている。

本集は芭蕉の俳諧が最も円熟した時期に、他門を交えず蕉風の精髄を示すために綿密な計画のもとに編まれたものである。では、まず、『猿蓑』における歴史的な評価を一瞥してみよう。

一、ひさご、さるみのいできて新しき風流を起し、正風の腸をみせ給ひ、句に千載不易のすがた、一時流行の変格あきらか也。（風国『泊船集』元禄十一年）(1)

二、あら野、ひさご、猿蓑、炭俵、後猿と段々其風躰あらたまり来るに似たれど、あら野の時はや炭俵、後猿のかるみは急度顕れたり。只時代の費を改めて通り玉ふまで也。前猿蓑は俳諧の古今集也。（許

六『宇陀法師』元禄十五年刊(2)

三、そもそも猿蓑は俳諧の法華にて、ただこの一品にとどまる。まことに正風の真面目といふべし。（石兮『芭蕉翁付合集評註』文化十二年刊(3)）

四、猿蓑集に至りて全く花実を備ふ。是を俳諧の古今集ともいふべし。（支考『発願文』正徳五年(4)）

五、風調は地を専らにして、風韻を主とし、高雅なる物冬の日に似ず。曲節なる物瓢（ひさご）に反して、独り此時の一體と見ゆれば、世挙りて俳諧の花實全く備つたりと称して爰に止まる事暫くあり。凡そ祖翁一代撰集のうち、不易流行の央（なかば）なる物をいはば、さるみのとも言ひなむ。（曲斎『七部婆心録』万延元年(5)）

このように『猿蓑』は、「新しき風流を起し」、「不易流行」の姿を表し、蕉風俳諧の神髄を見せたものとして讃えられ、「俳諧の古今集(6)」、「俳諧の法華」などのように呼ばれてきた。

猶、現代における評価においても蕪村に心酔して芭蕉を押さえようとした正岡子規さえ『続明烏』『五車反古』に本集を加えて『俳諧三佳書』（明治三十二年）を成している。更に、今日の中村俊定氏の『芭蕉事典』においては「蕉門が文学的に最も充実した時期の撰集で、蕉風を代表する書であり、俳諧史上の聖典ともいうべきものであった(7)」と『猿蓑』を誹諧史の中で最も高く評価している。

『猿蓑』がこのような評価を受けることができた要因は何であろうか。それは結局〈季節観〉の問題とも関わってくるため、四つの点において考えてみることにしよう。即ち、①「新風」を示すものであったということ、②芭蕉が先頭に立って陣頭指揮を執ったということ、③作者の幅が非常に広かったということ、④発句、歌仙、俳文などの総合撰集を狙ったということなどが挙げられよう。そのような要素が複合的に作用して、『猿蓑』をして蕉風の聖典たらしめたのである。

まず①の「新風」の要素から考えてみよう。『猿蓑』は、芭蕉が元禄二年の奥羽の行脚即ち『おくのほそ道』の旅から「不易流行」の理念を持ち帰り、二年間近江地方に滞在しながら「新風」に心を燃やしていた時期のものであった。俳諧の本質観に基づく「不易流行」論は、それまでの俳諧の風調を大きく変える新しい理念であった。「不易流行」は様々な側面から論じられているが、その中心となるのは、芭蕉が究極的に帰着したのは天地の絶えざる変化自体を不易の実相と観じ、俳諧も天地の変化のただ中において捉え、その変化と同じように不断の流行を重ねてゆくことを本質とするということである。俳諧は新しみを生命とするが、そのように常に新しみを求めて変化を重ねてゆく流行性こそ、実は俳諧の不易の本質だということである。即ち、俳諧文芸の本質的性格を「静（不易）」・「動（流行）」の二つの面から把握したものである。このような理念はこれまで述べてきた〈季節観〉の類型化とその脱皮の問題とも直結するといえよう。芭蕉の〈季節観〉は類型を越えて永遠の価値を求めようとしたものであり、それを実現しようとした撰集が『猿蓑』であったのである。

元禄十年閏二月其角宛去来書簡に次のようなことが書かれている。

故翁奥羽の行脚より都へ越給ひける比、当門の俳諧既に一変す。我が輩、笈を幻住庵に荷ひ、棒を落柿舎に受て、略そのおもむきを得たり。『ひさご』・『さるみの』是也。[8]

奥羽の行脚後、蕉門の俳風が一変し、その「おもむき」が『ひさご』（珍碩　元禄三年八月刊）、『猿蓑』に示されたとする。『ひさご』は『猿蓑』より約一年早く上梓されており、やはり行脚後の「新風」に基盤をおいたものであった。ところが、『ひさご』は連句の集（『冬の日』にならって歌仙五つを出している）であって、発句は全く収めていない。且つ湖南の一地方に偏し、近江蕉門の代表的な撰集ではあるが、小撰集の域を出ないものであった。とはいうものの、『ひさご』は『猿蓑』の編纂に刺激となったことは疑いない事実であろう。その『ひさご』をきっかけに、発句、俳文（当初は予定していたが、果たせなかった）、連句に渡って全ての俳諧文学の様式を収める一方、入集俳人においても地域や男女老少を問わず、遍く俳諧を嗜む人を取り入れ、俳諧撰集の根本的な在り方を示そうとしたのである。

次に②の、芭蕉が『猿蓑』の撰集作業において綿密な陣頭指導をしているという事実である。芭蕉は撰集の発刊に関しては普通門人達に任せて直接関与することはしなかった。ところが、『猿蓑』の編纂に際しては芭蕉がどれほど奔走していたのかは、元禄三、四年前後の芭蕉の足跡からよく窺えるものである(9)。この点に関して乾裕幸氏は、元禄三年九月十二日付曽良宛芭蕉書簡を参考に(10)、其角の『花摘』や、嵐雪の『其袋』などの撰集に芭蕉が全く関わらなかった例を挙げ、『猿蓑』以前の芭蕉は門人の意志に任せて撰集には殆ど関与しない主義で通していたとする。そういうことから推察して、『猿蓑』においては芭蕉自らが監修者としてその指導力を百パーセント行使したという事実は非常に重要な意味を持つものであったと言わざるをえない(11)。芭蕉がどれほど『猿蓑』を通して自らが樹立した「新風」を示そうと努力したかというのが窺えるのである。『猿蓑』の編集に当たって芭蕉が事細かに指導していることは『去来抄』や『三冊子』などの俳論を初めとして書簡などを通して容易に推察できる。

その指導の内容の第一は句そのものの指導である。即ち、句の選別をはじめとして、未熟な句の修正、また作者の名を変えて改作することなど広い範囲にわたっていた。この点に関しては従来数多くの論文が出されているため、本稿では再論しないことにする。

次に、集の体裁についての指導である。例えば、集の在り方において古典の面影を持つものが一、二句入るべきだとし、「雨散るや穂屋の薄の刈り残」、「粽結ふ片手にはさむ額髪」などは誂え向きに詠んで撰集の体裁を考えているのである。また、従来の蕉門の俳諧撰集においては門人たちが芭蕉の句に尊敬の意を表して、作者名を「翁」と表記していたため、『猿蓑』においても其角などによって「翁」と表記することが提案されていた。しかし、芭蕉は断固としてそれを拒んでいる。芭蕉の主張は、「自分の家におさめんにはともかくも有べし。是を世にひろめ人にさたせんには却てあさまなるべし(12)」とし、普く世に広め、後世に伝えるという意識が強く働いていたのである。

『猿蓑』の編集された後も芭蕉は集の体裁について、次のように述べているものが見られる。

師のいはく「撰集・懐紙・短尺書習ふべし。書様は色〳〵有べし。たださはがしからぬ心遣ひ有たし」と也。「『猿蓑』能筆也。されども今少し大也。作者の名大にて、いやしくみへ侍る」と也。（『三冊子(13)』）

『猿蓑』における、序文の版下は当時の能書家の北向雲竹であり、本文及び跋文はその弟子の正竹であるが、各句の作者の名前が不必要に大きく記されていると指摘し、『猿蓑』の意図する趣旨に合わず、いやしく見えるというのである。これらの芭蕉の言から推察して、芭蕉が『猿蓑』の刊行に際して、内容においても体裁においても俳諧の手本たる撰集としてその完成度を高めるために、どれほど心血を注いでいたかが窺えるのである。

更に③の作者層の問題である。それは『猿蓑』の丈艸の跋から窺うことができる。

於レ是ニ四方ノ唫友憧々トシテ往来シ、或ハ千里ニ寄レテ書ヲ、々中皆有二佳句一。日ニ蘊月降シテ各程《シナ〴〵ニス》二文章一ヲ。然ドモ有下ハ昆仲ノ騒士不二集録一者上、索居竄栖為レメナリ難レ通レ信ヲ。且有下ハ旄倪婦人ノ不二琢磨一セ者上。麁言細語為レナリ喜レスルガ同レコトヲ志。雖レ無レ至二其域一ニ何ゾ棄二ンヤ其人一ヲ乎哉(14)。

即ち、遠く離れている門人に対しては書簡を通して句を集めたが、蕉門の先輩で句が収録されていないものがいれば、深く隠れ住んでいて音信が通じがたいためであると釈明している。又、「旄倪婦人不琢磨者」、即ち女子供などの、まだ句が未熟な人に対しては、たとえ「麁言細語」でも志を同じくすることを喜んで、取り入れた趣旨を述べている。明らかに『猿蓑』の公平無私の編集態度を広く世に知らしめようとしたことが窺える。

最後に④の総合撰集としての意気込みについてである。前述したように、『猿蓑』は発句と連句そして俳文からなる総合撰集を試みていた。六巻以降に『猿蓑文集』を編み、新しい蕉風の俳文を創始しようとしたが、思いどおりにいかず、急遽芭蕉の「幻住庵記」一篇だけで体裁だけ整え現在の形になった。それは芭蕉の凡兆宛書簡[15]（元禄三年九月十三日付）や嵐蘭宛芭蕉書簡（元禄三年十月二十一日付）、冶天編の『横平楽』（享保二年刊）などから窺える事実である。

まず、凡兆宛書簡を見ると、凡兆が『猿蓑』に入れるための「憎烏之文」を書いて草稿を芭蕉に送ったところ、文章が悪しいとし、趣向はいいから芭蕉自身に譲ってほしいと言っている。これは『蕉門昔語』（明和二年刊）によると芭蕉によって「烏の賦」となったと言うが、結局『猿蓑』には載らなかった。『横平楽』における関連の箇所を見ることにしよう。本書中の「五老（許六のこと）先生より雲茶店へ付属し給ふ品」という題のもとに幾つかの項目があり、その一つが次のような内容になっている。

　猿蓑文集の下書洛去来の筆一冊　是はさるみの撰らるゝ時文章共加入すべきに極り候へ共其角か去来記尚白が送二ルノ越人一ヲ序文章あしきによりむなしく止《ヤミ》になる其後先生本朝文選集の時去来より来たる所也[16]

つまり、『猿蓑文集』の下書きが行なわれていたが、入集予定の文章が好ましくなくて中止することになったとする。

結局、俳文は芭蕉の「幻住庵記」のみを入れる結果となったが、不完全な形ではありながら、その体裁においても従来には見られない新たな形式を取っているのである。

このように、『猿蓑』はその出版意図において既に、「新風」を示す目的で編まれ、芭蕉自らが陣頭に立って指揮し、作者層においても収める作品の種類においても俳諧撰集の模範たるものを示そうとしていたことが窺える。

第二節　『猿蓑』の構成と〈季節観〉

『猿蓑』の撰集論の問題とも関連すると同時に、〈季節観〉の流れにおいても従来の通念を画期的に破ったのは、その構成の問題である。一つは発句の部も、連句の部も和歌や連歌以来鉄則のように守られてきた「春・夏・秋・冬」という序列による撰集の通念を破り、「冬・夏・秋・春」という異例な順になっているという点、今一つは句の並べ方において発句の撰集の通念である類題（題によって編集すること）を立てず、一句一句をただ時節の推移に従って並べているという点、そして、四季における句の分布においても冬と夏が重視されているということである。これらは美意識の大きな変化を示す事実でもあり、その風調の問題とも関連してよく吟味してみる必要がある。

これらの問題を解く鍵となるのは、〈季節観〉の変化の様相を示す巻頭の時雨の句の問題と、巻軸の「行春」の句に込められた〈季節観〉の問題、そして、事物の捉え方における〈本意〉意識の変化とを挙げることができる。ここでは、これらの三つの問題を構成の問題と関連させて論じていくことにする。

一　時雨の句の成立と『猿蓑』における位置

『猿蓑』における「冬・夏・秋・春」の順は何よりも、『猿蓑』において新たな〈季節観〉の様相を示した時雨の位置の問題が大きく関わってくる。

『猿蓑』の巻頭の十三の時雨の句と、それに対応している「初時雨」の巻の時雨の句は『猿蓑』の顔に価するものであり、前の時雨の章において述べたように、時雨の享受の歴史において最も光を放っているものでもある。この時雨が『猿蓑』の顔となっており、『猿蓑』の撰集の仕方を決定づけている。『猿蓑』の時雨の問題と関連してよく引用される『去来抄』の次の箇所を一瞥しよう。

いそがしや沖のしぐれの真帆かた帆　　去　来

去来曰、「猿みのは新風の始、時雨はこの集の美目なるに、此句仕そこなひ侍る。ただ、有明やかた帆にうけて一時雨といはば、いそがしやも真帆も、その内にこもりて、句のはしりよく心のねばりすくなからん」。先師曰、「沖の時雨といふも、又一ふしにてよし。されど、句ははるかにおとり侍る」ト也。[18]

撰者の一人である去来が『猿蓑』の刊行の後に自らの感慨を述べ、巻頭の時雨の句に伍した自分の句の拙さを悔やんでいるのである。実際、去来の時雨の句には説明的な句が多く、芭蕉に言わせれば「ねばり」（理屈っぽいこと）[19]とされる句が多いと言える。右の「いそがしや」の時雨の句をはじめとして、去来の時雨の句は、「雲よりも先にこぼるるしぐれ哉」（『続猿蓑』）、「凩の地まで落さぬしぐれかな」（『いつを昔』）などがあり「いそがしや」や「先にこぼるる」、「地まで落とさぬ」など、主観による理屈が先立って、時雨の情趣が十分生かされていない感がある。これは観念や主観を払拭して、ものの本質に随順して詠む『猿蓑』の風調には合わなかったのである。特に、去来が自分の句の拙さを歎いているのは、本書の時雨の部の三章において述べたように、伝統的な時雨の捉え方とは異なる「新風」を開いた『猿蓑』の時雨の価値に比べて自分の句が劣っていると思われたためである。右の傍線部の「猿みのは新風の始、時雨はこの集の美目なるに」ということは『猿蓑』における時雨の位置を示すものでもある。「美目」は、「眉目」と同様に「最も重要なもの」という意である。[20]

『猿蓑』の美目としての時雨の句はどのように成立し、なぜ巻頭に据えられたのか。勿論、単純に考えれば、猿蓑という集の名前のもとになった芭蕉の「初時雨猿も小蓑を……」の句を集の顔とするためであったが、当句を称えて、門人達がこぞって時雨の句を詠み、時雨で示された〈季節観〉を通して集を代表させようとしたということは非常に重要な事実である。

巻頭の時雨の句はすべて初出の句ばかりである。『猿蓑』以前の他の撰集に載っている句は全くない。おそらく、これらの時雨の句は、『猿蓑』に入れることを予定して詠んだものが多いのではなかろうかと推測される。巻頭の時雨の句の作者は殆どが当時近江地方において新風の樹立に一翼を担っていた俳人である。其角、千那、丈艸、正秀、史邦、尚白、曽良、凡兆、乙州、羽紅、昌房、去来がそうであり、其角と曽良を除いては近江俳人が殆どである。なかには羽紅などの著名とは言えない女性俳人も入っているが、『猿蓑』において最も活躍している凡兆の妻として夫婦ともに芭蕉と親しかった関係から『猿蓑』の中核たる時雨の句にも伍しているのである。

猶、『猿蓑』に合わせて時雨の句が詠まれただろうという証拠は、それらの句が全て当時の蕉風俳壇の中心になっていた近江中心の景物の句であるということである。それは大谷篤蔵氏の「琵琶湖の時雨」[21]や、森田蘭氏の考証などによって明らかになっている。特に、森田蘭氏は十三の時雨の句に詠まれた地名を、伊賀、三井寺、堅田、瀬田（二句）、嵯峨廣沢、琵琶湖上、伊賀、大原里、竹田里、（「だまされし」、「新田に」は不明）、琵琶湖上というふうに考証している[22]。

これらの時雨の句作をめぐって様々な書簡の往来があっただろうということは、次の正秀の時雨の句に触れている書簡を通して推察することができる。元禄四年の五月二十三日付の正秀宛芭蕉書簡である。

たどたどし峰に下駄はく五月雨　　探　志　如此候

一書致啓ニ上一候。愈ゝ御無事、御老母様御子達御無事□御座候哉。漸〳〵□にほひうつくしく御とり込推察□候。爰元わりなき集之内相談ニて紛候而、其境下向之事遅□いたし、一入御懐□のミニ存候。貴様玉句少々書入、幻住庵之句

月まつや海をしりめに夕涼

と入申候。しぐれの鑓持（の）句驚入、此集之かざりとよろこび申候。御手柄とかく申難候。委細貴面可レ仕御座候。乙州事愈御取持可レ被レ成候。匆々

五月廿三日　はせを
まさひて様(23)

「爰元わりなき集之内相談ニて紛候而」というのは『猿蓑』の編集のために奔走していることを指すのである。この書簡は時雨の句をめぐって連絡が行なわれていたことを示唆するものとして非常に重要である。時雨の句募集のため、撰者と門人たちの頻繁な書簡の往来があったのであろう。書簡の末尾の「しぐれの鑓持（の）句驚入、此集之かざりとよろこび申候」というのは巻頭の正秀の「鑓持の猶振立つるしぐれ哉」を指していう言葉である。この書簡を出したのは五月二十三日であるから、『猿蓑』の最後の編集会議と思われる五月二十六日（『近畿巡遊日記』の記事による）の直前まで時雨の句が論議されていたことを示すものである。

このように巻頭の時雨の句が『猿蓑』への入集を予定して詠まれたものが多いことを幾つかの事実を通して考察したが、それと同様に、『猿蓑』の歌仙もやはり、全て入集を予定して巻かれているものである。巻五の四歌仙のうち、乙州東武行の餞別歌仙を除く三歌仙はすべて芭蕉が脇を担当し、『猿蓑』入集を予定して巻かれている。「市中は物の匂ひや夏の月」の巻は元禄三年の六月上旬、「灰汁桶の雫やみけりきりぎりす」は元禄三年九月下旬、「鳶の羽も刷ぬ初時雨」は元禄三年十月中旬にそれぞれ巻かれている。

二　冬・夏・秋・春と〈季節観〉

（一）『猿蓑』においては発句の部も連句の部も、冬を巻頭において冬・夏・秋・春の順で編まれている。

〈乾〉発句の部

巻一　**冬**　総巻頭　初しぐれ猿も小蓑をほしげ也　芭蕉

巻二　**夏**

巻三　**秋**

巻四　**春**　総巻軸　行春を近江の人とをしみける　芭蕉

〈坤〉連句と俳文の部

巻五

冬　巻頭　鳶の羽も刷ぬ初しぐれ　去来

夏

秋

春

巻六　「幻住庵記」

「几右日記」

このように**太字**の部分が発句の部と連句の部が同じく「冬・夏・秋・春」の順になっている。これに関して、まず次の問題から考えてみよう。

①なぜ発句部における芭蕉の時雨の句と、連句部における去来の時雨の句を対応させているのか。

②冬の句を前に持ってくるやり方を考え付いたのは路通編の『俳諧勧進牒』に影響されてなのか。

まず、①の芭蕉の「初時雨猿も……」と、去来の「鳶の羽も……」の句の対応関係の問題である。『猿蓑さかし』（空然　文政十二年刊）において「発句集巻頭の句によって、猿蓑と題号す。又付合にいたってこれに準じ、時雨の歌仙を以て始とす。(24)」としているように、これら二つの句を対応させようという意識は明らかにあったと考えられる。これに関して乾裕幸氏は次のように述べている。

なぜ「鳶」なのか。猿と同じ岩頭・樹上の生物をもって蕉句に対せしめたと説く『十寸鏡』の読みは算用の合せすぎである。そもそも鳶は鷹の雅（和歌）に対しては俗（俳諧）であり、その威厳ある容姿に対しては凡庸のイメージであろう。これは去来の謙退の情の形象化であろうと思う。去来はおそらく、猿の憧憬した行脚びとを芭蕉その人と読んだのに違いない（事実もその通りであったわけだが）。そして「初しぐれ」の詩的恩寵にあずかる喜びに託して、猿ばかりでなく鳶（わたくし）もまた先生を崇敬してやみません、と真情を吐露したわけである。おそらく芭蕉の巻頭句に対する挨拶が、この発句の真意だったのではないか。(35)

つまり、猿の憧憬した行脚人を芭蕉と見て、自らを謙遜した表現として「鳶の私も」というふうに対応させたと説いている。氏の指摘のように、明らかに去来の句は芭蕉への憧憬の念があっての吟であることは考えられる。ところが、それを「鳶」という言葉として表現したということはやや疑問である。むしろ、芭蕉の句において見事に表出されている初冬の閑寂な季節情調への憧憬から、同じような表現手法の吟を向かい合わせたのではなかろうか。本稿の時雨の章においても述べたように、「草枕犬もしぐるるか夜の声」などの句とともに、時雨に濡れている有情物を通して時雨の雨粒に打たれる即物的感覚と、有情物（人間と動物）同士に分かち合う哀歓を表現しているものである。去来はそのような芭蕉の詩的世界を積極的に味わおうとする境地を示し、両句を意図的に対応させていると考えられる。

次に②の、冬を前に持ってくる方法を考えついたきっかけに関してである。従来、荻野清氏の指摘[26]以来、『猿蓑』より一か月余り早い元禄四年の五月二十六日刊の路通編の俳諧撰集『俳諧勧進牒』（以下『勧進牒』という）に倣ったとすることが通説のようになっていた。これには島居清氏も賛同している[27]。乾裕幸氏は当時の蕉門と路通との不仲を挙げてその可能性を否定している[28]。

『勧進牒』の影響を主張する側は、その集が『猿蓑』と同じ版元の井筒屋庄兵衛から出ていること、撰者の路通が蕉門の俳人であること、しかも『猿蓑』とほぼ同時期に出刊されている点などを根拠にヒントを得たのだろうと主張する。では一体、この勧進牒を『猿蓑』の撰者及び芭蕉が『猿蓑』を編む際に参考としたのであろうか。第一に『勧進牒』が刊行されてからそれを参考にして『猿蓑』の体裁を考えたであろうかという問題、第二に『猿蓑』の編集が進められている時に『勧進牒』の体裁に関する情報を得ていたかどうかの問題である。

まず、第一の可能性の問題である。『勧進牒』は五月二十六日に出版されているが、ちょうど曽良の『近畿巡遊日記』の五月二十六日の条に、「撰集の義取立深更にまで及び[29]」とあり、偶然一致している。ところが、その当日『勧進牒』を手に取ってからその体裁を論議していたということは考えられない。おそらく、この日は『猿蓑』編集のための最後の相談を終えたものと考えられるからである。『猿蓑』は七月二十三日出版されているからこの日の会議は最終点検でなければ時期的に間に合わない。

更により確固たる証拠は、この最後の編集会議の三日前の前述の五月二十三日の「正秀宛芭蕉書簡」を見ると「しぐれの鑓持ちの句驚入、此集の飾りとしてよろこび申候」とあり、『勧進牒』の出版の前に既に時雨を集の飾りとして巻頭に置くことが確実に決まっていたことが分かる。

こうして、『勧進牒』が出版されてから『猿蓑』がそれを参考にした可能性は極めて低いと言える。

第二の問題として、『勧進牒』が出される前にその体裁に関することを『猿蓑』の撰者達が知っていたかということである。それは次の二つの点においてその可能性は稀薄であると考えられる。

一つは、『猿蓑』刊行当時、蕉門と『勧進牒』の撰者路通との往来はあまりなかったことである。路通は初め漂泊の乞食生活を送っていたが、野ざらし紀行以来芭蕉と親しくなり、特に『おくのほそ道』の旅を敦賀に迎えて伊勢・伊賀・奈良に伴ったり、落柿舎や湖南などで芭蕉に親炙する機会を得ていた。ところが、次第に傲慢になり蕉門の間に不評が伝わって（また、芭蕉が捨てた反故を勝手に使って公開した、いわば著作権問題もあって）芭蕉の勘気をこうむったとされる時期（元禄三年）に『勧進牒』が出されている。従って『勧進牒』や『猿蓑』が編まれる時期には路通と蕉門とは往来があまりなかったものと考えられる。この点については乾裕幸氏も若干触れているところでもある。(30) 外に、『猿蓑』の編集に携わっている人々と路通との不仲を示唆するものとして次の事実が挙げられよう。『勧進牒』には『猿蓑』の撰者である去来と凡兆の句は一句も入っていない。『猿蓑』には路通の句が五句も入っているが、それは丈艸の跋から分かるように遍く俳諧の聖典たるものを世に著そうとした性格からのことで、それに反して『勧進牒』には蕉門の句よりそれ以外の人の句が多いのである。『勧進牒』で頭角を現している露沾も当時蕉門とは非常に仲が悪かったと伝えられている。

なお、『勧進牒』の編集を思い立った時期はその序文によると元禄三年の霜月十七日になっているが、『猿蓑』はその前に既に冬の時雨の句を巻頭に出すことが決まっていたのではなかろうかと考えられる。芭蕉の「初しぐれ猿も……」の句は元禄二年九月に詠まれており、「鳶の羽も」の歌仙は元禄三年冬（十月内）に巻かれている。「鳶の羽も」の巻は巻頭の時雨に対応させて編まれているのであり、『勧進牒』の編集を思い立った時期より先立っているのである。こうして、『猿蓑』の編集を前後として『勧進牒』を参考にした可能性は極めて低いと思われる。

（二）　以上、『猿蓑』における『俳諧勧進牒』の影響関係を否定してきたが、その影響関係の有無に関わらず、二つの集における「冬」を前にした動機は全く異なっていることに注目しなければならない。『俳諧勧進牒』の路通の自序には次のように記されている。

元禄三年霜月十七日の夜、観音大士の霊夢を蒙る。あまねく俳諧の勧進をひろめ、風雅を起すべしと、金玉ひとつらね奉加につかせ給ふ。

霜の中に根はからさじなさしも艸

覚て後、感涙しきりなるあまり、千日の行を企暈（くわだておわんぬ）。広く続て一言半句の信助を乞。（後略）[31]

即ち、霜月の冬に俳諧の勧進をひろめるべしという霊夢を蒙り、その時から修業を始めたということで、巻頭に「修業始霜月十八日」とあり、冬の句から並べられているのである。即ち、『勧進牒』においては、冬という時期に霊夢を見たことを強調する必要からそのような順序を取っているのである。

ところが、『猿蓑』の場合は新風の樹立を標榜する撰集意識において最も重要な顔となる時雨の句を前に出すことは、『猿蓑』の俳風において非常に好都合のものであったためである。『猿蓑』の全体の風調を示すものとして時雨の句は適切に使われていると言える。

（三）　次に巻軸に「行春を近江の人とおしみける」の句を据えている事実についてである。それは、冬を前に持ってくるだけに止まらず、なぜ春夏秋冬の季節の循環のサイクルを全く崩して冬の次に夏を、そして秋の次に春を持ってくる方法を取ったかという問題とも関わってくる（『勧進牒』の場合は季節の循環のサイクルはそのままにして冬の句だけを前に持ってきて冬春夏秋の順に編んでいる。）。

従来はこの巻軸の句の問題と「冬・夏・秋・春」との関連はあまり論じられなかった。杉浦正一郎氏[32]は其角の序における「俳諧の集つくる事、古今にわたりて、此道のおもて起すべき時なれや」の内容と夏の巻頭の自句「有明の面起すや時鳥」を対応させようとした意図からだとしている。其角の序と、其角の句であるから明らかに序と句とを呼応させる意識はあったと思われるが、とはいっても冬の次にその句を持ってきた必然性は乏しいと言える。更に、島津忠夫氏[33]は春の部には挨拶の句や「さび」とは違った「かるみ」の句が多いことから春の部を巻二の冬の部からなるべく遠く離れた位置に置こうとしたとする。確かに氏の指摘するとおり、冬の部には「さび」の傾向の句が、春の部には「かるみ」とされる傾向の句が多く見られる。ところが、これは結果的にそうなったものであり、初めからそれに従って分類したのだとは考えられない。

その最も大きな要因はやはり、巻軸に芭蕉の「行春を近江の人とをしみける」の句を据えようとしたためであると推測される。巻頭を冬、巻軸を春の句にすると自然に残る春と秋の句はそれぞれ冬と春に対応させる形で、「冬・夏・秋・春」の順になるのである。

春の句が最後にきたのは「行春を近江の人とおしみける」の句を以て発句の部を締め括ろうとした意図からだと考えられる。当時の蕉門俳壇は近江を中心に最も活発に活動し、『猿蓑』の撰集の論議もその地で行なわれたことが多く、「近江の人」達に対する謝意と惜別の意味を「行春」の句で示そうとしたのであろう。それはちょうど『おくのほそ道』の冒頭における「行春や鳥啼き魚の目は泪」に見られるよう春を惜しむ心に人々への惜別の情をも託しているのと同じである。

即ち、芭蕉は『奥の細道』の旅以来、新風を樹立するために二年間にわたる近江滞在を終えて『猿蓑』の刊行された年の冬に江戸に戻ることになるが、風流を共にした近江の人々への挨拶と惜別の情を行春に託して巻軸に配置させたのであろう。そして撰集のため苦楽をともにした時間というものと、その名残とが「行春」という季語に絶妙に凝縮されているのである。

「行春」という季語は和歌や連歌以来の伝統的な題で、季節の流れを「動的」に捉えた日本独特の詩語である。季語そのものの主眼は勿論「惜春」の情調である。「行春」には、長い冬の間待ちかねた春が訪れ、百花咲き誇る春を賞翫する間もなく、日本の風土的特色を現す湿潤な夏が到来することに対して、過ぎ行く春を惜しむ心が詠み込まれる。まさに時間の流れを季節の推移の相において実感したことを基盤にした季語である。そして、その時間の流れは過去と現在そして未来をを結ぶ時間でもある。

芭蕉が「行春」の句を巻軸に据えたのは、まずはこれまで述べたように近江の人に対する惜別の情からだったのであろう。また、永遠に流れる時の認識の中で、『猿蓑』という撰集の作業がおわることによって、伝統を追求しながら撰集作業に費やしてきた日々が過ぎ去り、後世まで受け継がれるだろうという感慨をこめ、撰集の締め括りとしようとしたのであろう。

序論でも述べたように、四時における時々刻々の変化と、その四季が円転しつつ永遠に流れることに対する認識が芭蕉の〈季節観〉の基盤にあったことを示すものでもあろう。それは、時々刻々の変転こそ永遠の変わらない摂理、万物の本質であるという「不易流行」の理念とも相応するものであった。

三　季語の分布と「本意」の変遷

（一）『猿蓑』において〈季節観〉の変遷を示す重要な事実は一つ一つの題を設けてその題のもとに句を並

べているのではなく、ただ時間の推移によって句を配列しているということと、句の分布において、夏と冬の句が重視されているということである。従来は美意識の問題から専ら春秋中心の〈季節観〉が重んじられたが、『猿蓑』においては冬と夏をも重視し、特にその中で和歌や連歌においてはあまり見られない「人事」の題が非常に目立っている。それは美的在り方として定まった本意によって事物を捉えるのではなく、生活実感に基づいて季節の題材を捉えていった証拠にもなると思われる。

類題の問題に触れている論文には、乾裕幸氏の「『猿蓑』の意義――撰集のとば口にて」[34]があり、和歌の定数題詠との関連から論じている。それをも参考に入れながら、類題の問題が〈季節観〉とどのように関わるのかを考えていくことにする。俳諧の撰集においては、連句の集を除いては貞門・談林の初期俳諧以来、殆どの集において類題を設けて「花」何句、「月」何句、「時鳥」何句というふうな並べ方で編集されてきた。それは、和歌や連歌以来の伝統的方法をそのまま踏襲したものであった。今、俳諧撰集において題を設けて編集されている主なものを見れば次のようになる。

・貞門俳諧の類題集……『犬子集』（寛永十年）、『崑山集』（慶安四年）、『時勢粧』（寛永十二年成）、『玉海集』（明暦二年）、『続山井』（寛文七年）
・談林俳諧の類題集……『ゆめみ草』（明暦二年奥書）、『境海草』（万治三年）、『続境海草』（寛文十二年）、『誹諧当世男』（延宝四年成）、『誹諧坂東太郎』（延宝七年成）、『東日記』（延宝九年成）、『おくれ雙六』（延宝九年成）・『俳諧雑巾』（延宝九年）
・蕉門俳諧の類題集……『虚栗』（一部が類題　天和三年）、『続虚栗』（貞享四年）『阿羅野』（元禄二年）、『其袋』（元禄三年）、『俳諧勧進牒』（元禄四年）、『炭俵』（元禄七年）、『続猿蓑』（元禄十年）

このうち特に、蕉門の七部集において『阿羅野』、『続猿蓑』などは四季の題を設けるのみならず「名所」

「述懐」「恋」「無常」「釈教」「神祇」「祝」などの題まで設け、和歌や連歌の撰集の仕方をそのまま受け継いでいる。

ところが、『猿蓑』においては四季だけを設けていると同時に、その四季においても題を全く立てず、時節の推移によって句を並べている。必要に応じて所々前書を付しているだけである。それは、恋も述懐もすべて、四季の推移の相の中に自然に溶け込んでいる形で句を並べているためである。

題が設けられると、その題の序列によって句数も自然に定められ、句集の全体のバランスを取ることが要求される。例えば、『阿羅野』の巻一などにおいては花三十句、杜宇（時鳥）二十句、月三十句、雪二十句と題を設けた上に数字を合わせて出している。『猿蓑』は花十二句、梅十五句、時鳥十二句、月十六句、時雨十三句、雪十一句などになっている一方、夏の初めに必ず置かれる「更衣」の句などは一句も見られない。撰集の体裁においてかなり自由に考えて編集していたことが窺える。

そして、題を設けなかった最も大きな要因はやはり、従来の事物の捉え方としての「本意」意識の変遷によるものであろう。これに関しては乾氏も次のように述べている。

そもそも題詠句は題詠歌同様、季題や歌枕や歴史上、物語中の人物などの超越的な価値体系に従って、言いかえれば、それらの理想化され、類型化した美意識のポルテ（射程距離）内で制作されなければならなかった。題が不安定な俳諧の発句に安定性を与えることができたのは、古くから「本意」だの「本情」だのと呼ばれてきた、題のもつそのような超越性、普遍性、さらに言えば「不易」性によることはいうまでもない。それはアクチュアルな現実から遠ざかることによって純粋性を保証される、本来そのような性質の営為であった。……（中略）……
北国旅行から「不易流行」の理念を持ち帰った芭蕉は四季に類題を立てず、古人の句を採用せず、定数

題詠句を追放した、きわめて質素な俳諧撰集を世に問うた。それが、『猿蓑』だったのである。(35)
「類型化した美意識のポルテ」としての「本意」の中で句作することは題の不安定な俳諧の発句に安定性をもたらすものとして好まれたが、『おくのほそ道』の旅以降の「不易流行」の理念によって、『猿蓑』はそのような超越的な価値体系には捉われない質素な撰集として編まれたということである。これは、本稿の中心テーマである〈季節観〉の問題とも大いに関連のある重要な指摘であると考えられる。

本書の、「季語の本意」の箇所においても述べたように、和歌、連歌以来「本意」とされてきたものは類型化した美意識を基盤にしたものである。題を設けることによって、その本意とするところを吟味することが要求される。時鳥は声めずらしいように、春雨は物静かなるように、鹿は妻恋う声哀れに……などという美意識による題の在り方としての本意がその題の提示とともに喚起されることは当然なはずだからである。和歌の題詠や歌合などがそのような本意の便宜の上に成り立っていることは周知の事実である。

ところが、『猿蓑』はそのようなある特殊な意味を背負っているものとしての題が重要なのではなく、自然の変化とそれに随順して生きる人間の営みにおいて、季節の推移の相を私意を交えず描き取ることがより重要だったのである。

(二)　『猿蓑』の四季の句の分布は、冬九十四句、夏九十四句、秋七十六句、春百十八句となっている。春の句が圧倒的に多いのではあるが、春の部には一句入集の作者が非常に多いため、句数が多くなっている。なかでも、丈艸が跋文においても記しているように当時殆ど無名の俳人達が多くその名を列ねている。『猿蓑』において一句作者の分布を見ると、冬十三句、夏十七句、秋十句、春三十一句になっている。春の部においても一句作者の句が圧倒的に多いことは勿論、一句作者の中には名の俳人も他の部より断然多い。当然、夏の部の杜国の一句と、秋の部における杜若などの無名作者の一句とはその重みはかなり違ってくる。春の部におけるそのような傾向を考慮し、また秋の七四句などに比べると、冬夏の部の句は句数においてもかなり多い数であると言わざるをえない。

　勅撰集の部立の場合は春秋が各二巻からなっており、冬と夏は各一巻で歌の分布から見ると冬と夏は圧倒的に少ない。これに関連して東聖子氏の「芭蕉発句の季語体系(一)――縦題と横題」において統計を出しているのを参考にすると、芭蕉発句の九百七十五句のうち、百八十四句が俳諧的季語（横題）であり、その俳諧的な季語の四季における割合は、「春十六%、夏十九%、秋十三%、冬三十二%」となっている。[36] これを参照すると、俳諧においては夏と冬の季節の題が大いに拡張されていったことが窺えるのである。特に、美的対象が少なかった冬において俳諧的な題が圧倒的に多いのは、和歌の美的な存在価値としての題の選び方とは異なる俳諧の〈季節観〉の在り方を示唆するものでもあろう。実際、『猿蓑』に出されている季語の種類の分布をみても、冬五十七種、夏五十二種、秋四十六種、春五十二種で、冬の季語の種類が多くなっていることがわかる。

　『猿蓑』において巻頭と巻軸を冬と春にすることによって自然と冬夏と秋春とが対応してできた形は、従来の伝統的な〈季節観〉において重視されてきた春秋中心の捉え方に捉われず、冬夏における季節の情趣をも重んじる俳諧的な構成であったとも言えよう。

　そして特記すべきことは、冬と夏の〈季節観〉が重視されながら、「人事」の題が顕著に見られるという事実である。では、『猿蓑』の発句の部において四季の人事の季語を持つ句数を比率の上から分析してみると、別表のとおりである。

	人事／全体(句)	比率(%)
冬の部	二四／九十四	二六
夏の部	二〇／九十四	二一
秋の部	一三／七十六	一七
春の部	一一／百十八	九

このように[37]、人事の句は「冬」と「夏」に多く、伝統的な〈季節観〉においては「美」の対象としてあまり重要視されなかった冬と夏に、人間の日常の営みから季節情緒を感じ取ろうとした指向性を読み取ることができるのである。なかでも文学的な風物の少ないとされた冬の句において人事の句が最も集中しており、俳諧的な〈季節観〉の在り方を示すものとして、冬を巻頭に出した必然性を裏付ける一つの要素ともなるのである。

連句における人事の句については堀切実氏が『続猿蓑』論[38]において、『猿蓑』の人事の句も分析しているところがあり、参考に入れることにする。連句の場合は発句とは違って句の運びによって春の句、夏の句……、雑の句などと決まる場合が多いので、それぞれの部立の分析には適切ではないため、全体の句数の比率で把握するしかない。但し、この場合は季語中心ではなく、句の捉え方において人事を詠んでいれば「人事」とし、自然の景物を詠んでいれば「自然」の句としたものと見られる。例えば、同じ「月」を詠んでも「まいらどに蔦這いかかる宵の月」の場合は景物であるから「自然」とし、「こそこそと草鞋を作る月夜ざし」の場合は人事の上に捉えているから「人事」にするという具合である。

	自然	人事
「鳶の羽」の巻	八／三六	二三／三六
「市中は」の巻	二／三六	二七／三六
「灰桶汁」の巻	一二／三六	一八／三六
「梅若菜」の巻	六／三六	二〇／三六

これらの全体の比率を出すと、自然を詠んだ句は、二八／一四四で、一九％、人事を詠んだ句は、八八／一四四で、六一％と、人事の句の比率が圧倒的に多い。やはり『猿蓑』の連句の部においても、人間の営み、生

活実感の上で季節の情緒を感じ取ろうとした傾向を見ることができるのである。

たとえば、次のような句である。

一夜〳〵さむき姿や釣干菜　探丸
まじはりは紙子の切を譲りけり　丈艸
住つかぬ旅のこころや置火燵　芭蕉
家〳〵やかたちいやしきすす払　祐甫
無き人の小袖も今や土用干　芭蕉
水無月や朝めしくはぬ夕すずみ　嵐蘭

このように、「紙子」「置火燵」「すす払」「すずみ」など庶民生活における季語である。そして、必ずしも人事の季語でない季節の題でも「こがらしや頬腫痛む人の顔」のように人事の上にその情緒を捉えたものが多い。

以上、『猿蓑』の句の並べ方において、類題を立てていない点と、季語の分布に冬が特に重視され、人事の季語も集中していることにおいて、従来の類型的な〈季節観〉を促してきた「本意」に拘らなかった点、そして、人間の生活実感に基づく〈季節観〉の在り方を分析してきたが、これは次章の『猿蓑』の風調の分析を通してより明確になるのである。

（1）　風国『泊船集』序　俳諧叢書・芭蕉翁全集　一四一～一四二頁
（2）　李由・許六編『宇陀法師』校本芭蕉全集・俳論編　二七八頁
（3）　石兮『芭蕉翁付合集評註』俳諧叢書・俳諧注釈集(下)　五六九頁

(4)　支考『発願文』俳諧文庫・文考全集　二二五頁
(5)　曲斎『七部婆心録』五　俳諧叢書・俳諧註釈集（上）　六四七頁
(6)　当時、『古今集』などの歌集に見立てて俳諧集を称賛するのが一つの傾向として見られる。例えば『七部捜』には「成程冬の日は蕉門の万葉也。春の日はこの時分、翁の手をはなれてかくはまいるまじ」とあり、『冬の日』を「蕉門の万葉」としている。
(7)　中村俊定『芭蕉事典』春秋社　一九七八年　一九五頁
(8)　飯田正一『蕉門俳人書簡集』桜楓社　一九七二年　一六四頁
(9)　芭蕉の『奥の細道』の旅以来、『猿蓑』撰集当時の足跡を見ると次のようである。奥の細道（元禄二年）―膳所（元禄三年春）―幻住庵（同年四月）―義仲寺（同年八月）―伊賀上野（同年九月）―京都（同年一一月）―大津（元禄四年春）……（郷里の往来）……落柿舎（同年四月）
(10)　上野洋三「曽良宛芭蕉書簡考証――元禄三年九月十二日付――」（『女子大文学』国文編三〇号　一九七九年三月）における考証によっている。
(11)　乾裕幸「『猿蓑』の意義――撰集のとば口にて」（『国語と国文学』一九八七年八月）
(12)　『旅寝論』古典俳文学体系・蕉門俳論俳文集　二一一頁
(13)　『三冊子』「くろさうし」校本芭蕉全集・俳論編　二二〇頁
(14)　中村俊定校注『芭蕉七部集』岩波文庫　一九八三年　二三三頁
(15)　元禄三年九月十三日付　加生（凡兆）宛書簡　校本芭蕉全集・書簡編　一二九～一三〇頁
(16)　冶天編『横平楽』享保二年刊　近世俳諧資料集成(二)　講談社　一九七六年　一五～一六頁
(17)　『去来抄』において、近江という土地の持つ伝統性と行春がよく照応していることが説かれている。（『去来抄』「先師評」）
(18)　『去来抄』校本芭蕉全集・俳論編　八一頁
(19)　「ねばり」の用例は次のようなものが見られる。

①句体風姿有、語路とどこほらず、情ねばりなく、事あたらし（『去来抄』同門評）
②翁も古風のねばりがいやなればこそ、正風門はひらかれたれ（『遅八刻』）
(20) 美目は次の山下登喜子氏の考証に見られるように「最も重要なもの」の意でいいと考えられる。
「美目」は、容姿の上で例えば『詩経』に「巧笑倩兮、美目盼兮」とあるように、うるわしい目もとの意味であるから、この場合『猿蓑』集全体の重要な中心といった気持ちで使われたと考えてよい。「美目」を「眉目」の書き誤りとする説もあるが、「眉目」も「眉と目」の意味から転じて、「面目」とか「誤り」とかを言い、重要なものを示すものだから、要するに「美目」「眉目」ほぼ同義である。

（山下登喜子「『時雨はこの集の美目』ということ」『短大論叢』関東学院女子短期大学　五四集　一九七五年一〇月　一頁参照）
(21) 大谷篤蔵「琵琶湖の時雨」（大阪俳文学研究会『会報』一九号　一九八五年九月）
(22) 森田蘭『猿蓑発句鑑賞』永田書房　一九七九年　二六頁
(23) 「正秀宛芭蕉書簡」校本芭蕉全集・書簡編　一四九頁
「嘗て木村三四吾氏の一見されたものであるが、いまその所在を明らかにしない。不明の箇所が多いが、内容上疑わしい所はない。『猿蓑』編纂中に洛中に在って認めた一通で、その入集句について内報しているが、文面の主旨は約束の膳所訪問の遅延を陳弁する点にあるようである。蓋し正秀は芭蕉のために義仲寺境内に新庵を用意して待ちこがれていたのであるから、『猿蓑』が出版を間近くひかえて追込みの最中であったとはいえ、芭蕉としても正秀の好意に対して一言釈明せずには居られなかったものと見受けられる。」（校本芭蕉全集の正秀書簡に関する頭注による。）
(24) 『猿蓑さかし』雲英末雄編『芭蕉連句古注集・猿蓑編』汲古書院　一九八七年　六頁
(25) 同注(11)　一二〜一三頁
(26) 『俳諧大辞典』明治書院　一九六七年『猿蓑』の項目
(27) 島居清「撰集としての『猿蓑』論」（『ビブリア』八四号　一九八五年五月）

(28)　同注(11)　八頁
(29)　『曽良奥の細道旅日記』『奥の細道名勝備忘録』『奥の細道俳諧書留』『近畿巡遊日記』などによる。今井邦治『蕉門曽良の足跡』信濃民友社　一九五三年参照。
(30)　同注(11)　六〜九頁
(31)　『俳諧勧進牒』古典俳文学大系・蕉門俳諧集(一)　二三四頁
(32)　杉浦正一郎編『新註・猿蓑』武蔵野書院　一九五一年　七〜八頁
(33)　島津忠夫「猿蓑の一考察――冬の部と春の部と」(佐賀大学『文学論集』一九六〇年　七月)三五〜四六頁
(34)　同注(11)　一八〜二〇頁
(35)　同注(11)　二〇頁
(36)　東聖子「芭蕉発句の季語体系(一)――縦題と横題」(お茶の水女子大学『人間文化研究年報』第一三号　一九九〇年十月)二一〜三九頁
(37)　人事の季語の判定は『図説俳句大歳時記』(角川書店)、『大歳時記』(集英社)を参考した。ところで、前者の場合は「宗教」を別に分類しているが、後者の方は人事に統合している。その点に関しては後者の方に従った。
(38)　堀切実「『続猿蓑』論」(『国文学』第二二巻五号(特集号――表現の構造)一九七七年四月)一二五頁

第二章　『猿蓑』の風調と〈季節観〉

『猿蓑』はこれまで述べた集の体裁の面において、従来の〈季節観〉の通念を破った画期的なものであったが、その体裁は実はそれぞれの句に示された季節の事物の捉え方からくる風調に基盤をおいたものであった。これからは、従来の『猿蓑』の風調の評価の問題を一瞥し、更に、『猿蓑』の風調を説く鍵ともなる、凡兆と丈艸の問題と関連させて論じていくことにする。

第一節　生活実感と〈季節観〉

太田水穂は芭蕉の七部集に関して、『冬の日』『春の日』を「絢麗な華やかなる寂び」の世界、『阿羅野』を「実（まめ）やかなる体のうへに露《あら》はれた寂び」の世界、そして、『猿蓑』を「華実調和せるものの寂び」の世界だとして、(1)それぞれの風調を説いている。「寂び」そのものの各集の分析になるとまた大問題になるが、ここでは、その比較された風調だけに注目すると、『冬の日』は高調した華麗さが見受けられ、『阿羅野』は誠実に過ぎて質朴であり、『猿蓑』に至って「華実調和した」風調になった、というわけである。

これは、幸田露伴が『七部集評釈』（昭和五年）中の「評釈猿蓑」の序文で、次のように『猿蓑』の風調について説いているのと似通っている。

集の調は華実俱備、奇正雙収、俳諧者流の所謂不易と流行とを兼ねて、既に殆ど古調談林調を蝉脱し、弄語諧辞の巣穴を出で、通俗の言を以てすと雖も詩歌の真精神に於て立つあらんとするの蕉風を渾成せるにちかし。巻一より巻四に至るまで、収むるところの発句、間々の好からざるもの有りと雖も、佳なるもの多し、他の集の及ぶ能はざるところなり。連句に至りては、冬の日は力を用ゐること多きに過ぎて煥爛なれども固し、炭俵は興を取ること軽きに傾きて清新なれども浅し、此集のは中正韵雅、しっとりとして好し。(2)（後略）

「華実俱備」という表現において太田水穂と同じような見解を示している。そして『猿蓑』の風調を「既に殆ど古調談林調を蝉脱し、弄語諧辞の巣穴を出で、通俗の言を以てすと雖も詩歌の真精神に於いて立つあらんとするの蕉風を渾成せるにちかし。」とする。とりわけ「通俗の言を以てすと雖も、詩歌の真精神に於いて立つ」ということは『猿蓑』を俳諧という詩歌の在り方を示した撰集であるという評価なのであろう。そして「冬の日は力を用ゐること多きに過ぎて煥爛なれども固し、炭俵は興を取ること軽きに傾きて清新なれども浅し、此集のは中正韵雅、しっとりとして好し。」と指摘し、芭蕉の七部集においても『猿蓑』を他の集にくらべて最も高く評価している。『冬の日』は意気込みに満ちて固いところがあり、『炭俵』は軽すぎて浅いが、『猿蓑』は、中庸的かつ響が優雅で、しっとりとして良いとし、円熟した境地を示しているということであり、これも太田水穂の評と通じるものがある。この露伴の評は『猿蓑』の風調について俳諧全体の流れにおいても蕉門における位置においても適切な評を下していると考えられる。

『猿蓑』は和歌的な〈季節観〉の追従やその擬（もどき）に遊ぶことではなく、「高く心を悟りて俗に帰るべしとの教なり」（『赤冊子』）の姿勢によって俳諧的な〈季節観〉の在り方を示したものであった。つまり、俳人は常に風雅の誠をせめて、自然と一体となった境地にあるべきことをいったのである。「俗に帰るべし」

とは澄んだ心を持ちながらも孤高に陥らずに、常に実社会と交渉をもって、生きた人間の心の動きを見ているべきことをいったのである。飯野哲二氏は『芭蕉辞典』において、(3)「芭蕉は行脚において歌枕を探求するとともに各地の俳人達と連句を巻いている」という事実にこれを関連させている。もちろん、そういう修行や日頃の行ないが基盤となっているだろうが、「高く心を悟りて俗に帰る」というのはより根本的な文学姿勢について触れているのであると考えられる。即ち、事物の捉え方においても一つの美的世界を作り上げるのではなく、自然と人事が織り成す日常的な生活実感が自然に句に繋がるようにするということである。そして、季節的情調のなかで俳味（俳諧的な趣き、飄逸で洒脱な味わい）を表出することを忘れない。俳味といっても初期俳諧において、例えば、紅葉を染める時雨という雅の世界を「むかしむかし時雨や染めし猿の尻」のような俗の世界に陥れたパロディーのような、所謂雅俗の衝突によって生じるような笑いではなく、日常的な営みのなかにおいて自然に誘われる笑いなのである。例えば次のような句においての場合である。

麦飯にやつるる恋か猫の妻　芭蕉
日の影やごもくの上の親すずめ　珍碩
こがらしや頬腫いたむ人の顔　芭蕉
雑水のなどころならば冬ごもり　其角
寝ごころや火燵蒲団のさめぬ内　其角
川風や薄柿着たる夕すずみ　芭蕉
唇に墨つく児のすずみかな　千那
ほたる見や船頭酔ておぼつかな　芭蕉
不《ぶ》性《しょう》さやかき起されし春の雨　芭蕉

これらの句は日常的な生活実感を基盤にして詠まれた句である。これらの句においては雅俗の転換による素材の俳諧化だけにとどまらず、ものの捉え方の明らかな変遷が認められる。例えば芭蕉の「こがらしや頬腫いたむ人の顔」の句を例に考えてみよう。この句に関して、『芭蕉翁発句集蒙引』では「正変雅俗句体に鎔なし。真に大家なるかな」などと讃えられており、自然と人事の融和した季節情緒を日常実感に基づいて捉えた句である。「木枯」は和歌的な捉え方では木の葉を吹き枯らす蕭殺たる情景を形容するのが一般的であった。ところが、芭蕉の一句はその木枯の季節感を「頬腫痛む人の顔」(「頬腫」はいわゆる「お多福風邪」のこと)の上に捉え、「木枯」という自然現象がもたらす変化の相を実相の上に捉えようとしたのである。そして、一句に関して尾形氏が(4)「『人の顔』と投げ出した非情な言い方がそうした〝笑えぬ笑い〟を的確に描きだしている」としているように、気の毒がりながらも可笑しみを表現し、日常的な営みにおける俳味が自然に感じ取れるのである。

特に、『猿蓑』においては哀感の表現においても観念的な表現を借りずに、生活実感に基盤をおいて詠まれている。次のような句の場合である。

頓て死ぬけしきは見えず蝉の声　芭蕉
がつくりと抜け初る歯や秋の風　杉風
今は世をたのむけしきや冬の蜂　旦藁
住みつかぬ旅のこころや置ごたつ　芭蕉
雪ちるや穂屋の薄の刈残し　芭蕉

このうち、特に「がっくりとぬけ初むる歯や秋の風　杉風」の句は歯が抜けて老衰のさびしさを実感するが、折から秋風が歯の抜け痕に染みるという意味である。この句では観念性を払拭し、生活実感に基づいた感覚で人生の哀感が詠み込まれており、そのような哀感が「秋の風」の誘発する季節情調と絶妙に照応している。これははじめ「がつくりと身の秋や歯のぬけし跡」の形であったが、芭蕉の改作（元禄三年九月二十五日芭蕉宛杉風書簡による）によって完全に観念性を払拭したもので、芭蕉が晩年において到達した〈季節観〉の在り方はこのようなものであったと見られる。

このような境地は、芭蕉の最晩年、即ち没年の元禄七年において詠んでいる次のような四つの秋の句において窺える〈季節観〉に繋がるものであると考えられる。（この場合「秋近し」は季語としては夏であるが、秋の情調を詠んでいるものとして挙げておく。）

秋近き心のよるや四畳半　元禄七年（『鳥之道』）
秋深きとなりは何をする人ぞ　同（『笈日記』）
此秋は何で年よる雲に鳥　同（同）
此道や行人なしに秋の暮　同（『其便』）

これらの句では、生活実感と身体的な感覚とともに寂寥たる秋の季節情緒がしみじみと詠み表わされている。特に、「秋深き……」の句の場合、次第に寒くなっていく晩秋の空気と、壁を間に孤独に生きる人間同士の哀感とがみごとに調和して、言葉を飾らずふと吐いた吐息のような口調で詠まれている。伝統的な〈季節観〉においては、「秋」と言えば直ちに無常観という「観念」が喚起され、季節情緒そのものは句表にあまり表現されなかった。ところが、これらの句においては「秋」という季節の本質としての寂寥感と、人生体験における人間の本来の孤独感というものが融和して時間の推移の感懐が自然に「句になる」（「句をする」に対する）といった詠みぶりである。まさに自然と人事における季節の推移の実相が描かれていると言えよう。

第二節　凡兆・丈艸の存在と『猿蓑』

（一）『猿蓑』の風調を分析する方法は様々あろうが、ここでは具体的に指摘できるものとして、『猿蓑』が目指すものと自らの句風とが一致したなかで、『猿蓑』を舞台にして最も輝いている二人、野沢凡兆（?〜一七一四〔正徳四〕）と内藤丈艸（一六六二〔寛文二〕〜一七〇四〔元禄一七〕）の場合を中心に分析してみることにしよう。

『猿蓑』は撰集計画そのものから伝統と創造の両面性が備わっていた。まず、編者においては蕉門の高弟として芭蕉の信頼が深かった去来と、元禄元年から蕉門に近付いた新参でその非凡な才能が認められた凡兆の両人が選ばれたことである。そして、序文は江戸の高弟其角が書いており、跋は隠逸の俳僧丈草が漢文の跋を書いている。撰集の作業において最も重要な役割を担う撰者においても、撰集の趣旨を示しながらその集の権威をも示す序と跋においても新旧を対応させ、まさに伝統と創造の調和をなそうとしたことが窺える。それは『猿蓑』はその出発から、伝統を守る保守性・主観性と新しさを追求する創造性・客観性の二重性を持つ集として方向づけられたことを物語るものである。去来と凡兆の両人は単に古参と新参であるということだけに限らず、伝統を重んじる保守的な性格の持ち主と、才気煥発な詩人肌で新しみを重んじる者との画期的な出会いでもあった。この二人が芭蕉の指揮のもとでまさに唇歯の関係にあって『猿蓑』という集の趣を多彩ならしめたのである。

では、それらの要素が具体的に『猿蓑』における〈季節観〉の在り方にどういうふうに影響してきたのだろうか。伝統と創造、主観と客観が最も激しく対立したことを示すのは、次の逸話の場合である。つまり、芭蕉の「病鴈の夜さむに落て旅ね哉」と「海士のやは小海老にまじるいとど哉」の句のうちどちらを『猿蓑』に入集するかをめぐって意見が対立し、結局決着がつかず両句とも入れるようになった話である。

さるみの撰の時、「此内一句入集すべし」ト也。凡兆は「病鴈はさる事なれど、小海老に雑るいとどは、句のかけり・事あたらしさ、誠に秀逸の句也」ト乞。去来は「小海老の句は珍しといへど、其物を案じたる時は、予が口にもいでん。病雁は格高く趣かすかにしていかでかここを案じつけん」と論じ、終に両句ともに乞て入集す。其後先師曰「病鴈を小海老などと同じごとく論じけり」と笑ひ給ひけり。(5)

芭蕉が自らの句の「病鴈の……」の句と「海士のやは……」の句を、去来と凡兆にどちらかを選んで入集するようにと注文したところ、去来は「病鴈の……」の句を格調高く、趣の幽かな句だとし、そういう境地を案じつける人は芭蕉以外にはいないとして入集すべきと主張した。ところが、凡兆は「海士のやは……」の句こそ句の「かけり」(表現が明確で、動的な趣が鋭いこと)や、事新しさにおいて誠に秀逸の句であるからといって入集を主張する。両者は互いに譲らなかったために、結局二句とも『猿蓑』の冬の部に「堅田にて」という前書とともに並んで入集されたのである。

両人が対立しているのは『猿蓑』そのものが抱えている課題でもあった。以下、両句の分析を試みる。

山下登喜子氏は「あまのやは……」の句に関して「あまのとまやの伝統的発想を、ふと軽い諧謔のうちに消化転生をなさしめるものと思われる。転生したものはやはり旅愁である。旅愁をかこつことである。庶民的日常的なものを把えた嘱目の軽さだけで終わっていない。(6)」と指摘している。凡兆がこの句を固執した時に果して山下氏の指摘するような和歌の伝統にまで考えが及んでいたかどうかはやや疑問である。凡兆は『去来抄』において「句のかけりよく……」としているように、一句における印象鮮明でありながら俳諧的な生活実感に基づいた写生的要素を高く買ったためであろう。去来と凡兆の論争には明らかに、〈和歌的心象風景を表す傾向の句〉と、『猿蓑』の編集当時、新たに追求されていた〈景気の句や客観描写の句〉との嗜好の対立が潜んでいたものと考えられる。「海士のやは……」の句は和歌的伝統性における観念性、そして素材の類型性などを払拭し、感覚的で印象明瞭でありながら、「小えび」「いとど」（カマドウマ）などの日常卑近な素材がもたらす新しみがあったのである。非日常としての美的世界ではなく、日常的な庶民生活の中に詩心を発見していく俳諧ならではの特性を持った句であると言えよう。

おそらくこの句が『猿蓑』において求められていた風調を象徴する句でもあったことは疑いない事実であろう。去来は、「（芭蕉が）病雁を小海老などと同じごとく論じけりと笑ひ給ひけり」と、自分に有利に解釈しているが、そもそも芭蕉は両句の優劣の問題を論じたのではないと思われる。つまり二句の全く異なる性格を強調したものであろう。はじめから芭蕉が優劣を考えていたなら二人に選択を問う必要もなかったのであろう。芭蕉がこれらの句の二者択一を願ったのは、同じ時期（元禄三年秋）に、同じ場所（堅田）において、同じ趣向の「旅愁」を主題に詠んだ句であるからであった。

「病鴈の……」場合は近江八景の一つである「堅田の落雁」に着想を得たもので、句のスケールにおいては明らかに「海士のやは」の句より大きいと言える。ところが、当時の俳諧において求められていた、日常における自然と人間の転変する実相を描き取る詠み方や、伝統の追従ばかりではなく、可笑しみを通して俳諧ならではの俳味を詠み込んでいく方法においては「海士のやは」の句には及ばないと言えよう。そこで、試みに二つの句の性質を分析してみると別表のようになるであろう。

病鴈の……	海士のやは……
旅愁	旅愁
和歌的な素材	俳諧的な素材
伝統性	俳味
叙情	叙景
観念	感覚
心象風景	印象鮮明
主観	客観
非日常	日常

つまり、両句とも「旅愁」を詠んでいる点においては共通しているが、おそらく右に挙げたいくつかの要素においてその風調を異にする点があると考えられる。周知のように『猿蓑』は『おくのほそ道』の旅を通した伝統精神の模索の末に、その伝統の基盤の上で新たな世界を切り開いていこうとする姿勢に支えられている撰集である。『猿蓑』に示される「不易流行」の理念というのは時々刻々転変していく「流行」性こそが実は永遠の「不易」の姿であるという究極の宇宙観に辿りついたものであった。そのような自覚のもとにこの二つの句における風調の問題を芭蕉は考えていたのであろう。そのような傾向においては芭蕉は二つの句を全く同じレベルで考えていたのかもしれない。「病鴈の……」の句の世界は古人も味わった伝統の世界である。ところが、日々の新しさという面においては「海士のやは……」の句を認めるべきで、俳諧ならではの事物の捉え方が示されている。この二つの句における風調の相違はそのまま伝統性と創造性の対応の問題でもあり、両句が同時に入集されたことは、『猿蓑』という撰集が、その両句が志向する世界を通して和歌や連歌的な伝統精神を受け継ぎながら新たな俳諧独自の世界を模索したものとして編集されることが方向づけられたことを物語るものと考えられる。

(二) では、「海士のやは……」のような句の境地を固執し、『猿蓑』の風調の基盤を作ることに大きく寄与した野沢凡兆の場合を見てみよう。『猿蓑』における凡兆は、編者として活躍したことも合わせて最多の収録作品を通して非凡な才能を発揮し、不朽の名を残している。

凡兆は『猿蓑』以前は『阿羅野』に二句、『その昔』『花摘』、(其角編、元禄三年刊)『江鮭子』(あめご、之道編、元禄三年刊)に僅かに名を記しただけで、全く平凡な作家であった。ところが、曽良の『近畿巡遊日記』に芭蕉に親炙した記事が見られ、そののち、凡兆の才能は一気に花開いて腕の冴えを示すようになる。その凡兆は『猿蓑』の刊行当時は芭蕉と最も親密な関係にあった人物の一人である。『猿蓑』刊行の年の落柿舎の滞在記事である『嵯峨日記』に芭蕉と凡兆夫婦との親しみぶりは次の記述を通して窺うことができる。

今宵ハ羽紅夫婦をとどめて、蚊屋一はりに上下五人挙リ伏たれバ、夜もいねがたうて夜半過よりをの〳〵起出て、昼の菓子・盃など取出て暁ちかきまではなし明ス。去年の夏凡兆が宅に伏したるに、二畳の蚊屋に四國の人伏たり。おもふ事よつにして夢もまた四種と書捨たる事共など、云出してわらひぬ。明れバ羽紅・凡兆京に帰る。去来猶とどまる。(7)

羽紅は凡兆の妻(名を「とめ」といったが、元禄四年春尼となり、羽紅尼となる。この時点では既に尼となっている)で、「羽紅夫婦」とは凡兆夫婦を指す。その両人を留めて同じ蚊帳に泊まったことを述べながら、更にその前年凡兆の宅においても同じようなことがあったと回想しており、芭蕉との親密な関係を物語るものとして興味深い。

ところが、そのように芭蕉と親密だった凡兆は『猿蓑』刊行以降は芭蕉と往来がなくなることはもちろん、全く俳壇の表舞台から去ってしまう。『猿蓑』以後の凡兆の作品には、素材の新しさもなく、彼の得意とした「客観趣味」に欠けている。元禄十四年刊の中国地方を中心とした蕉門の諸家の四季発句集『荒小田』(桃々坊舎羅編)には凡兆の句が三十九句も入集され、巻頭を飾っている。ところが、「緑からさまざまとして落葉かな」、「むら雲や今宵の月を乗て行く」など、『猿蓑』における凡兆の句風とは異なる、精彩のない句ばかりが並べられている。凡兆と同じように『猿蓑』以降全く活躍ぶりが見られない妻羽紅も『荒小田』には名を列ねている。

『猿蓑』と、この『荒小田』の間には十年間のギャップがある。そして『猿蓑』刊行の三年後、芭蕉は他界するわけであるが、臨終の場にもかけつけていないのはもちろん、『枯尾花』などをみても追悼句一句もよせていない。それは、凡兆は元禄七年事に座して投獄され元禄十一年頃出獄している（「凡兆年譜」(8)）ためである。そのような獄中沙汰になったのは、凡兆の「剛毅」(9)とされる性格によることもあったのであろう。『俳諧世説』（蘭更　天明五年）には「凡兆獄中歳旦の説」というのがあり、獄中において「猪の首のつよさよ花の春」などの歳旦の句を詠んでいることが書かれている。(10)そのようなことから凡兆においては自らの作品世界においても大きな挫折のようなものがあったのではなかろうかと考えられる。

身辺のことなどが関連して『猿蓑』以降は彼の詩的発展はなかったが、いずれにしろ、『猿蓑』における彼の業績には大きな価値を認めなければならない。医家という知識人でもあり、理論見識をも持っており、感覚の冴えている性格などが複合的に作用し、詩風において「景気」（景色や情景が写生的に、しかも知的な興趣をふまえて詠まれたもの）の句を中心とする当時の句風に合致していたものと見られる。また、『猿蓑』編集の際に宿所を提供するなど芭蕉に最も近い関係に置かれていたことはその活躍ぶりと関連していると考えられる。

そのような凡兆が、『猿蓑』への入集句数において、芭蕉四十句、去来二十四句を抜いて四十一句とトップを飾り、歌仙の部においても夏の歌仙「市中は……」の巻と、秋の歌仙の「灰汁桶の……」の巻の二つの歌仙のおいて発句をつとめているのは『猿蓑』全体の句風の方向づけに大きく影響を与えたことを示唆するものと考えられる。

以下、『猿蓑』における凡兆の句を通して、『猿蓑』全体の風調の問題と関連させて考えてみよう。

発句の部における凡兆の句は次のようなものである。

時雨るるや黒木つむ屋の窓あかり

ながながと川一筋や雪の原

稲かつぐ母に出迎ふうなひ哉
灰捨てて白梅うるむ垣ねかな
駕や下駄の歯につく小田の土
骨柴のかられながらも木の芽かな
鷲の巣の樟の枯枝に日は入りぬ
はなちるや伽藍の枢おとし行く

いずれも印象鮮明でありながら、俳味が感じられる秀句だと言える。例えば、三番目に挙げた「稲かつぐ母に出迎ふうなひ哉」の句は農人の日常を描きだしたもので、野良仕事から稲を担いで帰家する母親に待ちかねていた「うなひ」（幼い子供）が駆け寄っていく風景を写生的に詠みながら、収穫期における田園の季節の推移を捉えている。そして、うない髪（髪の毛を首のあたりまで垂らしている）の子供が走っていく様子を読者に彷彿させ、俳味を出すことを忘れずにいる。最後に挙げた「はなちるや伽藍の枢おとしゆく」の句は「入相の鐘に花ぞ散りける」の伝統的な類型を脱皮して、日常における落花の寂寥感を感覚的に詠んでいる。これは花の十三句の最後を締め括る形として発句の部に収められている。

『猿蓑』の巻五の歌仙においては、そのような凡兆の、観念を払拭して題材そのものに内在する情趣を詠み取る才能と、芭蕉の深い人間理解とが絶妙に照応しながら、季節の推移という時間の流れに溶け込んでいる庶民の姿が描かれている。巻五の歌仙は、『猿蓑』において「高悟帰俗」の理念を実現しながら、人間の生活実感に基づいた、俳諧的な〈季節観〉の在り方を示したものである。前述したように、『猿蓑』の冬・夏・秋・春の歌仙は全て『猿蓑』の入集を予定して興行されたもので、四番目の歌仙の乙州への餞別吟の「梅若菜……」を除いては全て芭蕉と撰者の去来・凡兆が中心になっている。「市中は……」では芭蕉、去来、凡兆三人だけで巻いており、「鳶の羽も……」では史邦を、「灰汁桶には……」では野水を加えているだけである。そして、三歌仙とも次のように全て芭蕉が脇を勤めている。

①鳶の羽も刷ぬはつしぐれ　去来
　一ふき風の木の葉しづまる　芭蕉
　・・・・
②市中は物のにほひや夏の月　凡兆
　あつしあつしと門くの声　芭蕉
　・・・・
③灰汁桶の雫やみけりきりぎりす　凡兆
　あぶらかすりて宵寝する秋　芭蕉
　・・・・

①の場合は発句の初時雨の情趣を、芭蕉の脇において荒涼とした初冬の風物を通して具体化している。②は暑さの中に生活の匂いの立ちこめる夏の夜の市街風景を、芭蕉の脇においては、暑さに居たたまれず門々に出てくる人々の姿に具体化している。③は「灰汁桶の雫」の音が止み、「きりぎりす」（こおろぎ）の音の響きを聞くなかで、秋の夜の澄み切った静寂感を感覚的に描写する発句に対して、芭蕉の脇においては油が底をついて早寝する秋の夜長の農家のつつましい生活のさまに具体化している。いずれも発句におけるイメージを芭蕉の脇において具象化しながら連句の運びが自然に展開していく。

芭蕉の、このような連句の手腕及び人間の生の深い理解が、凡兆の、情趣を余韻に託しながら主観を交えず物事を写生的に描きだす冴えと唱和して、和歌における「優美」や「観念」では表出できなかった独特の情趣を描き出していく。以下、芭蕉と凡兆との句の唱和を通して、これらの歌仙において実現されている人間生活における季節情緒を見ることにする。

（※（ ）の中の数字は何句目かを記したものである。）

①　ぬのこ着習ふ風の夕ぐれ　凡兆
押合て寝ては又立つかりまくら　芭蕉（「鳶の羽の」の巻 名残の裏二～三）

②　灰うちたたくうるめ一枚　凡兆
此筋は銀も見しらず不自由さよ　芭蕉（「市中は」の巻 初折の表四～五）

③草村に蛙こはがる夕まぐれ　凡兆
蕗の芽とりに行灯ゆりけす　芭蕉（「市中は」の巻 初折の表七～八）

④　能登の七尾の冬は住みうき　凡兆
魚の骨しはぶる迄の老を見て　芭蕉（「市中は」の巻 初折の裏四～五）

⑤　僧ややさむく寺にかへるか　凡兆
さる引の猿と世を経る秋の月　芭蕉（「市中は」の巻 初折の裏十～十一、十七～十八）

⑥ここぞと草鞋を作る月夜さし　　凡兆
　蚤をふるひに起し初秋　　芭蕉（「市中は」の巻　名残の裏七～八、二十七～二十八）

⑦さまざまに品かはりたる恋をして　　凡兆
　浮世の果は皆小町なり　　芭蕉（「市中は」の巻　名残の裏一～二、三十一～三十二）

⑧冬空のあれに成たる北颪　　凡兆
　旅の馳走に有明しをく　　芭蕉（「灰汁桶の」の巻　名残の表三～四）

これらの連句の風調においては大体、凡兆の客観写生的句を受けて、芭蕉がその句における趣を人事の上に展開させているものである。即ち、前述のように、凡兆の、主観を交えず鮮明な印象を与える客観描写の才能と、芭蕉の、広い人間愛に基づく庶民生活に対する同感の深さというものが調和をなしていることは勿論、移り変りながら更けゆく季節そのものの推移と、その季節の流れの中に生きる人間の営みとが照応しているのである。殆どの句において「季節情調」そのものと「生活情調」が響き合っている（⑧の雑の句を除いては晩秋並びに初冬の風情が描かれている）。ここでは「美」の世界を構築しようという心の働きは見られず、華麗さを去った本質美としての「さび」色の世界が表出されている。

右の①では、夕風が寒くなり、綿入が肌身から離せなくなったという季移りに、芭蕉は長旅を見込み、宿の仮枕を具象化しており、④では能登の七尾の冬は住みづらい（前句の修行僧のイメージを受けて）という凡兆の句を受け、歯もなくなり、魚をしゃぶるまで老いさらばえた土着人を具象化している。特に、⑥の句は、秋の収穫の後の農家の夜なべ仕事、ささやかな家の土間などで夜までも仕事に精を出す農民のつつましい生きざまと、初秋の季節感とが感合しており、「高悟俗帰」の理念に合った生活詩としての俳諧の〈季節観〉が表出されていると言える。

これらの句は、俳諧における人生観察の究極を示すものとして、人生の寂寥感というものと秋冬という季節の寂寥感というものが響き合っている。このように、『猿蓑』は庶民文学としての俳諧の〈季節観〉の在り方を示したものであると言えよう。

(三) 凡兆の存在と『猿蓑』の風調との関連を探ってきたが、『猿蓑』の風調と関連して今一つ注目すべき事実は内藤丈艸(一六六二〜一七〇四)の存在であろう。丈艸は時雨の章においても述べたように作風においてやや微温的な要素はあったが、蕉門の「さび」を最もよく伝えたとされる人物で、それは『猿蓑』に携わることがきっかけとなったものと見られる。丈艸は芭蕉七部集では『猿蓑』において初めてその名が見られる。それは『近畿巡遊日記』(元禄四年五月二十九日、六月一日/九日/十一日の条)、『嵯峨日記』(元禄四年四月二十五日の条)などに芭蕉に親炙した痕跡が見られ、それ以降急速に芭蕉と親密になったものと考えられる。丈艸は『猿蓑』の中核となる巻頭の時雨の句にも伍している。そして『猿蓑』の発句の部には十二句も入集されており、『猿蓑』入集の総作者百十九人のうち、六番目(撰者二人と序を書いた其角を除いては、尚白の次)を占めている。『猿蓑』における丈艸の代表的な句は次のようなものである。

貧交

まじはりは紙子の切を譲りけり

隙明や蚤の出て行耳の穴

行秋の四五日弱るすすき哉

特に、「隙明や蚤の出て行耳の穴」「行秋の四五日弱るすすき哉」はこれまで述べた凡兆の句風にも似たもので、「日常」「客観描写」「俳味」の要素をよく詠み表していると言える。芭蕉が丈艸をして『猿蓑』の跋を書かせている事実もこのような句風を高く買ったためであろうと思われる。

凡兆は『猿蓑』において最も光を放っている作家ではあるが、前述したように『猿蓑』以前にも蕉門の撰集『阿羅野』などにその片鱗を残している。しかし、丈艸は『猿蓑』において初めて名を列ね、蕉風が最も円熟した時期に遭遇している。そして、一躍、蕉門の一番古参である其角の序に対応させて『猿蓑』の跋を書くといった栄光をもこうむるようになる。

丈艸は桑門、つまり僧侶、漢詩文を嗜んできた人であるにも拘らず、このように観念を払拭した、写生的でありながら俳味の感じられる句を残しているのは、初めて蕉門に登場しながらも、当時『猿蓑』が追求していた境地を理解していたことを示すのである。

『猿蓑』において蕉門の円熟美を味わった丈艸は芭蕉の没後、無名庵で喪に服し、芭蕉の後世を弔うようになる（無名庵に入ったのは元禄六年、芭蕉没年の七年からはそこで心喪に服す）。

このように『猿蓑』において、自らの一生涯のうち最も俳諧活動が花開いていた二人の俳諧師の存在はその作風とも関連して、『猿蓑』の風調を研究するにおいて非常に重要な意味を持つものであり、彼らが追求した境地と『猿蓑』の撰集意図とが合致し、『猿蓑』の新たな〈季節観〉の開拓に大きく寄与していたことが分かる。

以上、『猿蓑』の構成の問題とその風調の問題を中心に論じてきたが、より総合的な分析は、蕉門における全ての撰集の分析と、入集作家の作風の分析、更に蕉門以外の同時代の俳壇の撰集の分析をしなければならないであろう。ところが、今回は、伝統的な〈季節観〉との縦の脈絡を中心に考察し、何故『猿蓑』が異色的な編集の仕方をしなければならなかったかという問題とそれに関連する〈季節観〉の変遷の様相を探ってみた。即ち、従来の美的な在り方中心の四季の事物の捉え方や、人間の生滅の象徴としての季節の移り変りの捉え方を大きく変革したことに焦点を合わせた。芭蕉は事物の本質に充実し、その中で時々刻々変転する相を心に受け、それと人間の営みが融和したところを描きだし、その時々刻々の変転が永遠なるものの本質であることを示そうとしたのである。その点、時雨で巻頭を飾り、類題を立てずに句を並べ、人事の句を重んじ、更に巻軸に「行春」の句を据えたのは必然的な結末であり、凡兆や丈艸などの客観描写を重んじる俳人が頭角を現したのも当然の成り行きだったと考えられる。

(1) 太田水穂『芭蕉俳諧の根本問題』岩波書店　一九二六年　一〇六～一〇七頁
(2) 幸田露伴　著蝸牛会編『露伴全集』第二二巻　岩波書店　一九七九年　一一三頁
(3) 飯野哲二『芭蕉辞典』東京堂　一九五九年　二九四頁
(4) 尾形仂『松尾芭蕉』日本詩人選(一七)　筑摩書房　一九八〇年　二一頁
(5) 『去来抄』校本芭蕉全集・俳論編　七四～七五頁
(6) 山下登喜子「時雨はこの集の美目ということ」(関東学院女子短期大学『短大論叢』五四集　一九七五年一〇月)
(7) 『嵯峨日記』校本芭蕉全集・日記・紀行編　一四三頁
(8) 小室善弘「凡兆年譜」『解釈』一九七六年　二〇～二一頁
(9) 『猪の早太』(越人刊　享保十年)において次のような記事が見られる。

……しかるに支考生得佞智ありて、蕉門の先輩を廃しをのが名を売らんとする心から同門の誰かれに対するを見るに、洛の凡兆は剛毅なれば近づかず、去来は柔弱なるゆへにしたしむごとき、余ハ準へてしるべし。（『猪の早太』日本俳書大系・蕉門俳話文集　三六七頁）

(10)　『俳諧世説』の記事は次のようである。

凡兆はもと金城の産にして洛に住し、医業をもて世わたりとす。嘗て罪ある人にしたしみ、其連累をかふむりて獄中に年を明しけるに、其明る年牢中にて

猪の首のつよさよ花の春　　　凡兆

陽炎の身にもゆるさぬしらみ哉

など聞こえけるに、聞人涙をおとさずといふことなし。かくて身に、あやまりなき申ひらき上天に通じ、程なく累絏の中を出て、ふたたび悦びの眉をひらきけるに、あさの此世をあさましとのみ思ひとり侍るにや、果は亡命して行がたしれずなりけるとぞ。（『俳諧世説』日本俳書大系・俳諧系譜逸話集（下）六〇頁）

まとめ

我々が日常的に使う「季節感」は季節の推移を感知することをいうが、文芸的に論じられる「季節感」は季節現象に対する美的情調を対象とする。ところで、季節の存在そのものや、季節現象全般に対する捉え方を問題とする時には本稿で使った〈季節観〉という語彙も必要となる。移り変りながら円転する季節を、「無常」と見るか、「造化」の喜びと見るかは、捉え方の問題によるからである。「乾坤の変」が「四時」で現される「季節」というものから「造化」の理を認知し、それを心に「とどめる」ということが、芭蕉の季節の捉え方であった。〈季節観〉の相違は、季節の移り変りや円転の相を、心敬や宗祇のように「飛花落葉＝生死の理」といったように、人間存在のメタファーと見るか、芭蕉のように「時々刻々の流行こそ不易の相」「造化」の喜びと見るかによって生じるのである。換言すれば、季節に人間が「美的価値」を付与するか、それともその「本質」に人間が随順するのかの相違である。

本稿ではこのような問題意識を持って、和歌や連歌の伝統的な〈季節観〉を探った上で芭蕉の〈季節観〉の在り方を明らかにすることを目的とした。考察の方法は、①「季語」を分析し、季語に内在する「美的価値」と「本質」の両者から、類型と創造の問題を提起し、②それを芭蕉の人と作品を象徴する季語「時雨」

の脈絡を通して実証的に分析し、③新たな時雨の〈季節観〉が集の顔となり、俳諧的〈季節観〉が実践的に示された『猿蓑』の考察、という三つを核として、芭蕉の〈季節観〉の根本を探ることであった。

以下、各部における分析をまとめ、最後に総合的な考察の結果を示すことにする。

第一部においては連俳文学における日本独特の形式「季語」に焦点を合わせ、二章に分け、第一章では「季」の成立過程とその役割、歳時記の特質などを論じ、第二章では和歌や連歌の「美的価値」としての事物の「本意」を芭蕉がどのように受け捉えていったのかを論じながら、芭蕉の「季語」観を探った。

第一章は季語の問題を考えた。一定の事物を一定の季節に結びつけて考え、他の季節には無関係になるといった「季」の意識は『万葉集』から芽生えはじめ（特に「露」や「鹿」などに顕著であった）、勅撰集の部立において確固たるものとして定着する。「季」の意識の著しい現象は、四季を通して眺められる事物においても一定の「季」に限定する場合で、それは日本人の美意識の所産の、「月」「露」「鹿」「鶉」「虫」……などと、中国の美意識を踏襲した「砧」などがあった。勅撰集で特に「季」の発達が著しく見られるのは『金葉集』からである。連歌においては、長い一巻に変化を持たせるために事物の「季」を明らかにする必要に迫られ、加速化するようになる。そのように定着した季語はその発生源としての季節の情調を喚起する一方、短詩型における表現の不足を補い、美意識の共感帯を形成するようになる。季語の構造としては、（『万葉集』や『夫木和歌抄』のような豊富な季節の素材を持っている歌集を除いて）勅撰集に示される美意識を中心とした和歌の題が中心に据えられ、連歌、俳諧になるにつれて幅が広められ、次第に現実に基づく「季語」が豊富になっていく。季語を集大成した「歳時記」は、中国伝来の、年中行事・農事暦・生活の記録としての本来の歳時記の意味と、日本独特の「季」の意識に基づいた「季寄せ」的な要素と複合して江戸時代以来著しい発達を遂げた。「歳時記」という言葉が初めて使われたのは『日本歳時記』からであるが、それは本来の中国の歳時記の性格に近いもので、現在の歳時記の形が完全に整ったのは滝沢馬琴の『俳諧歳時記』に至ってからである。

二章においては季語の存在そのものに必然的に内在する類型的な〈季節観〉を促す「本意」を考察した。「本意」は対象の性質と人間の美的自覚の結合点において生まれるものであるが、和歌においては両者においても「美」の方がより強調され、題は美的価値によってその在り方が規定されていた。花は散るのを惜しむ対象、鹿は妻呼ぶ声を哀れむ対象というのが在り方として規定され、「本意」として定められ、題詠が中心となる歌合などにおいて勝負はその「本意」によって決まる場合が多かった。多くの歌合の判詞と『和歌色葉』における「有勝負事」などはそれをよく示唆する。

連歌の場合は和歌以来本意とされるものに従って事物の「季」が定められたが、その根幹になったものは『連歌天水抄』である。なお、連歌においては「人生感慨」の表象としての事物の在り方が決まる場合が多く、人生感慨そのものを示す「述懐」の情調が四季の事物に託されていく。「述懐」は本来「思いを述べる」という漢詩の使い方から転じて、和歌や連歌、特に連歌においては専ら身の不遇を述べることが本意とされ、そのような「述懐」の色に四季の事物の本意も染まっていくのである。時雨の本意が連歌においては切実な人生感慨の表象として詠まれるのはその脈絡において説明可能である。

季語はこのような和歌における「美」的な在り方、連歌における「人生感慨」の表象としての本意を背負っていることから、俳諧はそれらを詩的世界においてどのように創造的に捉えていくのかが最も大きな課題であった。初期俳諧ではその本意を全くの別の方向に転じてパロディー化して詠むことによって滑稽性を狙うことを目的としていた。しかし、それには「笑い」ということに主眼が置かれ、季語は一句における法則性を充たすだけで本来の季節情緒を具体化するものとは無関係になってきた。そこで伝統的な季語の本意を探ることによって季語の本質に基づいて句を詠もうとしたのが蕉門俳諧であった。蕉門の多くの俳書に見られる「本意」という言葉はそれをよく示している。しかし、専ら和歌や連歌の、「美的価値」や「人生感慨」の象徴としての在り方といった人間中心の本意ではなく、対象の本質そのものに充実しようとする姿勢が芭蕉によって示されるようになる。芭蕉は和歌や連歌において特別な意味として使われた「本意」の語彙を使用した形跡が全くないのはそれを示唆するものである。才麿の「をのづからなる風景」というのが逸早く唱えられ、類型的な発想を脱皮することが主張されているが、芭蕉はそこから発展してさらに根本的な事物の捉え方を問題とし、「松の事は松に」と対象との心の融和を通して句作を行なうことを主張している。私意を離れて対象に随順することによって「句をする」のではなく、自然に「句になる」ように努めよ、ということが基本的な姿勢であったのである。例えば、「天の河」は和歌や連歌においては「七夕」の星合伝説に結びつけられ専ら恋の思いを託す存在価値としての本意が規定されていた。そこには秋という季節感も「天の河」そのものの景観も無関係になるわけである。ところが、芭蕉はそのような本意にこだわらず、「荒海や佐渡によこたふ天の河」という夜空の銀河そのものを詠んだ画期的な句を残している。観念から脱皮して雄荘な景観を讃えつつ、過去と現在を結ぶ時間の流れを、天の河という季語を通して表現している。芭蕉の季語の本意はこのように対象随順に基盤をおいたものであり、それが実証的に示されるのが時雨の〈季節観〉である。

第二部においては「時雨」の詠まれ方の脈絡を通して芭蕉の〈季節観〉を分析した。それを三章に分けて、第一章では伝統的な時雨の〈季節観〉を探り、第二章では貞門・談林俳諧における捉え方を考察し、第三章ではそれらの考察の結果を参考に入れながら、芭蕉の全生涯における時雨の詠まれ方を分析した。

第一章では、第一節、時雨の「季」の問題、第二節、時雨の「色」と「音」の伝統、第三節、「無常」と時雨とに分けて考察した。

第一節、時雨の「季」においては、時雨は晩秋と初冬にかけているため「秋」「冬」両方に詠まれつつも、和歌においては「紅葉」を染めるという類型的な詠まれ方によって、秋の印象が強かったことがわかった。『万葉集』において時雨は「秋雑歌」「秋相聞」に見られ、「冬雑歌」、「冬相聞」の部には全く見られない。ところが、『後撰集』になると冬の歌が圧倒的に多くなり、多くの歌論書には時雨は本来は「冬」のものであるが、紅葉などの秋のものと一緒に詠まれる時は「秋」になると書いてある。その意識から『初学和歌式』では「秋時雨」の項目を立てている。和歌では「季語」という形式がないため、時雨は「秋」としても「冬」としても自由に詠まれたが、連俳では事物の「季」をはっきりと定める必要によって時雨は「冬」として定められるようになる。「初時雨」も冬と定められた。「初時雨」を冬に限定すると、「秋時雨」の存在は曖昧になる。貞門・談林俳諧の類題集では時雨を必ず「冬」に入れながらも、紅葉との関連で、秋の部にも散見し、『崑山集』などでは「秋時雨」の項に「初時雨」も入っている。蕉門俳諧においては時雨を秋と詠んだものは殆ど見当らず、冬の句ばかりである。蕉門の時雨は紅葉を染める雅びなものとしてよりも、冬ざれの景における「さび」の色を賞美したことも関連してくる。勿論「初時雨」も「冬」のものとして完全に定着している。

第二節では、時雨の「色」の伝統に着目し、「紅葉」と、「冬枯れ」色とに分けて論じた。紅葉を染める時雨は、紅葉の美を浮き彫らせる景気として添えられたもの(『慈鎮和尚自歌合』)に過ぎなかったが、『万葉集』以来、勅撰集全体において確固たる伝統として定着していたものであった。ところが、『千載集』においては紅葉の時雨の比率が非常に低い。それは時代的背景とも関連して華麗な色を賞美するよりも物寂しい音や、衰微の色を捉えるものが多くなっていくからである。連歌では和歌の伝統が基盤になって、「紅葉—時雨」は付合語とし定着するものの、『新撰菟玖波集』に見られる無常観的な捉え方より頻度は非常に少ない。次に、

「冬枯れ」色と時雨であるが、和歌においては荒涼とした冬ざれの景物において時雨を捉えたものは少数ではあるが、時雨による自然の衰微の感慨とともに詠まれてきた。連歌においては和歌よりは多く見られるが、やはり冬ざれの景色との関連は時雨を「さび」の美として賞美した蕉門の時雨に譲らなければならない。

最後に、時雨の物寂しい「音」を鑑賞する伝統は特に中世の和歌に顕著に見られ、なかでも西行の歌に芭蕉の句の源流ともなる歌が多く見られる。

第三節、時雨と「無常」においては、『初学和歌式』に「しくれの空のさだめなきを世のつねならぬ心によそへ」とあるように、世の無常の感慨と結ばれた〈季節観〉の伝統が形成されていた。五つの項目に分け、①「世にふる」時雨と、②「袖の時雨」そして、「旅」と時雨との関連を③和歌の「旅」と時雨、④連歌師の「旅」と時雨、⑤謡曲の「旅僧」と時雨に分けて考察した。

①「世にふる」時雨とは、「ふりみふらずみ」定めない性質と、世にふる（経る）、身が「ふる（古る）」という感慨が結ばれ、平安朝に詠まれはじめ、宗祇の時雨の源流をなす。②「袖の時雨」はさらりと降っては通りすぎる時雨の性質から「涙」の比喩として好まれ、やはり平安時代において初めて詠まれ、伝統をなすようになる。ところで、時雨と「無常」において最も重要なものは③、④、⑤の「旅」における時雨である。③の和歌では用例は少ないが、「旅宿時雨」の結題にも現れ、『類船集』の「時雨—舎」の付合の基盤になる。この「旅」と時雨が徹底した無常観の表象として効果的に詠まれたのは、④の連歌師の流浪の旅においてであった。それは心敬と宗祇の「雲はなほ定めある世の時雨かな」「世にふるもさらに時雨のやどりかな」に結晶しており、この世は時雨の定めなさよりもなお定めないものという感慨を述べている。彼らの時雨の句にはその殆どにおいて世の嘆きが示され、時雨は人生感慨の表象になった。このような和歌や連歌の伝統は、⑤の謡曲においても具象化され、『紅葉狩』や『江口』『梅ヶ枝』『定家』などでは、無常流転の時雨の思いが

全体を支配し、近世俳諧にも影響を及ぼすようになる。

第二章の貞門・談林俳諧では時雨の伝統のパロデイーが多く、最も多いのは「紅葉」の類型のパロデイーと、「音」のパロデイーの所謂「似物の時雨」である。なお、「雨のあしへさらさツと時雨哉」などの、時雨の変化に富む動きと言葉の滑稽が照応し、俳諧特有の飄逸さも表出されたものが多い。芭蕉の「行雲や犬の欠尿むらしぐれ」もその系列のものである。更に、芭蕉の晩年の時雨の色として打ち出される時雨の「さび」色と似た傾向の「入て日のからす羽色にしくれかな」など多数の「黒」を主調とした句も見られる。

第三章ではこれらの時雨の脈絡を基盤に芭蕉の時雨を総合的に分析した。芭蕉の時雨の句は二十三句あり、特に、『おくのほそ道』の旅後に詠まれた「初しぐれ猿も小蓑をほしげ也」はその境地を慕って詠まれた門人の十二の時雨とともに『猿蓑』の巻頭に飾られ、新風を開くきっかけとなった。この章では伝統の模索の時期の「第一節　風狂と時雨」、そして独自の世界の「第二節　さびと時雨」とに分けて考察した。

第一節においては、はじめに『旅路画巻』と『時雨夕日』の二つの自画賛の意味を分析し、自らを「時雨の旅人」として打ち出した姿勢を探った。次に、天和二年の「世にふるもさらに宗祇のやどり哉」の句と、その前書として書かれた「笠はり」の俳文の世界を通して宗祇の時雨を反芻しながら伝統精神を探る風狂の旅に出る内発的な要因を分析した。「風狂」というのは風雅を求める心が高揚して常軌を逸脱し、「そぞろに興じる」姿勢を指すものである。「笠脱ぎて無理にも濡るる北時雨　荷兮」（『冬の日』）は、そのような姿勢を詠んだものである。貞享元年『笈の小文』の旅の出立の吟である「旅人と我名呼ばれん初しぐれ」は、謡曲『梅ヶ枝』の一節が前書として書かれている真蹟があるように謡曲の旅僧の姿として自分を打ち出して風狂の旅を続けようとする思いを詠んだものである。餞別吟の曽良の「俳諧説いて関路を通るしぐれかな」や、『笈日記』の園女の「時雨てや花まで残る桧笠」は全て芭蕉の「時雨の旅」を象徴したものである。芭蕉の

「時雨の旅」は宗祇の時雨を反芻する内発的な動機からであったが、近世という時代の移りも作用して、暗欝なものではなく、旅の時雨もしみじみとした趣を示す「情趣」化したものとなっていく。その代表的なものが旅宿で詠まれた元禄四年の「宿かりて名をなのらするしぐれかな」の句の世界とその前書として書かれた「島田の時雨」の俳文である。旅の宿で味わう寂寥感というものが時雨の情趣として表現されているのである。

第二節では、伝統を探る「時雨の旅」の構図において次第に築き挙げられていった芭蕉独自の時雨の世界を「さび」との関連の中で論じた。蕉門の「さび」は時雨の情趣を通して表出されたものが多く、蕉風俳諧を「時雨のさび」と認識する場合も多いが、「時雨」のどのような要素が「さび」の美と照応するかはまだ研究されておらず、むしろ当然のものとして看過されがちであった。そこで従来の「さび」論を参照に入れつつ、時雨の「さび」の要素を分析した。

一つは「さび」の美が醸し出される状態としての「充足されない」状態ということである。「さび」はその充足されない状態において苦悩するのではなく、かえって心の平安を探し、自足しようとする姿勢から生まれる。蕉門の、時雨によって設けられる「貧寒」とした佗しい世界を積極的に楽しもうとする姿勢に通じる。

今一つは「さび」の色とも関連して、「時雨とさび」は時間性の中で説かれる。それは大西克礼氏の説く、時間の堆積によって宿す色「宿色《サビイロ》」の語義や、堀信夫氏の「時間の流れ」における「本質的なものの顕現」、そして松田修氏の「伝統（時間）への旅の『おくのほそ道』の後、文学的な遺産を再生産」しようとする『猿蓑』は必然的な「さび」の世界だという論から示唆を受けることができた。時間によって示される本質的な色は『祖翁口訣』の「我門は墨絵のごとくすべし」というように全ての色を溶かし込む「水墨画」のような境地で示される。『猿蓑』で示される時雨の「冬ざれ」の色、晩年に主張される時雨の「黒」「老」はまさに時間性の関連とともに示された「さび」の世界であったのである。以上の分析基準を通して、①「貧寒」と時雨、②「冬ざれ」と時雨、③「黒」「老」と時雨の三つに分けて時雨の「さび」を考察した（以下作者名のないのは芭蕉の句）。

①は芭蕉の「人々を時雨よ宿は寒くとも」に結晶して表れるものであり、それを門人も理解して「時雨々々に鎰かり置かん草の庵　挙白」「もらぬほどけふは時雨よ草の屋根　斜嶺」などの句を通して、時雨の醸し出す「貧寒」とした佗しい趣を積極的に楽しもうとする姿勢を示す。それを象徴して其角は「佗られし悌画く時雨哉」を詠んでいる。②は、『猿蓑』の巻頭の「初しぐれ猿も小蓑をほしげ也」や「廣沢やひとり時雨る沼太郎」、歌仙の「鳶の羽も刷ぬはつしぐれ　去来／一吹風に木の葉しづまる　芭蕉」をはじめとして門人の数々の時雨の句における荒涼とした冬ざれの趣を通して読み取ることができる。特に「初しぐれ猿も……」は、類型的な「哀猿」から脱皮して小猿が声も出さず冬ざれの中で時雨に濡れそぼつ姿を通して時雨の「さび」をより効果的に表現している。③は、「時雨るるや田のあら株の黒むほど」「時雨るるや黒木積む屋の窓あかり　凡兆」に示された「黒」、田園風景における「新田に稗殻煙る時雨かな　昌房」「新藁の出初めて早き時雨哉」などに示された物寂びた色で示される。なお、そのような情趣を理解できる心の色は「老」で示され、晩年の「けふばかり人も年よれ初時雨」の句に結晶している。「老—さび—時雨」を最も意識した門人は「けふばかり……」の句をきっかけに芭蕉に急速に近付いた許六であり、「世の中に老の来る日や初時雨」の句をも詠み、後に、去来と「老—さび」論を積極的に展開するようになる。芭蕉の「時雨—老」は物事の情趣をしみじみと味わえる円熟した心の状態として示されたのである。

このような時雨の「さび」は、伝統的な時雨の場合のように、時雨という対象に人間が美的価値を与えるのではなく、時雨そのものに内在する本質と、心とを融和していくことから初めて示されたものであった。

第三部では、このような芭蕉の〈季節観〉が実践的に示された『猿蓑』という撰集に焦点を合わせてその構成や風調の問題に関連して、芭蕉が示そうとした俳諧的な〈季節観〉の在り方を考察した。『猿蓑』は芭蕉の奥羽の行脚後、新しい俳風を示すものとして、芭蕉自ら陣頭指揮した唯一の撰集で、入集俳人の幅、入集の内容等においても「俳諧の古今集」「蕉門の聖典」とされるものであった。その『猿蓑』において示された新たな〈季節観〉の在り方を構成の面と風調の面の二つにおいて分析した。

第一章の『猿蓑』の構成においては、従来の撰集の通念を三つの面から破っている。即ち、①春夏秋冬の順という通念を画期的に破って、「冬・夏・秋・春」の順から編集されたこと、②一般的な発句集における類題別の句の並べ方を取らず、題を全く立てず、時節の推移に従って句を並べたこと、③結果として冬夏の〈季節観〉が重要視され、特に「人事」の句が集中して現れたということである。

①は「初しぐれ猿も小蓑をほしげ也」の句を巻頭に「行春を近江の人とおしみける」の句を巻軸に据えるために取られた方法である。『猿蓑』において両句をそれぞれ巻頭と巻軸に据えたのは『猿蓑』における〈季節観〉の在り方から必然的なものであった。巻頭の十三の時雨は本稿の「時雨」の部において考察してきたように『猿蓑』において画期的な新たな〈季節観〉が示されたものであり、それは芭蕉の「初しぐれ」の句が詠まれて以来『猿蓑』の顔とするために門人達が競って時雨の句を詠んだことが、書簡などを通して推察できる。冬を前にしたものは荻野清氏の指摘以来、『俳諧勧進牒』の存在が問題になっているが、『近畿巡遊日記』や「正秀宛芭蕉書簡」、蕉門と路通との不仲、そして発句の時雨の部と対応している連句の「鳶の羽も」の歌仙の巻かれた時期などを分析すると、影響関係は稀薄である。しかも冬を前にした動機において『猿蓑』は時雨の情趣を集の顔としようという撰集意識があってのことであるが、『勧進牒』は、冬に勧進を広めるべしという霊夢を蒙った事実を現すために前に出しただけで、冬の情趣を重んじた撰集意識があったわけではない。次に、巻軸に「行春を近江の人とおしみける」の句を据えたのは、表面的には「行春」という季

語に示される惜春の情を借りて、撰集に携わってきた近江の人達への惜別の情を表すことであったが、その底には季節を動的に捉えた日本独特の「行春」という季語を通して過去と現在と未来とを結ぶ季節の円転と、永遠なる時間の流れを表すことによって『猿蓑』という宿願の撰集作業を締め括ろうとする芭蕉の意図があったと考えられる。

②の類題の問題においては『猿蓑』は類題を立てずに構成されているという点である。題を立てて句を並べると、その題の意味に重点が置かれて、「本意」というものが喚起され、本稿の「季語と本意」の箇所で考察したような題の美的な意義というものが問題視される。特に七部集の『阿羅野』においては四季の部の外に「無常」「述懐」等の題も立てられ、和歌や連歌の部立と全く同じようになっている。ところが、『猿蓑』においては四季だけに分類し、その中に自然と人事の織り成す季節の推移を従来の「本意」意識にこだわらず句を並べている。

③に関しては、巻頭に冬、巻軸に春を立てることによって、自然に春秋より冬夏が前に並べられており、和歌で重んじられなかった冬夏の季節情緒が重要視されたことをも示す。春の部に一句作者の多いことから句数が多くなったことを考慮すると、句数においても、冬と夏の比重は大きく、しかも「人事」の句が集中している。それは和歌的な〈季節観〉の在り方において非常に少なかった「人事」の季語の重要性を物語る一方、庶民文学において冬夏の季節美学が発掘されていく過程を示すものでもある。

第二章の『猿蓑』の風調の問題においては、素材だけの俳諧化や、貞門・談林俳諧における雅俗の衝突による笑いとは異なって、「高悟帰俗」の理念に基づいて生活実感に基盤を置く詠み方がなされていることを述べた。生活実感と季節情調とが照応した庶民詩の在り方を示すのが『猿蓑』における〈季節観〉であった。『猿蓑』の風調を分析する一つの方法として、『猿蓑』の目指すものと、自らの詩精神が合致して『猿蓑』の風調に大きく影響した凡兆と丈艸のことについて触れた。凡兆は客観描写に長けており、丈艸は微温的ではあったが、後世に芭蕉の「さび」を最もよく伝えたと評価されるように、物の本質による詠みぶりを示した人であった。撰者において去来の、伝統を重んじる主観・保守性と、凡兆の、常に新しさを求める客観・創造性の対立、また、古参の其角の序文と、新参の丈艸の跋の対応、などの点において新旧の調和を示そうとしていることが分かる。特に歌仙の巻においては、従来の「本意」に捉われず、ものの本質を掴む凡兆の客観描写の能力と、芭蕉の深い人間理解とが照応した唱和ぶりが示されている。そこで歌仙の巻においては、句の運びにおいて自然と人事の織り成す季節の推移の相が見事に実現されている、『猿蓑』において俳諧がまさに季節情調に基づく庶民詩へと円熟していったことが窺える。

以上の分析の結果を総合的にまとめてみよう。芭蕉が究極的に示そうとした〈季節観〉は、四時の移り変りと、その四時が円転しつつ永遠に巡る「季節」という時間の流れにおいて、時々刻々変化する事物の本質を、自然と人間が融和した時点で描きだすことであった。それは、序論で示した、「乾坤の変は風雅のたね」（『三冊子』）、「風雅におけるもの造化にしたがひて四時を友とす」（『笈の小文』）、「松の事は松に習へ」（『三冊子』）という芭蕉の言葉の実践的現れでもあった。

「季語」は移り変りながら円転する時間の流れの一部を切り取った、言わば「季」という時間認識を示すものであり、自然と人間との交渉において永い間培われてきた美の結晶である。芭蕉はその「季語」の存在を重視し、古人がそれを通して表出した精神を探ることを、自らの詩嚢をこやす手立てにした。ところが、伝統美を背負っている「季語」は事物そのものの本質よりも人間の与えた美や観念によって、存在の仕方が規定され、類型化していた。「時雨」という季語は、紅葉を染めるという美的な在り方と、無常の世を象徴する観念が付与され、時雨そのものの本質よりも紅葉の美を添えるもの、世を嘆く手立てとしての価値が与えられていたのである。それは四季の事物がそのまま心象の表象としての価値を持つことを意味し、「優美」「無常」という価値体系に支配される時代状況にもよるものであった。ところが、芭蕉は人間の美意識や観念によってその在り方が決っている従来の「本意」に拘らず、対象の本来の本質に基づく対象中心の「本意」に戻そうとした。時雨の「さび」はその脈絡において示されたのである。芭蕉は時雨の本質的なものを理解するために、その情趣を積極的に味わい、時雨の持つ物寂びた本性と自らの心を融和させていったのである。それは、「松の事は松に」の姿勢をそのまま表明するものであった。「新風」を示す『猿蓑』において、時雨が巻頭に飾られ、また本意を背負う類題を立てず時節の推移に従って句が並べられ、それぞれの句は自然と人事の融和した季節の推移の相の結晶として示され、永遠なる時間の流れを示す「行春」の巻軸の句で締め括られたのは当然の帰結であったのである。なお、凡兆の、自然の変化の相を主観を交えず的確に描きだす非凡な才能と、芭蕉の深い人間理解とが照応して、歌仙の巻で季節の推移の相が生活実感において見事に顕現されたのも芭蕉の〈季節観〉からおのずから導かれた境地であった。

参考文献

※テーマ別に分類し、単行本を先に、論文を後に示した。配列は原則として年代順にした。

〈季語関係〉

・宇田　久『季の問題』三省堂　一九三七年
・金子　兜太『短詩形の今日と創造』北洋社　一九七二年
・内山　正男『暦と日本人』カルチャーブックス5　雄山閣　一九七六年
・洪錫謨著・姜在彦訳注『朝鮮歳時記』(東洋文庫一九三)　平凡社　一九八〇年
・井本　農一『季語の研究』古川書房　一九八一年
・安藤常次郎『季節感と日本の文芸』校倉書房　一九八一年
・原　裕『季の思想』永田書房　一九八三年
・宮田　登『暦と祭事――日本人の季節感覚』日本民俗文化大系9　小学館　一九八三年
・宗懍著・守屋美都雄訳『荊楚歳時記』(東洋文庫三二四)　平凡社　一九八八年
・黒川洋一他四人編『中国文学歳時記』同朋社　一九八八年
・久保田　淳『古典歳時記・柳は緑花は紅』小学館　一九八八年
・山本健吉監修『大歳時記』集英社　一九八九年
・鍵和田柚子『季語深耕』角川書店　一九八九年
・山本　健吉『基本季語五〇〇選』講談社　学術文庫　一九八九年

＊　＊　＊

・潁原　退蔵「俳諧の季についての史的考察」(『俳諧史の研究』星野書店　一九三三年)
・岡崎　義恵「季題の意味」(『俳句研究』一九三五年九月)
・山田　孝雄「詠み方の心得・本意」(『連歌概説』岩波書店　一九三七年)
・岡崎　義恵「日本文芸における季節感」(『文学』一九三九年八月)
・尾形　仂「晴れの句と本意本情」(『季節』一九六四年八月)
・田尻　嘉信「季の成立をめぐって」(『跡見学園国語科紀要』六　一九五八年一二月)
・山本　健吉「季題論序説――芭蕉の季題観について」(『俳句講座』五　明治書院　一九五九年)
・横沢　三郎「季題趣味」(『連歌俳諧研究』二二　一九六一年一二月)
・岡崎　義恵「本意と本情」(『古典文芸の研究』宝文館　一九六一年)
・横沢　三郎「連歌俳諧における季節感」(『俳諧の研究』角川書店　一九六七年)
・栗山　理一「季の詞」(『成城国文学論叢』一九七一年三月)
・乾　裕幸「取合せの論」(『国文学』四　特集・芭蕉表現の構造　一九七七年)
・山本　唯一「芭蕉と暦日」(『文芸論叢』一五　一九八〇年九月)
・潁原　退蔵「季題観念の発生」(『潁原退蔵全集』一一巻　中央公論社　一九八〇年)
・藤平　春男「本意」(『新古今集とその前後』笠間書院　一九八三年)
・森川　昭「歳時記の中の食」(『国文学』一九八四年三月)
・林紫　楊桐「本意説にみられる蕉門俳論の関連性」(『若竹』一九八七年五月)
・宇都宮　譲「本意論覚え書き」(立教大学『日本文学』六一号　一九八八年一二月)
・東　聖子「芭蕉発句の季語体系(一)――縦題と横題」(お茶の水女子大学『人間文化研究年報』一三号　一九八九年一〇月)

〈俳諧・芭蕉一般〉

・勝峰　晋風『闔秀俳家全集』聚英閣　一九二二年
・太田　水穂『芭蕉俳諧の根本問題』名著刊行会　一九一九年
・今井　邦治『蕉門曽良の足跡』信濃民友社　一九五三年
・井本　農一『俳文芸の論』明治書院　一九五三年
・南　　信一『三冊子総釈』風間書房　一九六三年
・岡田利兵衛『芭蕉の風土』京都ポケット叢書(一)　白川書院　一九六六年
・岩田　九郎『芭蕉俳句大成』明治書院　一九六七年
・井本　農一『芭蕉　その人生と芸術』講談社　一九六八年
・　　『芭蕉の本』一～七巻　角川書店　一九七〇年
・荻野　　清『俳文学叢説』赤尾照文堂　一九七一年
・福田　真久『松尾芭蕉論——晩年の世界』教育出版センター　一九七一年
・飯田　正一『蕉門俳人書簡集』桜楓社　一九七二年
・尾形　　仂『座の文学』角川書店　一九七三年
・南　　信一『総釈去来の俳論』風間書房　一九七四年
・尾形　　仂『松尾芭蕉』日本詩人選一七巻　筑摩書房　一九七五年
・阿部　正美『芭蕉連句抄(五)——貞享の四季』明治書院　一九七八年
・山本　健吉『ことばの四季』文芸春秋　一九七八年
・白石悌三他編『図説日本の古典』(一四)「芭蕉・蕪村」集英社　一九七八年
・復本　一郎『芭蕉の美意識』古川書房　一九七九年
・須藤　松雄『芭蕉の自然』明治書院　一九八二年

・松尾　勝郎『近世俳文評釈』桜楓社　一九八三年
・上野　洋三『芭蕉論』筑摩書房　一九八六年
・復本　一郎『本質論としての近世俳論の研究』風間書房一九八七年
・田中　善信『初期俳諧の研究』新典社　一九八九年
・上野　洋三『芭蕉、旅へ』岩波新書　一九八九年

＊　＊　＊

・安藤常次郎「世にふるもさらに宗祇のやどり哉」考（『国文学研究』五　一九五一年一二月）
・尾形　仂「蕉風と元禄俳壇」（『文学』一九五五年三月）
・尾形　仂「芭蕉俳論の背景」（『俳句』一九五八年七月）
・横沢　三郎「風狂」（『連歌俳諧研究』二二　一九六一年一二月）
・小高　敏郎「貞門・談林の風土」（学燈社『国文学』一九六二年一二月）
・飯野　哲二「芭蕉文学の風土」（学燈社『国文学』一九六二年一二月）
・乾　裕幸「談林俳諧の類型化——談林の本歌本説取り」（『連歌俳諧研究』二三　一九六二年七月）
・阿部喜三男「俳諧の庶民性」（『俳句研究』一九六五年六月）
・伊藤　博之「風狂の文学」（『日本文学』一九六五年九月）
・広末　保「芭蕉の俗と卑俗」（学燈社『国文学』特集・芭蕉——その漂泊の美学　一九六九年一一月）
・中村　幸彦「俳趣の構成」（『冬野』一九六九年八月）
・福岡　伸子「芭蕉の伝統」（『東横国文学』一九七一年一月）
・赤羽　学「芭蕉の俳文『笠はり』の成立過程」（『俳文芸』一二　一九七八年一二月）
・尾形　仂「俳諧の座と漢詩の座」（『文学』三　一九八〇年）
・白石　悌三「芭蕉試論——四季の構図」（『福岡大学研究所報』四二、一九八〇年七月）

・井本　農一「芭蕉の四季」(『俳文芸』一七　一九八一年六月)
・復本　一郎『『うごく句』と『うごかぬ句』ということ」(『俳句』四　一九八二年)
・金田　房子「野ざらし紀行における冬季――芭蕉の自然観の一考察として」(『道』一九八二年六月)
・大谷　篤藏「日本の旅びと」(朝日カルチャーブックス二一　大阪書籍　一九八三年三月)
・雲英　末雄「元禄俳人の旅」(『連歌俳諧研究』六六号　一九八四年一月)
・大谷　篤藏「琵琶湖の時雨」(『会報』大阪俳文学研究会一九　一九八五年九月)
・山下　一海「乾坤の変」(『俳句研究』一九八七年一〇月)
・松尾　勝郎「芭蕉の無常観」(『二松学舎大学論集』三〇　一九八七年三月)

〈「さび」関係〉
(※「さび」だけを扱ったものを示した。他は「一般」と、「芭蕉一般」に入れた。)
・大西　克礼『風雅論――「さび」の研究』岩波書店　一九四〇年
・復本　一郎『芭蕉における「さび」の構造』塙書房　一九七三年
・復本　一郎『さび――俊成より芭蕉への展開』塙書房　一九八三年

＊　＊　＊

・太田　水穂「寂び」(『芭蕉俳諧の根本問題』岩波書店　一九二六年四月)
・井本　農一「俳句本質論」(『俳文芸の論』明治書院　一九五三年一月)
・井出　恒雄「日本人の貧困とわび・さび」(『文芸と思想』二六　一九五三年一月)
・西村真砂子「芭蕉俳諧の構造――芭蕉とわび」(『日本文芸研究』一九五九年九月)
・井出　恒雄「日本人の貧困とわび・さび」(『文芸と思想』二六　一九六四年二月)
・浪本　沢一「芭蕉俳諧の『さび』について」(『俳句』一九六五年一〇月)

・復本一郎「芭蕉俳諧におけるさび」(『文芸と批評』二の二　一九六六年九月)
・中村俊定「わびとさび」(学燈社『国文学』一九六六年四月)
・草薙正夫「限界状況における文学――芭蕉におけるさび」(『文学』一九六九年、一一月)
・復本一郎「さびの研究史概観」(上)――付「さび」の研究文献一覧(『文芸と批評』三の二　一九六九年一〇月)
・復本一郎「さびの研究史概観」(下)――付「さび」の研究文献一覧(『文芸と批評』三の三　一九七〇年一月)
・復本一郎「芭蕉のさびへのアプローチのための試論」(『近世文学論集』一九七一年一〇月)
・石田吉貞「『さび』論序説」(『国語と国文学』三　一九七三年)
・桜井武次郎「『さび』の論をめぐって」(『解釈』一九七三年九月)
・復本一郎「許六と去来の『さび』論争の検討」(『福岡教育大学紀要』文科編二二　一九七三年二月)
・堀信夫「わびとさび」(『鑑賞日本古典文学』二八「芭蕉」角川書店　一九七五年)
・松田修「さび色の世界――風狂の超克」(『国文学』一九七九年一〇月)
・坂東健雄「蕉門俳諧における『さび』句の考察」(『日本文芸研究』三五の三　一九八三年九月)

〈『猿蓑』関係〉
・杉浦正一郎編『新註猿蓑』武蔵野書院　一九八七年
・荻野清『猿蓑俳句研究』赤尾照文堂　一九七〇年
・村松友次・谷地快一編『猿蓑さかし』笠間撰書　一九七六年九月
・志田義秀・天野雨山『猿蓑連句解釈』古川叢書　一九七七年
・森田蘭『猿蓑発句鑑賞』永田書房　一九七九年
・雲英末雄編『芭蕉連句古注集――猿蓑篇』汲古書院刊　一九八七年

*　*　*

・今井　文雄「『習へといふは』の解釈――芭蕉における表現の論理」（『石川の国文学会誌』一九五二年七月）
・小島　吉雄「猿蓑とところどころ」（『語文』一九五四年一三月）
・吉岡　梅遊「『猿蓑』と凡兆」（『正風』一九六〇年三月）
・宮崎　荘平「芭蕉の『初時雨』の句の解釈」（学燈社『国文学』一九六〇年一〇月）
・島津　忠夫「『猿蓑』の一考察――冬の部と春の部と」（佐賀大学『文学論集』二　一九六〇年七月）
・宮本　三郎「『冬の日』成立前後より『春の日』まで」（共立女子大学短期大学部紀要九号　一九六五年一二年）
・高藤　武馬「猿蓑」（『芭蕉連句鑑賞』筑摩書房　一九七一年）
・重友　　毅「『猿蓑』における諸問題」（『芭蕉の研究』文理書院　一九七一年）
・重友　　毅「『猿蓑』における巻頭の句について」（同右）
・甲南大学文学部編「『猿蓑』解題」『甲南大学紀要・文学編・七』一九七二年四月
・青柳　恵介「さるみの撰の時をめぐって」（『成城文芸』七一号　一九七四年一〇月）
・笠井　　清「『猿蓑集』の試論」（『甲南大学文学会論集』二一号　一九七四年一〇月）
・小室　善好「凡兆年譜」（『解釈』一九七六年九月）
・関森　勝夫「猿蓑における時雨の句考」（『武蔵野女子大学紀要』一一号　一九七六年三月）
・大内　初夫「猿蓑論」（『国文学』四　特集・表現の構造　一九七七年）
・前田　利治「猿蓑の巻頭句」（『俳句』一九七七年六月）
・山下登喜子「猿蓑は新風の始ということ」（『短大論叢』関東学院短期大学五七号　一九七七年二月）
・永井　一彰「『むつのゆかり』所収の『猿蓑草稿について』」（『連歌俳諧研究』五三号　一九七七年八月）
・雲英　末雄「『猿蓑』の選集――その理想と現実」（『国文学』一九七九年一〇月）
・高橋　庄次「『猿蓑』発句部の唱和模様構造――時雨一連と行春一連の照応」（『俳文　芸の研究』一九八三年）
・阿部　正美「『猿蓑』連句の風調」（『専修国文』三二号　一九八三年）

・阿部正美「『猿蓑』連句の周辺」（『専修国文』三三号　一九八三年一月）
・稲垣多賀子「『猿蓑』考」（『大谷女子大国文』一四号　一九八四年三月）
・大内初夫「『猿蓑』論」（『俳林逍遥――芭蕉・去来・諸九尼』勉誠社　一九八四年）
・三浦隆「蕉風俳諧における時雨――軽みへの推移」（『日本人文科学研究所紀要』二九号　一九八四年）
・雲英末雄「猿蓑連句古注解説」（『近世文芸研究と評論』二九号　一九八五年一一月）
・島居清「撰集としての『猿蓑』」（『ビブリア』八四号　一九八五年五月）
・宇都宮譲「『猿蓑』巻三巻頭句の考察」（立教大学『日本文学』五七号　一九八六年一二月）
・乾裕幸「『猿蓑』の意義――撰集論のとば口にて」（『国語と国文学』一九八七年八月）

〈和歌・連歌関係〉

・有賀長伯『初学和歌式』一六九六（元禄九）年発行　一七七三（安永二）年再刻（京都書肆　菊屋七兵衛・升屋勘兵衛）
・有賀長伯『浜の真砂』一六九七（元禄十）年開版　一七六八（明和五）年　再刻（京師　銭屋惣五郎）
・荒木良雄『宗祇』創元社　一九三一年
・伊地知鐵男『連歌の世界』吉川弘文館　一九六七年八月
・江藤保定『宗祇の研究』風間書房　一九六七年
・小西甚一『宗祇』日本詩人選・一六　筑摩書房　一九六七年
・池田亀鑑『平安朝の生活と文学』角川文庫　一九七四年
・瞿麦会編『平安和歌歌題索引』早稲田大学印刷所　一九八六年
・湯浅清『心敬の研究』風間書房　一九七七年四月
・片桐洋一『歌枕歌ことば辞典』（角川小辞典㉟）角川書店　一九八三年

・小島吉雄「連歌における美的情調」(『文学研究』一九三五年四月)
・岩田九郎「宗祇の旅」(『文学』一九三七年八月)
・伊地知鉄男「宗祇の古典研究」(『国語国文』一九三七年八月)
・伊地知鉄男「宗祇の生涯とその作品」(『解釈と鑑賞』一九三九年九月)
・荒木良雄「宗祇の時雨の一句」(『文学』一九三九年一二月)
・荒木吉雄「宗祇と芭蕉を貫くもの」(『俳句研究』一九四〇年二月)
・荒木吉雄「宗祇から芭蕉へ」(『俳句研究』一九四一年六月)
・永山　勇「連歌における本意説」(『国学院雑誌』一九四三年四月)
・九鬼　清「心敬と芭蕉――その芸術理念を中心として」(『和歌山大学紀要』一九五〇年一二月)
・小西甚一「連歌表現と本意」(『日本文学教室』一九五〇年一二月)
・伊知地鐵男「宗祇論――今までの研究と今後の問題など」(『国語と国文学』一九五二年一〇月)
・島津忠夫「晩年の心敬」(『連歌俳諧研究』三号　一九五二年八月)
・岡本彦一「心敬と芭蕉」(『論究日本文学』一九五四年七月)
・江藤保定「宗祇の旅の生涯」(『連歌俳諧研究』一二　一九五六年)
・江藤保定「宗祇の旅の生涯――芭蕉への道として」(『連歌俳諧研究』一九五六年三月)
・江藤保定「宗祇から芭蕉へ」(『武蔵野文学』一八　特集・松尾芭蕉　一九七一年一二月)
・湯浅　清「無常――心敬僧都の場合」(『和歌山大学教育学部紀要』二四　一九七四年
・目崎徳衛『漂泊　日本思想史の底流』角川選書　七八　一九七五年一二月
・藤原正義「宗祇の旅」(『文学』一九七三年五月)
・今井文男「宗祇の冬の把握――『老葉』第四を中心として」(『愛知淑徳大学論集』一一　一九八六年三月)

・宮坂　静生「良寛の庵――四季との交歓」（『俳句』一九八七年九月）

〈一般〉

・芳賀　矢一『国民性十論』富山房　一八七七年
・岡田　武松『雨』東京国文社　一九一六年
・岡崎　義恵『日本文芸の様式』岩波書店　一九四〇年
・寺田　寅彦『風土と文学』角川書店　一九五〇年
・津田左右吉『文学に現はれたる国民思想の研究』津田左右吉全集一～四巻　岩波書店　一九五五年
・和達　清夫『日本の気候』東京堂　一九六〇年
・大後　美保『季節の事典』東京堂　一九六一年
・小島　憲之『上代日本文学と中国文学』塙書房　一九六四年
・倉嶋　　厚『日本の気候』古今書院　一九六六年
・和辻　哲郎『風土』岩波書店　一九六九年
・岡崎　義恵『美の伝統』宝文館　一九六九年
・唐木　順三『日本人の心の歴史』上・下　筑摩書房　一九七〇年
・磯部　忠正『無常の構造』講談社　一九七六年
・荒垣　秀雄『朝日小辞典　日本の四季』朝日新聞社　一九七六年
・久保田　淳『日本人の美意識』講談社　一九七八年
・鏑木　清方『春夏秋冬』鏑木清方文集(四)　白鳳社　一九七九年
・唐木　順三『無常』筑摩書房　一九八〇年
・高橋　和夫『日本文学と気象』中公新書　一九八一年
・栗山　理一『日本文学における美の構造』雄山閣　一九八二年

参考文献

・鈴木　棠三『日本年中行事辞典』角川書店　一九八三年
・安井　春雄『俳句の中の気象学』講談社　一九八七年
・浅井富雄他二人編『気象の事典』平凡社　一九八八年
・オギュスタン・ベルク『風土の日本――自然と文化の通態』筑摩書房　一九八八年

〈著者紹介〉

兪　玉 姫（ユ・オクヒ）

1959年　韓国に生まれる

1981年　啓明大学校日語日文学科卒業

1983年　同大学校修士課程修了

1986年　お茶の水女子大学大学院修士課程日本文学専攻修了

1990年　同大学博士課程修了、博士学位取得

現　在　啓明大学校日本語文学科教授

〈著書〉

『芭蕉俳句の世界』（宝庫社、2002）

『新日本文学の理解』（共著、時事日本語社、2001）

『松尾芭蕉の俳句』（訳書、民音社、1998）

『日本中世随筆』（訳書、啓明大学校出版部、1998）

芭蕉俳諧の季節観

2005年（平成17年）7月20日　初版第1刷発行

著　者　兪　玉　姫

発行者　今　井　貴
　　　　渡　辺　左　近

発行所　信山社出版株式会社

〒113-0033　東京都文京区本郷6-2-9-102
電　話　03（3818）1019
FAX　03（3818）0344

Printed in Japan

印刷・製本／松澤印刷・大三製本

ISBN 4 - 7972 - 2292 - 1　C3092